外地巡礼

「越境的」日本語文学論

西 成彦

みすず書房

外地巡礼　目次

I

日本語文学の拡散、収縮、離散　8

II

脱植民地化の文学と言語戦争　34
元日本兵の帰郷　55
先住民文学の始まり　『コシャマイン記』の評価について　70

III

台湾文学のダイバーシティ　二〇一六年七―十月の日録より　90

IV

暴れるテラピアの筋肉に触れる　212

島尾敏雄のポーランド　225
女たちのへどもど　233
後藤明生の〈朝鮮〉　243

V

外地巡礼　外地日本語文学の諸問題　264
ブラジル日本語文学のゆくえ　279
外地の日本語文学　ブラジルの日本語文学拠点を視野に入れて　285

後記　301

外地巡礼

「越境的」日本語文学論

I

日本語文学の拡散、収縮、離散

1　外地と先住民文学

現代の日本で「外地」という言葉は死語のようなものです。敗戦と同時に日本は傀儡国家としての「満洲国」を含むすべての「植民地」を放棄したことになっているわけですから。しかし、だからといって現在の日本がかつての「内地」とそっくり一致するわけではありません。現在の北海道へと内地人の組織的な移住が始まるのは開拓使の設置（一八六九年）以降でした。その後も移住者は自分のことを「内地人」だと感じつづけます。これはかつての「蝦夷地」がそもそも日本人の土地ではなかったという史実に対する日々の追認作業だったと考えるべきでしょう。アイヌが内地からの移住者をしばしば「シャモ＝隣人」や「和人」の名で呼ぶのも、同じ確認のための作業であったわけです。

アメリカ大陸先住民の歴史や現状を見るにつけ、近代の国境がいかに先住民族の生活圏を寸断・分断するものであったかは明らかです。先住民族は国家間の国境紛争に巻きこまれ、前線からの立ち退きを命じられることも稀ではありませんでした。近代日本は、北海道（樺太や千島を含む）といった地域を、国境地帯としてではなく国土として領有することによって「帝国」としての第一歩を踏み出したのです。

蝦夷地併合後アイヌは「同化」の対象とされ、いまにいたっていますが、いかに狩猟採集生活から農耕中心の生活へと「生活改善」が進もうと、彼らが内地からの移住者と「同一」とみなされるには、幸か不幸か、はてしなく時間がかかっているというのが現状でしょう。内地人と先住民族の関係は、「レイシズム」としか呼びようのない「差別」の構造に基礎を置いています。「北海道旧土人保護法」（一八九九年）における「旧土人」の呼称は、そのことを端的に示しているのですが、近代日本は「新平民」に対する差別と並んで「旧土人」に対する差別を新しく抱えこんだことになります。

北海道（千島・南樺太）が産みだした明治期以降の文学は、先住民族が後発の入植者による政治的・文化的圧力に屈した世界各地の例に洩れず、次の四タイプに大別できるように思います。

（1）移住（入植）者たちの文学。旧士族を母体とする屯田兵に始まり、大規模農場の拡大や鉱工業や漁業の近代化とともに導入された労働者（ここには後に朝鮮半島出身者も含まれるようになっていった）が北海道文学のメインストリームを構成する。有島武郎の『カインの末裔』（一九一七年）や小林多喜二の『蟹工船』（一九二九年）、李恢成《イフェソン》の『またふたたびの道』（一九六九年）あたりが代表作である。

（2）布教や学術調査の名のもとに訪れた知識人による先住民族文化の調査報告。英国人ジョン・バチェラーやポーランド人ブロニスワフ・ピウスツキ、日本人言語学者金田一京助などが先駆者だと言える。

（3）上記の知識人の知遇を得るなどして先住民族のなかから登場したバイリンガルな表現者たち。『アイヌ神謡集』（一九二三年）の編訳者である知里《ちり》幸恵や、『若きウタリに』（一九三一年）の歌人、バチェラー八重子がこれにあたる。彼女らは植民地主義国家日本の多言語・多文化主義的な国策に追従したかにみえるが、まずは「滅び行くアイヌ」という固定観念に対し、文字表現を通して抗ったアイヌ系表現者とみるべきだろう。

（4）北海道という土地の外地性を正面から受けとめようとする内地人作家の実験。中條百合子の『風に乗ってくるコロボックル』（執筆一九一八年）や、鶴田知也の『コシャマイン記』（一九三六年）といった初期の試みもさることながら、武田泰淳の『森と湖のまつり』（一九五八年）や池澤夏樹の『静かな大地』（二〇〇三年）などは、先住民族を内に抱えこんだ国民国家の構成員が果たすべき使命を批判的にとらえかえす現代文学のもうひとつの最前線である。

以下では、日本人（内地人）と先住民族や現地民衆とが「外地」という空間においてどのように生き、その実験的な「共生」の姿が文学のなかでどう扱われているかを中心にみていくつもりです。帝国日本は外地なる空間を順次拡張し、そこへ内地人を送りだしたばかりでなく、内地人以外の現地人に「国語」を強要し、この「国語」をもって文学へと参入することを促しました。「外地の文学」とは要するに内地人移住者と先住現地人の「合作」だったのです。以下の論旨に先立って、こうした「合作」のプロトタイプ（最初の実験場）として北海道があったことをまず確認しておきたいと思います。

2　大陸進出・南方進出

北方進出と並行して、帝国日本は、アジア大陸や南洋諸島に向かっても版図の拡大と内地人の入植を推し進めました。日清戦争後に清国から割譲を受けた台湾（一八九五―一九四五年）、義和団事件に介入して後、日露戦争でロシアから獲得した南樺太、および租借権益を譲り受けた関東州（一九〇五―四五年）、「江華島事件」（一八七五年）以降、虎視眈々と侵出の機会をねらい、ついに大韓帝国を併呑する形での「併合」にまで持ちこんだ朝鮮（一九一〇―四五年）、欧州戦争に便乗する形で軍事占領した後、その後に「委任統治」を買って出た旧ドイツ領ミクロネシア（一九二一―四五年）などです（「琉球処分」以降の沖縄県については別途項目を立てて触れることにします）。これらの地域では一九世紀半ば以来、西洋人の治外法権的な利権獲得が進んでいましたし、これに対抗すべく、日本と同様、近代国民国家の建設に着手していた大韓帝国のようなケースがあり、清国時代からすでに漢民族系入植者と先住諸民族とのあいだに対立的共存関係が生まれていた台湾のような地域もありました。しかし、それぞれが固有の前史を有していればいいただけ、これらの「外地」は異国情緒にあふれる土地として、「内地」から来た日本人の目には映ったのです。北海道と比べると人口稠密なこれらの地域では、内地人入植者が軍人・役人・商人・女性労働者（「女中」や「醜業婦」）に偏り、北海道のように内地人中心の労働運動が活発化することは稀でしたが、そのぶん、抗日的な民族運動を弾圧するために強権的な統治（法による統治というよりは武力・警察権力による制圧）が要請されました。

鉄道網の整備や中国航路・南洋航路の拡充は、内地と外地のあいだの人間の往来を加速させました。内地人による「外地文学」は紀行文の形式をとることが多く、日清・日露戦争当時には森鷗外のような軍人や田山花袋のような従軍記者の独壇場だった「外地文学」は、大正期になると、だれでもが手を染めることのできる日本文学の新分野となっていきます。

台湾総督府を頂点に置く日本の台湾支配は、とりわけ「原住民」による武装蜂起をしばしば誘発しました。一九二〇年、一旅行者として台湾を訪れた佐藤春夫は紀行文形式の短篇を残していますが、「原住民」による暴動があった余韻の冷めやらない高地を舞台とする『霧社』（一九二五年）は、先住民族の社会に日本統治が刻みこんだ爪痕を描くのみならず、台湾の奥地で細々と生活を送る先住民族の女性や日本人男女の生活を描きだして「外地文学」の新しい可能性を切り拓きました。「原住民」の伝説を紹介するかたわら、関東大震災直後の東京で流言蜚語にあやつられ大量の朝鮮人を虐殺した「文明国」をあてこすった『魔鳥』（一九二三年）もきわめて文明批評的な作品です。

「外地」は多くの内地人にとって魅力的な就職口を提供しました。「韓国併合」後の朝鮮で『平壌日日新聞』の記者をしていた中西伊之助には、鉱山労働者に対する搾取・虐待を暴露した廉で投獄された経験があり、『赭土に芽ぐむもの』（一九二二年）には、そこでの朝鮮人収監者との人間関係が効果的に活かされています。土地を収奪されながら独立回復を求める抵抗者たちの運動がことごとく鎮圧されていく歴史過程のなかで道徳的腐敗を強めることになった朝鮮社会に対して、文学を通して連帯を呼びかけたその姿勢は日本人が書いた朝鮮文学の試みのなかでも出色です。その作品の一部は朝鮮語にも翻訳されました。

他方、植民地朝鮮で中学校教師をすることになった父親とともに、幼少時代を現地で過ごした中島敦は、後にパラオの南洋庁に就職します。かねてから敬愛していたR・S・スティーヴンソンが晩年を送ったサモアへと思いを馳せながらの滞在でしたが、日本への留学経験を持つという島でいちばんのインテリ女性を、近代化の途上にある太平洋島嶼地域の現実をシンボライズする存在として『マリヤン』(一九四二年)に描くなどしています。日本の一九二〇年代、三〇年代は、西洋文学のなかでも、英語圏で言えばスティーヴンソンやコンラッド、仏語圏でいえばロティやジッドなどエキゾティシズムを売りにした作品の紹介が一気に進んだ時代です。島民女性マリヤンの本棚に岩波文庫の『ロティの結婚』を見出すくだりは、こうした時代状況を正確に映しだしていると言えるでしょう。

上海はアヘン戦争後に開かれた英米租界・フランス租界を中心に急成長した港湾都市です。ここへは日本からも多くの実業家やインテリが流れこみました。横光利一の『上海』(一九二八―三一年)は上海を描いた日本語文学のなかでも秀逸なひとつだと言えるでしょう。「肉体の占めてゐる空間は、絶へず日本の領土となつて流れてゐる」と感じる日本人男性から「トルコ風呂」で働く日本人女性、革命後のロシアを棄ててアジアをさまようロシア人の「乞食や娼婦」、中国共産党の女性活動家まで上海を彩る登場人物を巧みに配しながら、上海事変当時の国際都市をあざやかに浮かびあがらせるとともに、日本人のアジア放浪をシニカルに描きだす力作です。二〇世紀の上海を文学史的にふり返るには日本語や中国語だけでは足りず、英語やフランス語やロシア語までを含めた比較文学的なアプローチが不可欠でしょう。

しかし日中戦争の激化とともに、上海を含む日本の外地は「大東亜」という妄想的な構図のなかでの文化的再編を迫られます。この地域を活動拠点とするあらゆる表現者が「親日」か「抗日」か、旗幟を鮮明にしなければならない時代を迎えるのです（日本語で書く者には、「抗日」という選択肢そのものすらないに等しくなったと言えましょう）。一九四二年から四四年にかけて、「日本文学報国会」の主催で開催された「大東亜文学者会議」はその明快な一例です。ここには帝国日本の全域から地域を代表する作家が集められたばかりか、満洲国や南京政府の下にあった「親日」的な作家が招待されました。現時点からふり返ってそれを茶番だと評するのは簡単なことですが、国際的な作家会議が陥りがちな党派性や偏向だけでなく、こうした作家会議が切り拓くかもしれない無限の可能性をも考慮に置いた歴史的評価でなければ意味がないでしょう。

ちなみに田中英光の『酔いどれ船』（一九四九年）は、一九四三年に東京で開かれた「大東亜文学者会議」への出席を終えた満洲国の作家を京城に迎えた内地、そして朝鮮の若手作家を群像として描き出した回想小説ですが、内地に比べてさえ戦場の恐怖から遠かった外地の「御用文壇」を「酔いどれ船」になぞらえたのは言い得て妙、と言うべきでしょう。

3 海外移住地の文学　北米、南米、満洲国

日本のアジア進出は大量の日本人を外地へと送り出しましたが、かといって人口の稠密な台湾や朝鮮半島は、内地の零細農民を移住させる「約束の地」としてかならずしも十分な条件を備えてはいませんでした。したがって内地人の移住先としてハワイ（一九〇〇年からは米国の属領）や北米が注目されました（アジアでは、後の満洲国を除けばフィリピンのダバオへの入植が最大規模）。一八九〇年代になると郵船会社や移民会社の思惑も大きく働くようになり、農村改良事業と海運政策と拓殖政策の三位一体をなしていたのです（こうした事情はドイツにおける海外移住事業に類例が見出せる）。

もっとも、北米（とくに米国）は農業移民や漁業移民にとってのみ希望の地であったわけではありません。内村鑑三や津田梅子のような米国東海岸の大学への留学生とは別に、一八八〇年代からは西海岸への書生（勤労学生）の渡航があいつぎます。その背景には、海外留学中の男子に限って徴兵猶予の申請を認める徴兵法の改正や、自由民権運動を闘って挫折した若者の「自由の聖地」への憧れがありました。片山潜や幸徳秋水の渡米には政治的な色合いも強かったと言えます。島崎藤村は『破戒』（一九〇六年）の主人公に「テキサス行き」を決意させていますが、瀬川丑松の渡米は農業移民よりもはるかに書生的留学、あるいは「亡命」に近い意味をもったはずです。昭和初期に「めりけんじゃっぷ」物で人気を博した谷譲次の描く米国像は、日本人書生の米国体験の一方の極を見るとき、きわめて重要でしょう。その他、後に英語詩人として知られるヨネ・ノグチ（野口米次郎）や、サンフランシスコの日本語新聞『日米新聞』の創設者、安孫子久太郎、後のプロレタリ

ア作家、前田河広一郎などはそれぞれが米国遊学中にみずからの天職を見出した個性的な日本人でした。

しかし、徒手空拳の若者たちに魅力的に思えたかもしれない米国の風土は、国策によって送り出された移民にとってかならずしもその夢を存分に満たすものではありませんでした。中国系労働者に対する人種主義的なまなざしは日本人労働者に対しても同じく向けられましたし、政府間協定で保証されていたはずの移住枠も削減され、「同化不能者」の烙印を捺された一世は市民権から遠ざけられることになります。移住日本人は、日本人社会を組織して自分たちのアイデンティティに即した政治的主張や表現の場を見出していくよりほかなくなっていくのです。

みずから作家でもあった翁久允《おきなきゅういん》は、日本人移住地における文芸活動の重要性を説く理論家でもありました。「これからの在米日本人は移民としての生活をきりあげて、移住民としての生活に入る時代である。そして二十世紀の中葉を過ぎたら、私達は、私達の子弟から世界的な言葉――英語をもつて物語を書く人々を得るであらう。彼らの時代が来るまでに私達はその中継として、日本民族の伝統の下に、他国で受けた神経の痛々しさを告白してゆくのである」（ここでいう「移民」とは「日本からの出国者」emigrant、「移住民」とは「米国への入国者」immigrant の意味でしょう）。一九二四年、翁久允はこの言葉を残して日本に帰国しましたが、この年は日本から米国への移住事業が全面停止に追いこまれた年です。この後、第二次世界大戦の終わりまで北米の日本人社会は冬の時代を迎えます。

北米移住のブームが去った後、がぜん脚光を浴びたのがブラジルでした。コーヒー景気に沸くブラジルという日本出発前の夢は到着と同時に砕け散りますが、契約農場を飛びだした日本人を中心に日本語ジャーナリズムが活気づくと文学熱も高まります。海外の日本人社会のなかでは一般に和歌や俳句の愛好者が多かったようですが、若い時代に日本の国民教育を受けた後にブラジルに渡った移住者のなかには、渡航前から文学的な素養を身につけていたものが少なくありませんでした。

石川達三の出世作『蒼氓』(一九三五―四〇年)は移民船に同船した経験をもとにして書かれた半自伝的なルポルタージュ小説ですが、日本人移住者がブラジルに定着する過程をたっぷりと描きこむにはいたらず、同時代の「外地文学」の流行に乗じた観があります(この小説の「第一部」は第一回芥川賞受賞作だが、戦前の芥川賞は「外地文学」を奨励する一個の権威として作用した)。同じころ、ブラジルの日本語文学は、かつて翁久允が掲げた理想の実現に向けて基礎固めの途上にありました。そしてブラジルの日本語文学は第二次世界大戦後、「コロニア文学」を自称して「日本文学」からの自立を希求するようになります。

他方、一九三〇年代に入ると、ブラジルにおいても同化政策が強化され、移民を大幅に削減する政策がとられるようになります。そこで日本からの労働力送出先として一躍浮上したのが、大日本帝国の軍事的覇権主義の果実として新たに建国された「満洲国」でした。

そもそも関東州租借地(大連)は、上海と並び異国情緒を漂わせる「外地」として「外地文学」の花形でしたし、モダニズム文学の聖地のひとつでもありました。しかし、新京(現在の長春)に都を置く「満洲国」は、新しい「国策文学」の実験場となります。しかも、そこでは他の「外地」とは異なり、「五族協和」の名のもとに一種の多言語・多文化主義が標榜されます。アメリカ大陸の日本人移住地が日本語文学の新拠点を形成したように、満洲国でも日本語文学は大きな花を咲かせるだろう、というわけです。

しかし、「満洲文学」なるものは日本語文学の独壇場であるべくイメージされたわけではありませんでした。いかに国際的な承認をほとんど得られない「傀儡国家」にすぎなかったとしても、「独立国」を名乗る以上、非内地人作家の活動にも一定の役割を負わせる必要がありました。ニコライ・A・バイコフのようなロシア語作家がもてはやされましたし、古丁らの中国語作家は、日中戦争後の占領地（淪陥区）の拡大に伴う中国人懐柔の先兵であるかのような特別待遇を受けました。また満洲在住の朝鮮族にも積極的な参画を促したのが「満洲国」だったのです。

しかし、結果として「満洲文学」の構想は絵に描いた餅に終わりました。期待された中国東北地方の中国語作家の多くは抗日文学の拠点への脱出という道を選びましたし、日本語メディアは内地や朝鮮半島からやってきた転向作家や前衛作家に活動の場を提供しただけで、「満洲国」生まれ、「満洲国」育ちの内地人作家に門戸を開く間もなく、日本の敗戦とともに「満洲国」そのものが崩壊したからです。

4　敗戦と総引揚げ

一九四五年八月十五日、およそ六百六十万人の内地日本人が外地や占領地で敗戦の時を迎えました。生きて、です。日本の総人口約七千万人（内地国籍保有者）の九パーセントをこえる大変な数字です。参考のために六百六十万人の地域別の内訳を示しておきましょう。

・ソ連邦軍管区（満洲、朝鮮北部、樺太、千島）　二百七十二万人
・中国軍管区（満洲を除く中国、台湾、仏印北部）　二百万人
・米国軍管区（フィリピン、朝鮮南部、北太平洋島嶼部）　九十九万人
・オーストラリア軍管区（ボルネオ、ニューギニア東部）　十四万人
・東南アジア軍管区（上記を除く東南アジアと太平洋島嶼部）　七十五万人

極東から東南アジアにかけては、この日本軍占領地域（日本人海外進出者滞在地域）の再分割・政治的再編という長い「脱植民地化」のプロセスへと突入します。その際、この地域の日本人はすべての資産をも投げうって一掃される必要がありました。日本人の安全を確保したいという日本側の意向もこの方針と合致しました（敗戦後のドイツでも事情は似通っていましたが、そこでは「追放」Vertreibungという表現が一般的です）。

敗戦後の「民族大移動」は、大量の記録文学を日本の市場に出まわらせました。多くは従軍経験や決死の引揚げ経験を美化したり、「外地」での生活をノスタルジックに回想したりするものでしたが、戦後作家の使命はこういった懐古趣味に対して、文学という名の防波堤を築くことにありました。その結果、作家たちは、戦争ヒロイズムとの闘いとともに、戦闘や引揚げに伴うトラウマに起因する失語や沈黙との闘いをも引き受けることになります。

『俘虜記』（一九四七年）や『野火』（一九五一年）の大岡昇平は、極限的な体験に言葉を与えるという課題をみずからに課しました。自身、米国軍管区からの復員者であった大岡昇平は、日米戦争末期の緊張状態から米軍による解放へ、恥の意識から罪の意識への移行といった日本人捕虜の経験を計算された文学技法を用いて描きました。しかもフィリピンでの戦争をふり返るのに、自分自身の経験だけを基礎とする方法が戦争記憶の排他的な国民化に手を貸すことに対する反省から、大岡昇平は、さらに『レイテ戦記』（一九七一年）を書き、フィリピン民衆や米兵にとってのレイテ戦の記憶にまで肉づけを試みます。

こうした試みはヨーロッパの戦後文学に対する日本からの応答だと言えましょう。日本人やドイツ人のような敗戦国民であれ、絶滅計画の対象とされた究極の被害者であったユダヤ人であれ、あるいは戦勝国に属しはしても甚大な被害をこうむった諸国民であれ、生き延びた人間は犠牲になった仲間や隣人に対する罪悪感や恥辱に苛まれた点では同じでした。地獄の戦場から生きたまま解放された人間の余生（アフターライフ）には、無数のトラウマやタブー意識が絡まりあい、民族的な帰属や使用言語を問わずサバイバーとしての問題を内に抱えこんだのです。同様のことはシベリア抑留体験を文学へと昇華させた長谷川四郎や石原吉郎の文学についても指摘できるように思います。

戦後を過酷な時代として生き延びなければならなかったのは復員者ばかりではありませんでした。戦中、軍部に徴用されて国策文学の先棒を担がされた作家たちもこれにあたります。日中戦争での従軍経験を下敷きにした『麦と兵隊』（一九三八年）以来、流行作家としてもてはやされた火野葦平は、敗戦後、戦争協力者としての罪責と内的葛藤と同時に、戦後の日本で兵士たちが浴びなければならなかった非難がましいまなざしとも闘いました。また南方徴用作家のひとりであった林芙美子は、占領下の「仏印」での蜜月を戦後になってふり返る日本人男女を『浮雲』（一九五一年）に描き、戦地での見聞を戦後文学の枠組みのなかで有効に活かしたひとりです。戦争協力作家にとっての戦後とは、敗戦国ばかりでなく、たとえばフランスのナチ協力者（コラボ）にとっての戦後とも重なりあう自己偽装や再転向といった問題をつきつけるものでした。

逆に、直接の戦争責任を強く感じてはいなかった若い世代の引揚者もまた戦後文学の新しい担い手として登場します。『終わりし道の標べに』（一九四八年）の安部公房や『チョッパリ』（一九七〇年）の小林勝、『アカシアの大連』（一九七〇年）の清岡卓行、『夢かたり』（一九七六年）の後藤明生らです。「外地」を観念的にしか経験したことのない日本人と、外地生まれ・外地育ちの日本人のあいだには大きな溝があります。それは、たとえば朝鮮戦争やアルジェリア独立戦争をめぐる報道に対する反応の敏感さにあらわれるのです。アルジェリアの独立報道を耳にした人間がアルジェリアのフランス人の姿にみずからを重ねたとしたら、それは植民地生まれの敗戦国民に特徴的な敏感さでしょう。平壌放送に接したとたん、三十八度線の記憶が圧倒的な実感をもって甦るとしたら、それは三十八度線ごえを経験した者に固有の心性だと思います。戦前の日本文学が国策的に外地を消費するものであればあっただけ、戦後日本文学のなかで外地は個々人の内部で受難の色を帯びました。ただ、その受難が脱植民地化に伴う旧植民地人の受難にではなく、あくまで引揚げという内地人の受難に収束してしまいかねない時代の空気のなかで、作家たちは道徳的な判断をかいくぐるわけにはいかなかったようです（類似の傾向は、ドイツ人作家の旧東プロイセンに対する態度のなかにも見受けられる)。

こういった敗戦後の引揚者文学のなかで、武田泰淳と堀田善衞の立場はユニークなものです。上海で敗戦を迎えた中国文学者、武田泰淳は一九四四年、南京で開かれた第三回目の「大東亜文学者会議」にも顔を覗かせていましたが、であればあっただけ敗戦後の日本人が上海で生きることになった日々の醜悪さを描くことにこだわりました。また、一九四五年の春に上海に渡った堀田善衞は、戦後「漢奸」の名で呼ばれることになった中国人に対する日本人の道義的責任を問うという姿勢を武田泰淳と共有したばかりか、国共内戦へと突入していこうとする上海をあてどなくさまよう「国なき人々」のうちにみずからを数え入れることで「横光利一的な上海」を過去へと葬り去ろうとします。上海での敗戦体験は、アジアにおいて日本人として生きるということがなんなのかという問いをこのふたりに突きつけました。日本のゆくえだけではありません。東アジアの新しい未来、さらにはアジア・アフリカにおける脱植民地化プロセスのゆくえこそが彼らには強い関心の的となるのです。魯迅の翻訳者として知られ、敗戦後にこそ「アジア」をあらためて問うべきだと主張した竹内好とともに戦中・戦後の中国通が戦後日本の文壇・論壇に対しておこなった介入は、東アジアの冷戦が長引けば長引いただけ広い射程をもつことになりました。

5　沖縄文学

中国南部沿岸地域や台湾と日本のあいだを結ぶ交通の要衝に位置する琉球は、清国と日本(とくに薩摩藩）とのあいだで独自の政体を模索する島嶼国家でした。ところが西洋列強と肩を並べる主権国家たろうとして発足した明治日本は、北辺の「蝦夷地」を軍事拠点としたように琉球王国を南進基地として重視しました。一八八一年に「小学唱歌」として歌われるようになった「蛍の光」の歌詞には次のようにありました――「千島の奥も沖縄も、八洲のうちのまもりなり」。二年前の一八七九年の沖縄県の設置（琉球処分）は、後に日本が総督府を置いて台湾や朝鮮半島の支配を強化したのと同じ「植民地化」でなくしてなんだったでしょうか。しかも北海道や朝鮮と比べて資源に乏しい沖縄に対する支配は軍事的な色彩が濃かったように思えます。第二次世界大戦末期、沖縄が決戦の地になったのも、戦後米国の東アジア支配の軍事拠点として沖縄が重視されつづけていることも、明治維新以降、再編された東アジア地域の政治秩序の中央に位置する沖縄の地政学的なロケーションがもたらした帰結だと当面は考えるよりほかありません。

また、内地の産業化を尻目に内地依存型の経済構造を引き受けた沖縄は、内地の工業地帯や台湾・ミクロネシアなどの外地、さらには海外への出稼ぎ労働者送出の多さでも際立っていました。琉球語はアイヌ語に比べれば標準日本語に近いのですが、日本人の流入が少なかったことや琉球＝沖縄語の日常的使用が衰えなかったことなどから、沖縄人に対する言語教育は台湾や朝鮮半島におけるそれに近い暴力性を伴いました。内地ばかりではなく外地や海外の移住先においてさえ、内地出身者による差別は沖縄県民の日本人アイデンティティに決定的な歪みを与えたのです。沖縄からは、山之口貘や伊波普猷らの詩人や学者が生まれますが、沖縄文学や沖縄学を立ちあげるために彼らが強いられた同化圧力や差別との闘いは、植民地出身者のそれに多くの点で通じあうものでした。

広津和郎が沖縄出身の青年をとりあげて描いた『さまよへる琉球人』（一九二六年）をめぐり、ステレオタイプな「琉球人」の表象に固執するこの作品に対して湧きあがった沖縄知識人からの抗議の激しさは、日本文学の差別的傾向に対して国内のマイノリティが論争を挑んだ初期の一例として重要です。

一九四五年の春、沖縄は日米決戦の舞台となり、沖縄人は米軍ばかりか日本軍（友軍）による戦時暴力によっても傷つきました。しかも戦後、琉球諸島の帰属はいったん白紙となったのです（琉球人は日本人ではなく、中国人と運命をともにすべきだとする考えも浮上しました）。そして沖縄の基地再編が米軍主導で進められた結果、沖縄は一九七二年の日本復帰以降もいびつな空間配置・経済構造を抱えこんだまま今日にいたっています。異なる前史、日本の国内植民地として位置づけられた近代、米軍による占領統治、そして米軍基地を残したままの「返還」という旧内地（本土あるいはヤマト）とは異なる歴史を生きる沖縄出身者の文学は、日本語で書かれようとも日本文学の内部にはおさまりきらない自立性を追求しつづけています。

『カクテル・パーティー』（一九六七年）の大城立裕は、沖縄出身者が日中戦争下の上海で日本人として生きた経験と、沖縄女性のレイプ被害経験とを合わせ鏡のように用いることで沖縄県民にとって戦争がまだ終わっていないことを強調しました。またサイパン生まれの東峰夫は、『オキナワの少年』（一九七一年）のなかで米軍占領下の沖縄における性風俗を少年の目を通して描くだけでなく、内地ではない南方への逃避願望が少年の無意識をまで支配しているという沖縄県民の集団的な心理に光をあてました。沖縄というトポスが東京中心の内地とは異なる世界へのまなざしを宿しているということを沖縄の作家たちはしばしば挑戦的な形で強調します（国民国家の枠組みをこえた地理的な想像力が文学を覆いつくすのは、このところ頭角をあらわしてきつつある台湾の「原住民文学」にも通じる特徴である）。さらに『ジョージが射殺した猪』（一九七八年）の又吉栄喜は、米兵を主人公に立てて沖縄社会に沈澱するフラストレーションの根深さを描き、『嘉間良《かまら》心中』（一九八四年）の吉田スエ子は、若い米兵に脱走を促し、心中を試みるベテラン娼婦の側から沖縄の無国籍（国境横断）的な現実を描きだしました。

日本語文学のなかで最も問題提起的な海外移住小説を書き残したのも、じつは沖縄作家です。『ノロエステ鉄道』（一九八五年）は沖縄系移民の多い南米諸国を旅行した大城立裕が取材記録をもとに書いた短篇集です。表題作の語り手である老婆は、一九〇八年、最初のブラジル移民船、笠戸丸の乗客のひとりでした。その後ブラジルの奥地で夫とともに苦労を重ね、夫は戦後「勝ち組」（日本の敗戦をブラジル政府のデマゴギーだと理解して、いずれ皇族を乗せた船が日系人を迎えにやってくると狂信し、日本の敗北を認める同胞に対する襲撃をおこなったグループ）に属したことさえあります。ところが一九七八年、日本から皇太子（平成期の天皇）をブラジルに迎えることになって、老婆はサンパウロでの歓迎式典への参列を領事館の館員から促されるのです。老婆はいま亡き「徴兵逃れ」の夫の記憶とともにブラジルの奥地でひっそりと一生を終えようとしているところです。日系移民の日本（そして天皇制）に対する距離感はきわめて複雑にねじれていますが、これは海外移住者に限ったことではありません。沖縄県民の多くが長いあいだ天皇制国家としての日本に対して特有の距離感を抱きつづけてきました。沖縄文学の脱中心性がここにも見出されるということになります。

沖縄文学は、たしかに日本語で書かれているのですが、はたしてそれが「日本文学」の一部なのかというと「イエス」で答えるのはむずかしい。それはいまなお「外地の日本語文学」の特徴を残しているうえに、広大な米軍基地を抱えこんだ武装地域に固有の問題を世界大で抱えこんでいるからです。沖縄文学は、日本文学よりも韓国や台湾の現代文学に近い地政学的基盤の上に置かれていると考えるべきなのかもしれません。日本では「敗戦」の一語で済まされた出来事を内戦や冷戦の始まりとして経験する以外になかった東アジア諸地域と沖縄とは、同じひとつの歴史を生きるべく強いられているといっても過言ではないからです。少なくとも沖縄文学には、日本文学に希薄な広域的な想像力が不可避的に塡めこまれています。

6　日系文学

真珠湾攻撃後、米国・カナダ（および米国に追随したペルーなど）の日本人・日系人は受難を強いられました。大半が敵性国民収容所（転住センター）での隔離生活を余儀なくされ、とくに「二世」たちは連合国への忠誠か日本への忠誠かという踏み絵の前に立たされました。戦争中、敵性国民として人権を脅かされたのは日本人ばかりではなく、それはヒトラーに逐われて米国に流れ着いたユダヤ系ドイツ人でさえもが難民的な生を強いられた時代でした。戦中、米国政府に対して十分な権利要求ができなかったマイノリティは、戦後になってさまざまな形で市民権の回復を求めて闘うことになります。とりわけ日本人・日系人に課された過酷な扱いは明らかに人種主義を内包するものであったため、こうした措置に対する補償をめぐる闘争主体として、日系社会は他のマイノリティとも連携を模索する道を選びます。

北米での日本語文学は、日本人一世の高齢化や自信喪失の結果、すでに一九三〇年代からは二世たちの英語文学へと主導権を譲っていました。戦中の収容所経験は、一時的に「帰米二世」たちの関与もあって日本語文芸の可能性に道を開きましたが、時代の趨勢を逆転させるにはいたりませんでした。そうこうするあいだに二世以降の文学は、アメリカ市民としての権利主張とともに親や祖父母の世代である一世に対する描写力においても圧倒的な優位を示すようになるのです。

ジョン・オカダの『ノーノー・ボーイ』（一九五七年）は戦時収容所での踏み絵に「ノー」で応じた二世を中心に描いた小説で、米国に対する痛烈な批判であるとともに日系社会に対しても歯に衣を着せない攻撃性を示した作品です。日系英語文学の既成イメージを塗りかえたこの小説は発表当初、批判どころか黙殺に近い扱いを受けましたが、しだいに他のマイノリティ作家の支持を受け、いまでは高い評価を受けています。また、かつて帝国日本が多くの外地民衆に対して同種の「踏み絵」を課したことを考えると、これを日系アメリカ人固有の悲劇を扱った作品として単純に読み飛ばすわけにはいきません。

日系作家であればこその素材を用いながら、しかし広くマイノリティとして生きることの意味を問いつづける北米の日系作家の躍進には、その後も目を瞠るものがあります。三世のカレン・テイ・ヤマシタは米国と日本とブラジルのあいだを回遊しながら、『ブラジル丸』（一九九二年）などで日系人アイデンティティの脱中心性を描きました。また、ハワイ生まれの日系四世、ギャレット・カオル・ホンゴーの『ヴォルケイノ村』(一九九五年)は自分探しの物語ですが、そこに描かれる父親や祖父の姿は、たんに日系人の悲哀を伝えるだけにとどまりません。話者の日系三世は世界から自分を引き剝がすすべを祖父や父親から学んだと言わんばかりです。米国に対して「ノー」を突きつける激しさはジョン・オカダ譲りだとも言えるでしょう。

他方、こうした北米英語圏とは異なり、戦後にふたたび日本からの移住事業が再開したブラジルやアルゼンチンなど南米諸国では、長いあいだ日本国籍を有した移住一世の文学活動が堅調でした。戦前移民の松井太郎は『うつろ舟』(一九九五年)において日系社会から姿をくらました二世を描いてみせました。また、戦後移民のリカルド宇江木は、ブラジルへの帰化を果たした後に、歴史長篇『花の碑』(二〇〇二―〇四年)を残し、日本本国でならば「検閲」による修正を余儀なくされたかもしれない素材を縦横無尽にとりあげ、「コロニア文学」ならではの日本語文学の可能性を追求しました。他方、サントス生まれの沖縄系二世の山里アウグストは、『七人の出稼ぎ』(二〇〇五年)を日本語とポルトガル語で刊行して気を吐きました。日本文学に「亡命文学」という範疇が立てられることはめったにありませんが、これらの作家は日本語で書く場合にも本国の読者や出版業界の偏った嗜好に媚びることがありません。「コロニア文学」は「日本文学」の内側ではなく、その「外部」で花を咲かせたのだということです。米文学やオーストラリア文学やインド文学が「英語(圏)文学」ではあっても「英文学」ではないように、「コロニア文学」は「日本文学」ではなかったと言うべきでしょう。かつて植民地台湾や朝鮮や「満洲国」で新しい日本語文学の新たな可能性が追求されたとき、それは東京中心の文壇の「外部」をこそ切り拓こうとする一大プロジェクトでした。

敗戦後、そうした「新しい日本語文学」の可能性が狭い意味での「外地」では潰えたのに対し、南米ではしたたかに生き延びたということになります。

しかし、そんな南米でもマクシミリアーノ・マタヨシ（アルゼンチン）やオスカル・ナカザト（ブラジル）のような現地語作家が徐々に台頭しつつあり、世代交代はもはや時間の問題だと言うべきでしょう。

7 在日文学

日本の敗戦は日本人の総引揚げを結果として引き起こしましたが、日本の敗戦によって「解放」されたはずの朝鮮半島や台湾ではその後も冷戦状態が続き、また中国国民党による台湾の独裁も長期に及び、敗戦以前に内地（あるいは樺太や満洲）へと四散していた旧外地籍の人々は、その一部がさらなるディアスポラを強いられることになりました。

戦時下の朝鮮や台湾の日本語作家のなかにも、すでに「親日」的な作家とかならずしもそうとは言えない作家が混在していました。しかし、その彼らの戦中の選択がそのまま彼らの運命を単純に二分したわけではありません。「親日」の先頭に立った李光洙《イグァンス》は名誉回復の機会もないまま北朝鮮へと連れ去られ、歴史の舞台から消されます。民衆派のプロレタリア作家から出発しながら、途中で「転向」して『加藤清正』（一九三九年）など国策文学を書く方へ方向転換した張赫宙《チャンヒャクチュ》は、戦後日本に帰化を果たし、野口赫宙として創作を続けます。また、金史良《キムサリャン》は『光の中へ』（一九三九年）

が芥川賞候補になるなどしますが、朝鮮語での執筆や朝鮮語文学の日本語訳の仕事などにも従事し、朝鮮人作家としての自分を隠すことがなく、日本の敗戦前夜に中国の抗日拠点に渡り、解放後は朝鮮人民軍と行動をともにしながら戦場で病死。また、『朝鮮民謡集』（一九二九年）以来、朝鮮詩の名訳で佐藤春夫や北原白秋の絶賛を得た金素雲《キムソウン》は、戦後は韓国に戻ったものの、二言語を使い分けながら批評活動を続けましたし、張赫宙や金史良とも親交のあった金達寿《キムダルス》は、戦後在日朝鮮人作家として押しも押されぬ第一人者としてその名を轟かせました。

他方、台湾人の日本語作家、張文環は、台湾の土着的な素材を積極的にとりあげて帝国日本の国策文学の一翼を担ったひとりでしたが、戦後は中国国民党の独裁のもとでなかなか執筆生活に戻ることができず、思い出したように日本語で回想小説を書くことになりました。同じく台湾作家、呂赫若は「光復」後、執筆を中国語に切りかえようとしますが、国民党の独裁が始まると同時に姿をくらましました。

こうした旧外地出身者のその後を見るにつけ、日本人総引揚げというプロセスがもった画一的な集団性が日本文学の戦後をきわめて均質なものへと導いたように思えます。であればこそ、旧外地出身の表現者たちの介入は戦後の日本語文学に対して「棘」のような作用を及ぼしつづけたのです。

戦後の日本は、旧外地籍の保有者に対しみずから進んで日本国籍を与えようとしませんでした。しかりに旧内地の生まれでも父親が外地籍を有するかぎり日本国籍からは弾かれた時期が長かったのです。したがって在日一世と二世以下に権利上の区別はありませんでした。しかも戦後、一度でも朝鮮や台湾に帰郷した人間には「再入国」が認められず、在日朝鮮人や台湾人の多くに「密入国」

の嫌疑がかけられました。台湾生まれの邱永漢は国民党政権に抗議して香港籍を取得した台湾出身者ですが、その『密入国者の手記』（一九五六年）は旧外地出身者の悲哀を伝えています。また金達寿は『密航者』（一九六三年）などで朝鮮人の越境体験を描いています。その後、日本と韓国の関係が正常化されるとともに在日作家の韓国訪問や韓国留学などが活発になり、李恢成の『見果てぬ夢』（一九七七—七九年）や李良枝《イヤンジ》の『由熙《ユヒ》』（一九八八年）などが書かれるようになりますが、これらは金石範《キムソッポム》の『火山島』（一九七六—七九年）や梁石日《ヤンソギル》の『死は炎のごとく』（二〇〇一年、後の『夏の炎』）と同じく日本と朝鮮半島、そして三十八度線というふたつの国境に悩む在日朝鮮人の現実を映しだすばかりか、東アジアの一向に見通せない未来をそれでも透視しようという強い意欲から生まれた作品群です。旧外地出身者やその後裔は、日本史よりも東アジア史をまず優先的に生きる存在だからだと思います（沖縄の作家に特徴的なのもこの点である）。特定の国家や国語から距離をとり、まさにその周縁から生みだされることによって強靭なエネルギーを蓄えつつある「在日（外国人）文学」には、「日本文学」よりも「東アジア文学」という枠組みがいっそうふさわしいように思います。

＊ 私は本講演のもとになる文章を「東アジア文学史」の一部をなす「日本語文学」なるものの「輪郭」を描くというプロジェクトに奉仕するという感覚で書いた。ここに「韓国・朝鮮語文学の輪郭」「中国語文学の輪郭」といった種類の素描が並行して書き足されていけば最新の「東アジア文学史」なるものが完成するのではないかという思いが先にあって、そこで構想したものである。

冷戦の影響がいまでも深く刻みこまれている「東アジア」において「歴史」も「文学史」も何もかもが流動的、そして進行形である。そして、それがまさに「進行形」であることを最もはっきりと示しているのが各「語圏文学」のまさに周縁に位置している「マージナルな文学」なのである。

旧来の「日本文学」がどこまでも「定住民の文学」でしかありえなかったなかに、今日の「日本語文学」という広域的な人間の移動を背景にした「移動民の文学」を先取りするようなさまざまな様態がすでに刻みこまれていたということを強調したかった。リービ英雄や楊逸や温又柔らの華々しい登場は、けっして「現代」にのみ特徴的なものではないというのが私なりの見立てで、こうした「日本語文学史」の書きかえの試みは端緒についたばかりだが、たとえば国境をこえ、言語圏をまたいだ「移動民の文学」が避けては通れない「バイリンガリズム」の問題については、すでに『バイリンガルな夢と憂鬱』（人文書院、二〇一四年）のなかに私なりの考えは示したつもりである。

文字媒体での初出は「科研費基盤研究（B）現代世界における言語の多層化と多重言語使用がもたらす文化変容をめぐる多角的研究」（二〇〇一―〇三年度）の『報告書』（二〇〇四年）だが、そもそもは一九九八年あたりから国際比較文学会の東アジア地域理事の方々が中心になって日韓中三言語版で企画されていた『東アジア比較文学史』なるものへの寄稿を意図しながら準備していたものである。この出版企画自体は実現しなかったが、上垣外憲一さんの厚意もあって国際比較文学会リオデジャネイロ大会での発表原稿のいくつかとともに、その英語版（"Frontiers and Borderlands of Japanese (Language) Literature"）が、『二〇〇七年東アジア及び南米比較文学ワークショップ報告書』（帝塚山学院大学国際理解研究所、二〇〇八年）に収録されることになった。ただし本書に収録したバージョンは、二〇一五年六月七日に淡江大学で開かれた「シンポジウム　移動の中の「日本」――空間・言語・記憶」でおこなった招待講演を文字化した『淡江日本論叢』第三十二輯（中華民國一〇四年十二月）にもとづく最新版である。

II

脱植民地化の文学と言語戦争

1

一九五五年にインドネシアのバンドンで開かれたアジア・アフリカ会議は、インドネシアのスカルノ、中華人民共和国の周恩来、インドのネルー、エジプトのナセルなどの大物をはじめとして二年後に「ガーナ」という国名を名乗ることになる「英領ゴールドコースト」まで含めたアジア・アフリカ二十九ヵ国の首脳クラスが集まり、東西冷戦のなかで「反帝国主義」「民族自決」をモットーに「第三」の立場を示して、後の「第三世界」という言葉が生まれるきっかけをつくった世界史的なイベントでした。そしてそこに集まったアジア諸国は、インド以東にかぎれば、タイを除いていずれもが第二次世界大戦で日本の軍事占領を受けた地域であり、結果的に日本の軍事占領がある種の「呼び水」となって「脱植民地化」にまで漕ぎ着けた国々でした。マレーシアやシンガポールの独立までにはもう少しごたごたがありましたが、一九四八年に英連邦を離脱したビルマ（現在のミャンマー）、その後ベトナム戦争を経験しなければならなかったものの、一九五四年のディエンビエンフーの戦でフランスの撤退を決定にしたベトナムなどの元フランス領、そして旧オランダ領のインドネシアや、旧アメリカ領のフィリピンなど「アジア人の国家」を承認された諸国が名を連ねていました。そして一九六〇年代に入ると、一九五五年の時点では政治的な独立を実現していなかったアフリカやカリブ海地域の元英領、元フランス領の多くが政治的独立をたぐりよせ、その意味でもバンドン会議の歴史的意義は絶大でした。今日まで続く中華人民共和国の世界政治・世界経済に対するプレゼンスの端緒を開いたのもこのバンドン会議でした。戦勝国としての「中国」を代表する国家の地位を実質上中華民国から奪い取った中華人民共和国にとって、この会議の主導権を握ることはきわめて重要なことであったでしょう。また、この会議に際しては、かつて日本が主導した「アジアの解放」（大東亜宣言）の「正当性」をあたかも事後的に承認するものであったかのような文脈をたぐりよせようとする者もいました。当時、日本の外務大臣だった重光葵は戦中の「大東亜会議」の実施に向けて奔走した外務官僚でもあったわけですが、バンドン会議に先立っても「アジア諸国が植民地主義から解放され、自由独立の天地に発展向上することは、日本の切に願うところである」との持論をくり返したばかりか、「本来のアジア的文化に加えて西洋文明にも浴した日本は特異な立場に立つ」と言い、日本は「この二つの世界を結ぶかけ橋の役割を果たしうる」とまで豪語したほどです（宮城大蔵『バンドン会議と日本のアジア復帰』草思社、二〇〇一年、一〇八ページ）。

ともあれ、参加国の思惑はそれぞれにまちまちであったでしょうが、「冷戦体制」を敷いた米国とソ連の両大国が関与しない代わりに、戦勝国の地位を継承した中華人民共和国と敗戦国の日本が非ヨーロッパ世界の新しい門出を祝うというきわめてイビツな構成からなる会議でした。また、それは十七度線で分断がいったん確定したベトナム民主共和国とベトナム国が同時に参加するという「冷戦」状況に楔を打つような会議でもあったのです。

しかし、こうしたバンドン会議の盛りあがりを尻目に、かつて日本の植民地であった台湾に拠点を移した中華民国は、中華人民共和国との対立関係が理由でこれには出席せず、また朝鮮戦争の休戦後まもない南北朝鮮は、ソ連や米国に対する依存の高さもあったのでしょう、この会議には代表を送っていません。当時ソ連邦の強い影響下に置かれていたモンゴルも同じです。

つまり、バンドン会議は部分的に「冷戦状況」からの自立をもくろんだ歴史的な会議であったと同時に、北東アジアに限定すれば、「冷戦状況」の過酷さを浮き彫りにしながらも、米ソに対抗する形で「第三極」＝中華人民共和国の「台頭」、そして敗戦国日本の「再出発」を世界が承認するかのような会議となりました。

ちなみに一九五八年にタシュケントで第一回アジア・アフリカ作家会議が開かれ、これにもバンドン会議とほぼ同じ形で日本が参加しています。ただそこではフルシチョフ時代のソ連が大きなプレゼンスを示しました。

というわけで一九四五年以降の地球規模での「脱植民地化」の動きと、米ソを軸にした「冷戦状況」とがけっして世界の二分ではなく、「第三世界」という「スペース」を産み、その「スペース」に対して中華人民共和国と日本が特別な位置を占めるようになっていった経緯がわかると思います。

2

じつは、バンドン会議から今回の話を始めたのには理由があります。私は地球規模で「脱植民地化」を考えるときに、いくつかのタイプを考えなければならないと考えています。

一九世紀の末から二〇世紀にかけて、西洋列強と日本はまさに帝国主義的な覇権主義を展開し、しのぎを削りながら自国の「国語」を「帝国の言語」として植民地全域へと広めていこうとしました。結果として、それらの地域では現地人のなかから「帝国の言語」を用いる作家たちが続々と台頭するのです。なかには英語とベンガル語をともに用いたタゴールのような詩人もあらわれ、またケニアのグギ・ワ・ジオンゴのように最初用いていた英語を捨て、しかも広域的に汎用性のあるスワヒリ語でさえなく部族語のキクユ語を用いるという道を最終的に選択した作家もいます。しかし、少なくとも「帝国の言語」は、知的好奇心を満たすうえでも民族運動を国際的に展開するうえでも地域の知識人や指導者にとって避けては通れない言語になっていったのです。

そしてそうした諸国が第二次世界大戦の終結を契機に、独立後の体制を構築するにあたって、どのような言語政策を用いるかはまずもって緊急の課題でした。要するに「旧宗主国」の言語を手放すか、手許に残しておくかという問題です。

すでに世界史的には一八世紀のアメリカ合衆国の独立や一九世紀に入ってからのラテンアメリカ

諸国の独立のように新興国が旧宗主国の言語をそのまま「国語」として継承し、さらにはヨーロッパ系有産階級のヘゲモニーを温存する形の「脱植民地化」を果たした事例が覆しようのない前例として存在しました。

ロシア革命後、非ロシア民族に形式的な「独立」を保証したソ連邦各共和国の場合も、ロシア語の地位は絶大でした。

つまり「脱植民地化」には、「帝国の言語」を温存しながら言語を介した「旧宗主国」との連携を完全には断ち切らずに済ませるというモデルがひとつの選択肢としてありえたということです。とくに両アメリカ大陸やアフリカ（アラビア語圏は少し例外的な扱いになりますが）において、「帝国の言語」のプレゼンスは政治的にも文化的にもきわめて大きいものでした。そしてグローバル化の時代に入って、元英領植民地では英語の地位がいよいよ揺るぎないものになりつつあるのですが、これと並行して英領以外、つまりフランス領やスペイン領・ポルトガル領だった地域でも「旧宗主国の言語」と「英語」のあいだの覇権争いがいままさに熾烈なものとなってきています。とくに中南米やカリブ地域では長く政情が不安定であったこともあって、米国やカナダへの亡命・移住・難民送出が進み、そもそもフランス語やスペイン語を母語としていたはずの人々が北米の英語圏に移り住んだ後にはその多くが英語を受け入れ、文学創造にも英語を用いるケースがめだってきつつあるのです。これらの地域は、そもそもヨーロッパ人の到来以前は豊かな「言語的多様性」を示していたのですが、そうした「多様な言語」のなかで今日まで生き延びたものはきわめてわずかです。一九三〇年代あたりからラテンアメリカでは「インディヘニスモ」と呼ばれる文学運動が勃興し、ホセ・マリア・アルゲダスのようにケチュア語のフォークロアに土台を置く作家が登場し、ノーベル賞作家マリオ・バルガス＝リョサのようにその後継者たらんとするものもあらわれてきていますが、彼らでさえスペイン語を手放すことはなく、そのバルガス＝リョサは米国や英国の「英語」に対する警戒心をつねに働かせている。それがラテンアメリカの現状です。

それでは、アジアはどうでしょうか？

まずひとつ顕著な現象として言えるのは、元英領では「帝国の言語」としての「英語」がなしくずし的に温存されたということです。インドしかり、シンガポールやマレーシアしかり、そして一九〇〇年以降米国の支配を受けていたフィリピンしかりです。そこでは、多様な言語のなかからマレー語やフィリピノ語、ヒンディー語といった「国語」もしくは「準＝国語」が選びとられ、その整備がはかられつつ、しかし「英語」はそれでも国内外で汎用性の高い公用語として残され、むしろグローバル化の時代に入ってからはそれを有効に活用しようという動きが強いのです。いったん根を下ろしかけた英語をわざわざ「公用語」の地位からひきずり下ろすのはもったいないとでも言わんばかりです。

これに対して、元オランダ領であったインドネシアや元フランス領の「インドシナ」は事情が違いました。それらの地域では「旧宗主国の言語」が一掃されたのです。ベトナムのように社会主義路線を歩んだ国にはフランス語に代わってロシア語が存在感を示した時代もありましたし、またソ連邦の崩壊後は、そういった地域でも英語への接近がグローバル化に参入するうえでの最低条件になりつつあります。

つまり言語政策に絞ってアジアの「脱植民地化」を考えた場合、「旧宗主国の言語」の影響力の排除がひとつの傾向として存在し、「英語」だけが「グロービッシュ」として生き残りつつあるという現実的傾向がみえてくるでしょう。

そして台湾や朝鮮半島などにおける日本語の地位もまた、フランス語やオランダ語と同じく急激な低下を迫られたのでした。これはいまさら言うまでもないことです。

他方、アジアには西洋列強の進出以前からすでに文字体系がある程度まで確立されていました。なかには植民地支配を契機に漢字を活用するスタイルからローマ字表記に切りかえたベトナム語、あるいは一時はアラビア文字を使っていたのを英領植民地時代にローマ字に切りかえたマレーシア語のような例もありますが、タイがそうであるように、カンボジアのクメール語やラオスのラーオ語などは、独自の文字を植民地支配以前から用いてきているのです。

というわけで、バンドン会議に集まった諸国のなかで西洋諸語に対する依存の仕方はまちまちでした。そして西洋語のなかでは英語への依存が最も強く（とくにアフリカから参加した国はエジプトやスーダン、ガーナ、リベリアなど、そもそも「英語」への依存の強い国々がほとんどでした）、逆にアジア諸国はかつての漢文化・インド文化、あるいはイスラム文化の影響下で独自の言語とその書記スタイルをすでに確立させていた国々が中心でした。アジアの「脱植民地化」は、とくに文学のような芸術分野では総じて「帝国の言語」が駆逐される傾向にあったのです。

そしてもうひとつ忘れてならないのは、いわゆる「東南アジア」地域における「華人＝華僑」のプレゼンスです。これは社会言語学的にいえば「北京語＝マンダリン」の存在感と言いかえてもいいでしょう。つまり、「馬華文学」などというものが成立してくる土壌がそこでは育まれていたのです。

というわけで、バンドン会議に参加した「第三世界」の国々の「脱植民地化」と「公用語」および「文学言語」の問題をざっと一望してみたのですが、こうしてまわり道をしたことで「冷戦状況」のあおりをくって「バンドン会議」に代表を送れなかった南北朝鮮や台湾（中華民国）の「脱植民地化」が持った特徴がみえやすくなったのではないでしょうか。

3

まず南北朝鮮は、「旧宗主国の言語＝日本語」の排除とともに、長い歴史をもつ漢文化の影響を徹底的に排除すべく漢字の廃止という強硬な政策を推し進めました。ハングルという独創的な表音文字の可能性にすべてを賭けたと言えるでしょう。これは、すでにみた例ではビルマ（＝ミャンマー）やカンボジアやラオスなどのケースに近いと言えます。そしてとくに韓国語・朝鮮語以外のマイノリティ言語を話す住民が存在しないことも南北朝鮮の「単一民族主義」を支えており、むしろ南北朝鮮では「在日」や旧ソ連領に住む「高麗人《コリョサラム》」など、ディアスポラ・コリアンの言語との関係構築が言語問題として存在するだけなのです。

他方、台湾では、古くは文字なども持たなかった「華麗島＝イリャ・フォルモーザ」に文字を持ちこんだのはポルトガル人であり、次にオランダ人でした。そこへ明・清期の漢民族流入が続いて、次第に「中国化」の波が及んだわけです。しかし中国語圏で近代文学（白話文学）が成立するよりも前に日本の植民地統治を受けることになった台湾は、近代文学の成立にあたって日本語で書くか、大陸で立ち上がった白話文によりどころを見出すか、台湾独自の文字体系を文学創造の力によって確立させるかという三択を迫られることになります。しかも、そうした三つのなかで日本語以外の選択肢がほとんど失われていった時期に島は「解放＝光復」の時を迎えたわけでした。

国共内戦にあけくれる大陸中国では、それでも近代化とともにイデオロギー対立をこえて「国語＝普通話」の標準化だけはしっかりと進められていましたから、解放後の台湾でも「国語」の選択にさほど迷うことはなかったようです。しかし、いざとなってみると、「本省人」が日常的に話していた台湾諸語（閩南《ビンナン》語や客家《ハッカ》語や「原住民」諸語）と「国語」のあいだの乖離は容易に克服できるものではありませんでした。とくに「本省人」と北京官話をおもに話す「外省人」とのあいだの齟齬や確執は、「省籍矛盾」の形で社会から文化にいたるまで、さまざまなところで一部少数派による多数派の支配という緊張を産んだわけです。また国民党の独裁、中国共産党の独裁、そのいずれをも受け入れようとはせず、第三の道をめざした台湾人のディアスポラ（そこには戦地や大陸から引き揚げてきた「本省人」の一部も含まれました）。日本や北米、香港へと散らばった華人集団です。このことを考えるには華人を巻きこんだ複雑な「冷戦状況」を考えないわけにはいきませんが、台湾は「国共対立」という冷戦とともに「省籍矛盾」という冷戦的な状況をうちに抱えこんだのです。台湾文学がそういう激しい人口移動の渦中で新しい門出を切らなければならなかったことだけは確かでした。

そしてまず北京官話を話す国民党系の表現者たちが台湾文学の最初のリーダーになったこと、このことは重要でしょう。それこそ国民党の独裁が「反国民党」的なディアスポラ（要するに日本や北米への「亡命」）を引き起こしたことと、これとを混同してはなりませんが、初期の台湾文学は「国民党系の亡命文学」とでも呼ぶべき特徴を引き受けたのです。

「エミグレ文学」という呼称は、フランス革命以降、ヨーロッパ人の政治亡命に伴う文学的な潮流として生まれましたが、同じ現象は「冷戦状況」のなかで多数の「反共的な亡命者」を受け入れた西欧諸国や南北アメリカ諸国において継承されました。彼ら亡命者たちは現地社会への適応よりも郷里への郷愁、そして郷里を支配するイデオロギーに対する嫌悪感を前面に押しだす形で愛国主義的な文学を成立させ、一九五〇年代の台湾文学は、基本的にそういった「亡命文学」としての特徴を濃厚に漂わせていたことになるのです。しかも、台湾には「亡命文学」以外の「郷土文学」が当初は未成熟でした。

つまり、国民党の台湾支配は、同じ漢民族で同じ「国語」を分かちあえたかもしれない「本省人」を底辺に追いやる「外省人」による一種の「植民地統治」に近かったのです。それこそ、英国を追われてきたアングロ・サクソンが最終的に米国を独立させ、またその例に倣って現地生まれの「クリオーリョ」たちが先住民にはなんら解放ももたらすことのない独立をなしとげたように、「旧宗主国」の言語や文化に対する忠誠こそ失わないものの、まさにその「旧宗主国」との距離をこそナショナル・アイデンティティの基礎に置こうとした「遠隔地ナショナリズム」が台湾文学の基調になったのでした。そして台湾海峡を挟んだ国共対立が終息の気配も見せないまま、台湾文学は一九六〇年代あたりからようやく「本省人」をも巻きこみながら「郷土文学」へと少しずつその裾野を広げ、一九八七年にいたって、ようやく国民党の一党独裁からの解放という新しい時代に突入したというわけです。北京官話を唯一の「国語」とした一党独裁の終わりは、「多言語の島」としての台湾イメージの再浮上を意味しました。

いまや台湾文学は、南北アメリカの文学が英国やスペインやポルトガル本国の文学とのあいだで「市場」としては「地続き」になろうとしているのとは違い、大陸の文学とは確実に一線を画しているでしょう。そして「外省人」の文学においてすら「亡命」後の経験を中心に文学的な素材が拾われるようになり、「郷愁の文学」というより「本土化の文学」の要素を強めているいると言えるでしょう。しかも、その「本土化」の流れのなかで「原住民」を含む「本省人」のプレゼンスもまた強まりつつあるわけです。

しかし、一時的にでも台湾文学が「亡命文学」としての特徴を前面に押しだしたものであったことを忘れるべきではないでしょう。島の多言語状況とは別に「普通話」という「リンガ・フランカ」を通じて、大陸はもとより世界の華僑とつながりうる文学の国際的なネットワークが「台湾文学」の未来へとつながっていったからです。

そして同時に、台湾文学の「本土化」が進むなかで、そもそも北京官話とは異なる閩南語や客家語を「母語」として授かりながら育った「本省人」の台湾文学への参入は、世界規模でみるともうひとつのタイプの「脱植民地化」の事例との共通性を強く持っているのです。

それが「クレオール」です。

4

言語学でいう「クレオール言語」とは、コロンブス以降の西洋植民地主義の歴史の副産物として、ヨーロッパ諸語を母語とはしない人々がカタコトの西洋語を話し、そうした「ピジン言語」がしだいに母語に等しい地位を得て世代間に継承され、いつしか「宗主国の言語」とのダイグロシア関係を生きるようになったものです。現在でも、とくにカリブ海地域では広範囲で用いられており、元英領のジャマイカやトリニダードでは一般に「パトワ」と呼ばれ、ハイチやフランス領のマルチニークなどでは「クレヨル」、元オランダ領のアンチルでは「パピアメントゥ」の名で呼ばれるのですが、こうしたクレオール言語の存在感は、現地出身の作家たちにさまざまな実験を強いてきました。英語圏の現代作家には、「パトワ」の荒々しい響きを前面に押しだすことで英語圏文学のなかで最も戦闘的な一群の作家たちが含まれます。またフランス語圏では「クレヨル」の独特な言語的遺産をフランス語に置きかえることでフランス語そのものの「歪曲」と「酷使」を推し進める作家がいます。「クレオール性」という「国民国家」の原理をこえた世界観を打ちだしていることも、フランス語圏クレオール作家の特徴です。また、オランダ語はもとよりスペイン語やポルトガル語や英語の要素まで大いに含みこんだ「パピアメントゥ」の使用地域では、宗主国の言語を用いたオランダ語文学を凌ぐ勢いで「パピアメントゥ」の正書法にもとづいた創作が少しずつさかんになってきています。こうしたカリブ海地域の現実は、一九四五年以降の台湾に生まれえたかもしれない、また、これからだっていつ生まれないともかぎらないさまざまな言語実験の可能性を示唆しています。

じっさい、日本統治期、そして国民党の一党独裁期には困難であったことの多くが、いまなら可能かもしれないとも思います。安定性を志向する「国語」と比べて、庶民の言語としてのクレオール言語は変幻自在で、創意に富み、あらゆるものを「食人的《カンニバル》」に呑みこんでしまう生命力を備えています。要するに台湾文学は、「国語」の下位に置かれている台湾諸語の用い方次第では「本土化」の傾向をさらに強めうる潜在的な可能性を秘めているのです。しかも「リンガ・フランカ」としての北京官話を手放さないことで世界の華人とのネットワークをもまた手放さずに済ませられるでしょう。

5

考えてみれば、日本もまたそうであるようにどのような「国語」にも下位言語としての「方言」は存在します。北海道開拓や琉球処分、台湾やサハリンや朝鮮半島の領有以降、日本語文学は、現地人作家の参入をも経験することで躍動感のある文学史を産みだしてきました。日本語を「母語」とはしないリービ英雄や楊逸や温又柔の登場を可能にしたのも、明治以降に培われた日本語文学の弾力性がちゃんと物を言っているのだとぼくは思っています。

たとえば日本語の印刷物には「ルビ」なるものが存在します。佐藤春夫や中西伊之助、あるいはバチェラー八重子や大城立裕の文学の成立を考えるときに「ルビ」の効用を軽視するわけにはいきません。植民地支配の拡大を推し進める時代、日本の文学は見た目「一言語」で書かれているようにはみえても、そこにはさまざまな異言語が鳴り響いていました。植民地地域の多言語状況を「写しとる」ことは、「ローカルカラー」を前面に出すうえで最も効果的な方法でした。そして敗戦後、植民地を失った後も、在日外国人のさまざまな作家たちがそれぞれのディアスポラ体験、移住体験を踏まえながら日本語文学の多声化を試みようとしています。

おそらく日本語圏以上に長く、しかも広範囲でのディアスポラ、亡命や移住を重ねてきた華人の記憶は、台湾を足場に置きつつも華人文学の多声化を促すでしょう。それは大陸中国で生じるかもしれない多言語状況をふまえた文学といつでも張りあえるもうひとつの実験を可能にするはずなのです。そしてそのとき、カリブ海地域で起きているように下位言語を荒削りなまま文学のなかにとりこむ手法、あるいは下位言語に正書法を与えてその文学的成熟を待つという手法、そういった方法も多様に追求されていくことでしょう。

じつは、旧植民地地域が「脱植民地化」のプロセスをたどるなかで「国語」による異言語の完全な制圧がなしとげられている地域は思いのほか少ないのです。「バンドン会議」に参加した国のほとんどは、いまなお少数民族や少数言語を抱えています。またそうでない国々（たとえば韓国）においても、「非＝国語」のプレゼンスは、北米に拠点をおくコリアンを含めたディアスポラ・コリアンとの交通なしには国民文学自体が成立しない時代を迎えようとしている点にみてとれます。

6

ところで二〇〇九年、植民地文化学会の年次大会に招かれて台湾の作家である李喬さんが来日されました。そして講演の冒頭では少しだけ日本語でお話をなさったのですが、李喬さんは一九三四年のお生まれですから、少年時代に身につけられたその日本語は、たどたどしくはあっても堂々たるものでした。そしてそのお話のなかで私がつくづく感じ入ったのは、彼がフォークナーをこよなく愛し、中国語であれ日本語であれ、その翻訳があればなんにでも飛びついたとおっしゃったことでした。そのとき私は多和田葉子さんの『エクソフォニー』に出てくるエピソードを即座に思い起こしました。

ゲーテ・インスティチュートの招きでソウルを訪れた彼女は、パネル・ディスカッションの席で、韓国人を代表する作家のひとりであるベテランの朴婉緒《パクワンソ》さんに対して会場から向けられた「影響を受けた外国の作家は誰ですか?」という質問をめぐるやりとりに度肝を抜かれたというのです。その質問に「何人かヨーロッパの作家の名前を挙げ」て済ませようとした朴婉緒に対して、質問者は「日本の文学は全然読まなかったんですか?」とたたみかけました。そしてこの再質問への応答が多和田を愕然とさせたのです。

日本文学が外国文学だという発想はわたしたちの世代にはない、わたしたちの若い頃は日本語を読むことを強制され、韓国語は読ませてもらえなかったのだし、だからドストエフスキーなどヨーロッパの文学も全部、日本語訳で読んだのだ、と答えた。（多和田葉子『エクソフォニー——母語の外に出る旅』岩波書店、二〇〇三年、六一ページ）

朴婉緒さんは一九三一年の生まれで、八歳のときにソウルに出て、ほぼ六年間、日本の植民地教育を受けられたのだそうです。彼女はソウルで日本語を通して「外国文学」に親しんだ世代なのです。李喬さんよりも三つ年上でいらっしゃるから、日本語（当時の「国語」）への依存はいっそう強かったのでしょう。

そしてこの朴婉緒さんとの応答をふり返りながら、多和田は続けます。

母語の外に出る楽しみをいつも語っているわたしだが、日本人のせいでエクソフォニーを強いられた歴史を持つ国に行くと、エクソフォニーという言葉にも急に暗い影がさす。母語の外に出ることを強いた責任がはっきりされないうちは、エクソフォニーの喜びを説くことも不可能であるに違いない。（前掲書、六一—六二ページ）

多和田葉子さんのように多彩で、複数言語を文学としてあやつる才人にしてからが「母語」「母国語」の唯一性という信仰から自由ではなかったということは、日本における「国語ナショナリズム」の強靱さを物語っていますが、であればこそ、この驚きはすべての日本人が共有すべきものでしょう。少なくとも植民地支配を経験した地域の方々は基本的に複数言語使用を要請され、「母語」

さえもがひとつではありえない状況を生きてこられた。そしてその多重な言語能力は、ときとして「外国文学」を読むときにとても都合のいいツールにもなった。そういう場合には、「日本文学」でさえ日本統治経験者にとっては「外国文学」ではないのです。それは「バンドン会議」に参加したほとんどの国々の人々、とくに知識人が経験していたことでした。インド人やガーナ人にとってシェークスピアは「外国文学」だったか？　ベトナム人にとってラシーヌは「外国文学」だったか？　多和田葉子でさえもが、そういった問いをソウルに行くまでは自分に向けることがなかったのですが、この問いは「ポストコロニアル文学」の本質を突いています。

歴史を経て、いまの若い台湾人や韓国人にとって日本語文学は、それこそ在日朝鮮人が書いたものすら「外国文学」にすぎないかもしれません。しかし「脱植民地化」というプロセスは、そういう長い時間を経てはじめて達成へと近づくのです。そして、そうこうするうちにグローバル化の嵐のなかで世界中の人々が英語文学を「外国文学」とは呼べなくなっていくかもしれない、そんな勢いです。「世界文学」なる言葉が台頭してきた背後には、そうした「英語帝国主義」の影が大きく落ちています。

李喬さんの話を聞いて思ったことのひとつがこれでした。台湾の文学は、マレーシアをはじめとする東南アジアや北米の華人同胞との関係を無視しては成立しないでしょう。そこでは北京官話（普通話）が「リンガ・フランカ」であると同時に、英語に期待される役割も大きくなってきそうな気がします。ぼくも世界をかなり旅してきましたが、華人の存在感が大きいのはとりわけ英語圏なのです。ともあれ、かつて植民地宗主国の「国語」が果たしていた「リンガ・フランカ」としての役割を英語が果たすようになっているというのが二一世紀の地球を動かしつつある時代の趨勢です。

そしてもうひとつ、李喬さんの話を聞きながらなるほどと頷かずにおれなかったのは、彼がフォークナーをこよなく愛しておられるということでした。フォークナーはご存じのとおり米国南部のミシシッピ州の出身で、まさに南部の歴史に根ざした物語を英語で書きつづけた作家でした。しかしミシシッピ河流域は、河口の港町ニューオーリンズを中心として、そもそもはフランス領ルイジアナとして君臨した土地です。ところがナポレオンによるルイジアナのアメリカへの売却、そして南北戦争で頂点に達する奴隷制経済の崩壊とともに、南部はしだいに北部のアングロ＝サクソン文化へと同化を迫られたのでした。

同じく南部作家のひとりにテネシー・ウィリアムズがいますが、有名な『欲望という名の電車』の女主人公は映画や芝居では「ブランチ」の名で呼ばれていますが、そもそもはフランス系農場主の家に生まれ、ブランシュ・デュ・ボワ（Blanche Du Bois）が本名でした。しかし奴隷制の廃止とともに没落した名家の娘である彼女は、プライドだけは失わないまま、しかし背に腹は代えがたく英語教師をしながら糊口をしのいでいたのですが、とうとう家屋敷を借金のかたにとられて、妹がポーランド系のアメリカ人と暮らしているニューオーリンズに幽霊のようにさまよい出てくるという話です。ともかく、政治的・経済的な覇権が歴史とともに移り変わっていくなかで歴史にもてあそばれるように生きてきた人々の波乱万丈の歴史が「弱者」の物語として書かれるのがアメリカ南部文学の特徴でした。フランス統治時代の記憶や奴隷制時代の記憶からなかなか逃れられずにいる伝統的な南部社会の停滞感、しかし世の中が急速に移り変わろうとしているからこそ哀愁を誘う停滞感という主題は、まさに李喬さんの文学の主題だと言えるでしょうし、日本にもフォークナーに深く傾倒した作家として大江健三郎や中上健次や津島佑子らの名があげられます。そうした作家たちの作品にも通じる要素が、台湾ではその歴史と分かちがたい形で沁みこんでいるのかもしれないと、私は李喬さんの話を聞きながら思ったのでした。

日本語でも紹介されている『寒夜』（岡崎郁子、三木直大訳、国書刊行会、二〇〇五年）を読むにつけ、「客家語、閩南語、日本語、先住民語（おもにタイヤル語）、北京語、日本語が混在」（前掲書「解説」三九二ページ）する多言語空間を描きとったその豊かな響きは、フォークナーやその流れをも汲む中南米やカリブ海の文学にも通じるものを内包しています。

じっさい李喬さんよりもさらに若い世代のあいだでは、ガブリエル・ガルシア＝マルケスら「魔術的リアリズム」の影響が大きいとも聞いています。米国と共犯関係にあったさまざまな軍事政権の台頭を促した二〇世紀ラテンアメリカの政治風土のなかから生まれた「魔術的リアリズム」は、さまざまな植民地主義の遺産に縛られ、また米国資本の影に怯え、かつ過酷な軍事政権の抑圧を受けるなかから生まれました。そういった文学に親近感を覚えた台湾作家が少なくなかったということは、台湾の歩んだ歴史を考えれば偶然とは思えません。

植民地化であれ、近代化であれ、グローバル化であれ、それらは目まぐるしい世界の変化とその変化の最先端と比較した場合の伝統的社会の停滞感を二重に強めるものです。そして歴史に翻弄されてきた土地であればあっただけ、そういった躍動と停滞のコントラストは鮮明にあらわれてくるでしょう。

そしてそうしたコントラストを示すマーカーのひとつが言語であり、多言語的な空間にあっては、世界を蔽う躍動を満喫しようというときに使い勝手のいい言語（国際語や公用語）と、停滞感や伝統への依存を味わい尽くそうというときによりどころになる言語（土着語）に役割が二極化するのです。李喬さんという作家ははっきり台湾独立派に属することを表明されている作家ですが、それでも彼は「文学の言語」としての北京官話を手放そうとはされません。その落差をむしろ文学の力に変えようとしておられるのだと思います。

7

ここで最初の話に戻っておきますが、大航海時代以来バンドン会議の時代まで続いた植民地主義・帝国主義の時代を経て世界の多くの地域では、まさに気分しだいで言葉を使い分けながら言語間の「落差」を生きるライフスタイルがいまもなお維持されつづけています。日本では沖縄県においてすら、そういった多言語状況はせいぜい標準語と方言の使い分けレベルにまで縮小されてきていますが、たとえば目取真俊や崎山多美のような作家は、そういった歴史を逆向きに回転させるような暴力性をもって続々と日本の文壇に台頭しているいかなる外国人作家よりも、時にはもっとラディカルな形で日本語文学の平板化に逆らおうとしています。

はたして、これからの台湾文学はどこに向かうのでしょう、そして、じつは台湾以上に多くの少数民族を抱えている大陸中国の文学はどのような方向に向かうのでしょうか？

東アジアの「冷戦状況」がどのように乗りこえられていくのか、その歩むべき道はだれにも予見できませんが、「冷戦状況」が続くなかでさえ、いまや文化や人の流れは日々活発になっています。ましてや「冷戦状況」が終息に向かいはじめた日には、それはさらに激化するはずです。これから起こるかもしれない地域ごとの多言語化（国際化）と、かつての植民地を彩った多言語状況とが、そうしたなかでも一本の「東アジア文学史」としてつながっていくような気がするのです。

＊　文字媒体での初出は『日本台湾学会報』第十六号（二〇一四年）だが、これは二〇一三年五月二十五日に広島大学で開催された日本台湾学会のシンポジウムにおける基調報告の記録である。

元日本兵の帰郷

「ディアスポラ」はそもそもはローマ帝国時代以降のユダヤ教徒の離散をあらわすギリシャ語ですが、二十世紀半ばにユダヤ人国家としてのイスラエルが建国され、以後はまるで封印が解かれたかのように民族的な離散全般を指すようになりました。大西洋を跨ぐ広域での離散を経験したアフリカ系の「ブラック・ディアスポラ」や、大英帝国の支配地域を伝うようにして太平洋島嶼地域からアフリカ大陸のインド洋沿岸、さらにはトリニダードなど西インド諸島まで広く散らばった「インド系ディアスポラ」、さらにはすでに西洋でいう「大航海時代」以前から南へ西へと移住を進めていた「華人ディアスポラ」、日本の帝国主義やスターリン主義によって手玉にとられたかのような「コリアン・ディアスポラ」など、今日ではさまざまなディアスポラ現象が歴史研究のうえで焦点化されています。

ただこの「ディアスポラ」概念に、さて「ジャパニーズ」を被せてみようという段になると、どうしても留保が必要になってくる。「鎖国」の時代には一部の漂流者を除けば国外へと散らばることのなかった日本人は「開国」の後、そして「明治国家」の成立以降、徐々に国外に流出したものの、それらは基本的には「国威発揚」「海外雄飛」といった国是に沿うものとして、国家的に回収される運命にあったからです。しかも大東亜帝国の野心にもとづくこうした日本人の「海外進出」（池田浩士）は、第二次世界大戦での敗戦後、在外日本人の「総引揚げ」という形をとって、野心そのものの否定的評価と罪悪視を迫られました。つまり、日本人の「ディアスポラ」は「海外進出」を越えでるものではなく、その「進出」が「正義に反する」とみなされるや否や「帰国」という以外の選択肢は奪いとられてしまったのです。祖国の敗北後も居住地にとどまり、二世以降が現地国籍を保有した南北アメリカの日本人・日系人が「ディアスポラ」の状態に置かれていると言ってみることはできても、それが限界です（しかも日本敗戦直後のブラジルで起きた「勝ち組」の活動のように、在外日本人のあいだにもみずからが「ディアスポラ」の状態にあること自体を認めようとしない一群が存在しました）。この意味では、同じ第二次世界大戦の後に強制的な「追放」を経験させられた「東方ドイツ人」やアルジェリア独立後の「在外フランス人」のケースにみられるように、「想像された帝国」が一介の「国民国家」へと「収縮《シュリンク》」した一例としてしか、日本人の「海外進出」は歴史に位置づけられないのかもしれません。

　そこで、ここでは日本人（大日本帝国時代の「内地人」）の「海外進出」そのものではなく、大日本帝国の野心に巻きこまれて流浪を強いられた帝国のマイノリティの軌跡を戦後小説のなかに追ってみたいと思います。ここで「帝国のマイノリティ」というふうに私が呼ぶのは、帝国日本に帰属しつつも「日本語」を「母語」とするわけではなかった「言語的少数派」のことです。そもそもは明治期のアイヌがそうでしたし、「琉球処分」後の沖縄県民もそこには異論の余地なく含まれるはずです。そして台湾や朝鮮半島の現地人が「マイノリティ」の定義にあてはまったことは言うまでもないでしょう。

そして日本の「敗戦」、そして「帝国日本」の「収縮」後、そうしたマイノリティの一部は「内地」にとどまって「言語的な同化」を強めることになりますが、戦後の東アジアにおいては、かつて「日本語使用者」であったことを部分的には恥じながら、しかし「母語」を「母国語」として取り戻していったケースもあれば、意に反して新しい「国語」への「同化」を強いられる場合もあったのです。「北京官話」ではない「台湾諸語」を「母語」としながら、それに加えて日本語を取得していた台湾の方々にとっての「光復」は、「母国語の回復」と「異言語の国語としての受容」という二重の側面を持っていたのではないでしょうか。しかし、いずれにしても「脱植民地化」という現象を言語的な側面からとらえてみるのは重要なことだと思います。

＊

二〇〇八年の夏になりますが、「台湾人元日本兵の手記」とのふれこみで台湾人作家、陳千武（一九二二―二〇一二年）の小説集『生きて帰る』（原著『活著回来』は一九九九年の刊行）が「台湾研究叢書」の三巻目として明石書店から刊行されました。丸川哲史さんの翻訳です。これは二〇〇〇年の段階ですでに翻訳が刊行されていた『猟女犯』（保坂登志子訳、洛西書院、二〇〇〇年。原著は一九八四年）に次ぐもので、これら二冊の小説集の刊行は陳千武の名前を日本で一気に有名にしました。

日本統治期の台湾からは本島人日本語作家が続々と登場し、彼らによって内地人と本島人を仮想読者として立てる新しい日本語文学の可能性が追求されました。そうした本島人作家の大半は、日本の敗戦後、日本語による表現を断念することになるのですが、戦後の日本人は選ばれた読者としての立場からではないとしても、少なくとも完全に背中を向けられてしまったわけではない読者として、そのつもりになればいつでも彼らの文学に目を向けることができました。マイノリティ文学に潜在する二重性（想定される読者の二層性）は、戦後の日本語文学（とくに日本国籍をもたない「在日」の作家）を考える場合にけっして見落としてはならない重要なことがらです。

しかし日本語で書かれた作品はまだいいわけですが、『猟女犯』や『生きて帰る』のような作品は、日本語に翻訳されてはじめて日本語読者のあいだでの「生」を付与されます。「元日本兵」の体験はかならずしも日本語で綴られるとはかぎらず、旧「大日本帝国」の植民地は、それぞれの「戦後」（あるいは冷戦状況）を生きるなかでかつての戦争体験を表現し、清算するにいたっているのです。

大日本帝国の「膨張」に巻きこまれた台湾人の「海外進出」と「帰郷」。そこには「華人ディアスポラ」の特異例のひとつが見出されるように思います。

『猟女犯』や『生きて帰る』の主人公（＝林逸平）は、「台湾人特別志願兵」として南方に出征し、日本軍兵士として兵長の地位にまで昇進します。名前は「ハヤシ」ではなく「リン」で、軍隊のなかではもっぱら日本語を話していますが、彼はあくまでも台湾出身者であり、たとえば中国福建系の言語には敏感に反応する。そんな日本軍兵士でした。

『猟女犯』（初出一九七八年）は、元ポルトガル領の東チモールで「慰安婦」の調達にあたらされた主人公が「阿母《アムー》」という言葉に即座に反応し、華人系のライサーリンという名の女性（祖父や父は華人と現地人の混血、祖母は華人とオランダ人の混血という設定になっている）との「はけ口を見出せない同胞意識」に煩悶するという物語です。戦地チモールで「祖国の言葉を話す機会があろうとは、夢にも思わなかった」（邦訳五六ページ）というその遭遇体験は、彼が台湾出身者であったからこそのものでした。

いわゆる「南方」の日本軍占領地域は古くから「華人」の進出地域でもあり、金子光晴の紀行文などでも、そこではマレー系現地人に勝るとも劣らない記述が華人に対して割かれているわけですが、陳千武の小説では「台湾人特別志願兵」が主人公であるために、そうした華人との出会いがいっそう強調されるのです。

陳千武の軍歴によれば、志願兵としての入隊が一九四二年七月、シンガポール経由でチモールに上陸したのが翌年十二月で、およそ一年半のあいだチモールのバギア城に駐屯して、そして日本の敗戦の日はジャワ島で迎えたことになっています。

そして『生きて帰る』がなんといってもおもしろいのは、日本の敗戦後に「元日本兵」だった主人公が「日本語のできる華人」以外の何者でもなくなっていくプロセスが丹念に描かれている点です。

ジャワ島の「中国理髪店」（邦訳一四八ページ）を訪ねてひさびさに「閩南語」で会話を交わした

り、日本人将校から「おまえはどこの部隊か？　言ってみろ！」と指図されても飄然と開きなおり、「閩南語」で「何ノヨウデスカ？」（一四三ページ）と切り返したり、主人公はもっぱら「部外者」としてふるまうようになります。「台湾特別志願兵が死んだら、日本兵と同じように靖国神社に入るのだろうか？」（五三ページ）と自問していたのはもはや過去の話で、彼は「華人」以外の何者でもなくなろうとしているのです。

そのあと、主人公はイギリス軍管区下のシンガポールの「集中キャンプ」で台湾出身者仲間と合流し、「一九四六年七月二〇日早朝」（一七八ページ）に基隆上陸。こうして彼は、内地日本人とはまったく異なる戦後の時間を生きることになったのでした。こうした台湾人特別志願兵の戦争経験は、大日本帝国が強いた「華人ディアスポラ」の一例とみなすしかありません。そしてそこに描かれているのは台湾人の見た「大東亜戦争」であり、「部外者」の目で見た日本軍兵士群像だったのです。

『猟女犯』や『生きて帰る』を読んで目が醒める思いをしたことは一度や二度ではありませんでした。先にも触れた「祖国の言葉」を話す華僑系の「慰安婦」が「わたし、あなたが嫌い。でもわたし、あなたに、わたしを狩って欲しい」（『猟女犯』、邦訳一〇二ページ）と大胆に叫ぶシーンなどもさることながら、チモール島の駐屯地で逸平を慕い、「まるで恋人の懐に抱かれるように、逸平の甘美な愛撫を受け」る村井一等兵の挿話（『生きて帰る』、邦訳四九ページ）にしても、あるいは、うたた寝をしてしまった逸平を性の対象とみなして全身で「圧し掛か」ってきた松永准尉に思わず身を任せてしまう挿話（同、八七ページ）にしても、性的に飢えた戦場の日本軍兵士たちの性行動の描写として強烈なリアリズムです。日本軍という一見ホモソーシャルな集団のなかでの同性愛経験を描いたものは、日本語小説を含めてもきわめてめずらしいと言っていいでしょう。

しかし、なんといってもこの小説集の白眉は、日本軍兵士だった台湾人主人公がかならずしも瞬時にして日本軍兵士でなくなってしまうわけではない、そのプロセスの生々しさ、そして緩慢さにあります。

林兵長の話が終わらないうちに、ついに徳田の右手が飛んできた。もし林兵長がまったく準備していなかったら、その一撃を喰らい、下あごは脱臼していただろう。だが運良く、林兵長はゆったりと立っていた。上級将校が下級兵を殴ることについて、道理があるかどうか正しいかどうかとは無関係に、日本軍の規則では絶対に反抗できないのであった。しかし今、日本の無条件降伏のニュースが全ジャワに広がっている。多くの上級兵士や古参兵から理由もなく殴られた日本兵は、日本軍籍を放棄し、インドネシア独立軍へと走った。彼らは軍の教官となって、インドネシア民間軍の遊撃作戦を指揮し、元の占領者であるイギリス軍、オランダ軍に対抗するだけでなく、さらに敗れた日本軍の武器の略奪を画策し功労を立てたので、独立軍の中でも相当な勢力となっていた。（一五四―一五五ページ）

敗戦後においてすら日本軍兵士の階層序列は、遺制としてまかり通っていたようです。すでに林逸平が逆に相手を「半殺しにして脱走」することだって可能だったはずなのですが、それまで何度も上官の「虐待を受けてきた」彼は、「今回がおそらく最後だろう。もう一回だけ我慢しよう！」と自制心を働かせます。「林兵長には植民地にされ養われた習慣があった。我慢強さである。何と不幸な運命だろう」（一五五ページ）というわけです。

こうした主人公の態度は、もし「華人文学」として読まれた場合には国民党がふりまいた「台湾人奴隷化論」の典型例だということになるのかもしれません。『生きて帰る』という小説が現代台湾の文壇のなかにあってさえ危うい位置を占めていたことを忘れてはならないでしょう。なにより、そこに収められた作品の初出はすべて「解厳」以前でした。

しかし林逸平の徳田に対する報復は、思いがけない形で果たされます。徳田が林逸平に暴行を加える現場をひとりのインドネシア独立保安隊の将校が目撃していたからです。痛めつけられた林逸平を健気にいたわるマヤの姿とともに。そしてそのインドネシア人将校は、なんと「華僑のある織物問屋の若旦那」で、「母親はインドネシアとオランダの混血」（一五一ページ）でした。じつは林逸平が親しくしていた「中国理髪店」の娘と近々婚約する予定だということで、以前、胡之敏という名前で紹介されたことがあったのです。そしてこの物語には、この保安隊将校がマヤと謀らって徳田に「三〇回の鞭打ち」（一六三ページ）という制裁を下すことにしたというオチまでついています。

この騒ぎがあってからまもなく、日本人兵士たちはインドネシア側の警察署長が用意した軍用車でバンドンの捕虜収容所に送られていきます。林逸平は、ここではじめて日本軍の呪縛から身も心も解放されたということになっているわけです。そしてそのプロセスに間接的に手を貸したのが華人同胞であり、インドネシア独立の活動家でもあったひとりの青年でした。

＊

それでは、ここで日本の敗戦、そしてインドネシアの独立運動の時期を扱った小説としてもうひとつ、沖縄作家、太田良博（一九一八―二〇〇二年）の「黒ダイヤ」をとりあげてみたいと思います。私たちは大日本帝国の膨張主義をふり返る際、北海道開拓使による旧「蝦夷地」の併合（一八六九年）や「琉球処分」（一八七九年）の結果として引き起こされたアイヌ（「北海道旧土人」）や「琉球人」の流動化という歴史過程から目を逸らすわけにはいきません。とくに沖縄には『さらば福州琉球館』（一九八〇年）で旧「琉球人」の亡命生活を掘り起こしてみせ、『ノロエステ鉄道』（一九八五年）では沖縄県民のブラジル移住を日本人の「海外進出」と交錯させながら描きあげた大城立裕のように、「琉球人ディアスポラ」に光をあてる日本語文学の系譜が成立しています（同じ大城には、東亜同文書院への留学中、駐留日本軍に動員された沖縄人青年が上海で敗戦の日を迎える『朝、上海に立ちつくす』（一九八三年）のような自伝風の小説もあります）。

かりに日本人沖縄県民として生きられた生であろうとも、その「海外進出」には「ディアスポラ」の香りがつきまといます。彼らには「琉球人」としての歴史を担う主体、そして戦後は内地日本人とは異なる「占領」を生きなければならなかった歴史的主体としてのポジションが不可避的にのしかかるからです。そしてこのことは「琉球人のディアスポラ（や帰郷）」を台湾人のそれと比べることでいっそう鮮明に浮かびあがってくるでしょう。

そしてそうした系譜を考えるときに、戦後沖縄文学の「嚆矢」（岡本恵徳）との呼び声の高い太田良博の「黒ダイヤ」（初出は『月刊タイムス』一九四九年三月号）は重要です。

日本軍政下のジャワ島でしだいに戦局が悪化するなか、「上級幹部から下級兵士に至るまで原地人によって構成される軍隊の編成が約束された」（『太田良博著作集4　黒ダイヤ』ボーダーインク、二〇〇六年、一六八ページ）。そして「この義勇軍の発生に先立ち、まずその幹部を養成すべき教育隊が〔…〕設置され」、主人公は「原地人に日本語を教えたり、マレー語の通訳のような任務を持ったりすることになるのですが、この教育隊でめぐり逢ったのが「黒光りのする、瞳の奥に生きているその魂までが黒ダイヤのよう」な現地青年パニマンでした（一六七ページ）。

まもなく教育隊は解散になり、主人公とパニマンは別れ別れになりますが、そのまま日本軍は連合国に無条件降伏。インドネシア一帯は完全な内戦状態に陥ります。太田良博自身の書いたエッセイによれば、「日本が敗戦したとき、東部ジャワ、中部ジャワの日本軍は、機関銃を重火器とする軽装備の防衛義勇軍にあっけなく急襲され、武器を奪われて、軍司令官以下、数万の将兵がインドネシア側に監禁された」（「「黒ダイヤ」取材ノートを中心に」、一八五ページ）とのことです。しかし同じころ、主人公のいるバンドンでは事情が違っていました——「西部ジャワだけは頑として武器を渡さなかった。進駐軍は、西部ジャワの日本軍の先導でジャカルタ、ボゴル、バンドンなどの西部諸都市に進駐してきた」（同前）というのです。

結果的に「バンドンは凡ゆる民族感情の接触摩擦の激しい」状態に陥り、「日本軍、オランダ人、インドネシア、華僑、連合軍、その他の中立国人の多角的な民族的表情の複雑したもつれ」（一七二ページ）のなかで、主人公はある日、「一人のインドネシア革命軍の制服を着けた青年」（一七三ページ）から「トアン」（＝先生）とマレー語で呼びとめられることになります。かつての教え子のひとり、アブドラ・カリルでした。そのアブドラが「パニマンも一緒ですよ」（一七四ページ）と言う。主人公の脳裏には「黒ダイヤ」のような青年の瞳が鮮烈に浮かびあがる。ところが「自分はパニマンなら何十人の中からも瞬間的に識別できる」（一七七ページ）という自信があったにもかかわらず、それが思いどおりにならない。そんな彼の前に、すっかり様変わりしたパニマンが近づいてくるのです。

「パニマンです《サヤパニマン》」

自分は思わず別人のようになった彼の両腕をつかんでいた。

「やせたね《ジャディ・クルース・プカン》……」

私は胸が急につまったようになりしみじみとした口調で、しかしやっとの思いでそれだけ云った。

「スサ」と彼は軽い嘆息を吐いた。

たったそれ丈だった。彼は何も云わなかった。その目の色は何か云いたいように光っていたが短かくそう呟いて彼は何も語らなかった。

私にとって此の時、彼が嘆息と共にもらした soesah という言葉程印象的で感冥的なものはなかった。

普通インドネシア人が困った時とか、苦しい時に云うこの簡単な言葉が、この時ほど切実に私の胸にこたえたことはなかった。（一七八ページ）

このあと、小説は「あれから四年――」（一七九ページ）と書かれ、そのまま終わってしまいます。『生きて帰る』とは異なり、この小説はジャワ島での主人公の経験を「琉球人」の経験として描いたものではありません。主人公のパニマンに対するプラトニックなものであるとはいえ同性愛的な感情も、主人公が沖縄出身者であるという事実とべつだん結びつくものではないようです。しかし、一九四九年の春に『月刊タイムス』に掲載されたこの作品は、このあとまさに「沖縄文学」としての新しい生命を内に宿すようになっていくのです。

一時、オランダによって逮捕され、望郷の念にとりつかれていたスカルノら指導者が釈放されて、ふたたび故郷の地を踏み、最終的にインドネシア連邦共和国の樹立が宣言されるのはこの小説が出て数ヵ月後のことですが、まさにそうした混迷のなかにあるインドネシアに思いを馳せる形でこの小説が書かれたのがアメリカ軍政下にある沖縄であったということ。この事実をかみしめたときにはじめて「黒ダイヤ」の沖縄文学としての特徴が明らかになるのだと思います。

太田良博はこう書いています。

この小品が出て五年後、『琉大文学』一九五四年第七号の「戦後沖縄文学批判ノート」（新川明）で、他の作品といっしょに、「黒ダイヤ」についての批評を目にしたとき、批評の矢というもの

> は、意外なところから飛んでくるものだという感じをうけた。当惑したといってもよい。〔…〕しかし〔…〕その批評をとおして、自分が書いたものを見るようになった。いつのまにか、そうなっていた。〔…〕いま、読みかえしてみると、二十何年か前の、その批評がいちいちうなずけるのである。〔…〕『黒ダイヤ』は、フィクションとかロマンとかいわれるものではない。ほとんど事実にもとづいて書いたもので、一種のルポ形式だが、主観のレンズを通してデフォルメされている。主人公の少年像を前面に大映しにして、独立戦争を背景におしやった。〔新川明《あらかわ》の〕「批評」は、その点をついている。作者と主人公の立場が私的関係以上に設定されていないため、作品のはばが非常に狭くなっている、民族解放運動の全体的視野から、そのなかで動く主人公（パニマン少年）の具体的存在をとらえるべきだった、作者は本質的に侵略者であった日本軍の局外者的立場から進駐軍たる英軍（侵略者）と戦うインドネシアの解放戦争をみており、インドネシア青年たちの解放闘争の苦悩を内がわから描きえていない、と指摘しているが、その批評のおかげでそれになかった各種の問題点にも私は気づくようになった。（二八〇―二八一ページ）

要するに米軍軍政下の沖縄で執筆された「黒ダイヤ」は、新川明の「批評」を受けながら、「ありえたかもしれない民族解放小説」としての可能性を事後的に付与されて、たんなる「日本文学」ではなく「沖縄文学」としての実を結びはじめたということなのです。

一九七二年の「本土への復帰」を経ながら、パニマンの「嘆息」は、けっして他者の「嘆息」ではない、沖縄の若者のなかにも見出しうるかもしれない「嘆息」として読みかえられていきます。

少なくともパニマンの「嘆息」を同胞のなかに見出そうというような作家は、日本人復員者のなかからはなかなか生まれてこなかった気がします。

太田良博は同じ後のエッセイのなかで、「荒廃した戦後の沖縄の状況のなかから、ムルデカ（独立）の熱気にわきたつインドネシアへの憧憬が、執筆当時の私の心のなかにあったことだけはいなめない」（一八一ページ）とも書いていますが、要するに「ムルデカ（独立）の熱気にわきたつインドネシア」に対して「憧憬」を抱きうる感性が沖縄という土壌の上にこそ抱かれうるものであったことを、太田良博は時間を経るにつれて痛感するようになったのです。

日本統治期の台湾に生を受けた人間であれ、「琉球処分」後の沖縄県民であれ、「日本人」として南方に赴いた若者たちは、「戦後」という歴史的な時間のなかで「日本人」多数派には属さない自分を発見したということです。

「日本文学」は、さまざまに異質な文学と隣接しています。国民党による制圧を受けるなか、北京官話中国語で書かれた「元日本兵」の文学もやはり「大日本帝国の文学」の一部として読まれるべきですし、米国軍政下に置かれ、独立か日本復帰かという選択肢すら見えていなかった沖縄でインドネシアの政情に神経を研ぎ澄ませながら日々を過ごしていた引揚げ琉球人の日本語文学もまた、単純に「日本文学」としてくくれるものではなく、しかし同時に、それらを一括して「大日本帝国の文学」の戦後版であったとみなす歴史認識の形が確立されるべきであるように思います。

＊　文字媒体での初出は『植民地文化研究』第九号（二〇一〇年）だが、そもそもは二〇〇九年七月に開かれた「フ

ォーラム　日本軍政下の東南アジアと台湾・沖縄」（植民地文化学会）のために構想した内容だった。その後二〇一六年五月二十一日に文藻外語大學で開催された「〈東アジアにおける知の交流〉国際フォーラム」に招かれることになり、そこでは台湾の聴衆を意識しながら多少内容に調整を加えて基調講演に臨んだ。

先住民文学の始まり　『コシャマイン記』の評価について

1　大日本帝国と先住民の懐柔

「台湾」と言うときの「台湾」が「大員」と同様、古くからあった地名への「あて字」にすぎないのだとしたら、[1] 本州流の命名法の流用で「北海道」と名づけられることになった島を、[2] たとえばかりに「アイヌモシリ」の名前で呼んだとしても、さほど的外れにはならないでしょう。花崎皋平氏は、この「アイヌモシリ」の「モシリ」を「静かな大地」というふうに意訳してみせ、[3] 作家の池澤夏樹氏はそれを受け、明治初期の開拓者と先住アイヌ民族との交流を描いた小説をそのまま『静かな大地』[4] と題したのでした。

もっとも、「内地」から来る開拓者が「屯田兵」の名で武装していたのとコントラストをなすかのような先住アイヌ民族の「平和＝非好戦主義」なるものは、それこそ『アイヌ神謡集』（一九二三年）の知里幸恵の世界観を流用した「創られた伝統」にすぎないのかもしれません――「其の昔此の広い北海道は、私たちの先祖の自由の天地でありました。天真爛漫な稚児の様に、美しい大自然に抱擁されてのんびりと楽しく生活してゐた彼等は、真に自然の寵児、何と云ふ幸福な人だちであつたでせう(5)」。あるいは違星《いぼし》北斗の次のような言葉も、ある意味この神話形成に加担したと考えるべきかもしれません――「アイヌからは大西郷も出なかった。アイヌには乃木将軍も居なかった。一人の偉人をも出さなかったのは実に残念である。併し、吾人は失望しない。せめてもの誇りは不逞アイヌの一人も出なかった事である。／〃朴烈や　難波大助　アイヌから／出なかった事　せめて誇らう(6)〃」。

しかし、金田一京助が収集した「虎杖《いたどり》丸」や「葦丸」などアイヌの英雄伝説をみるにつけても、アイヌの伝承のなかには勇敢さを称えられる武将が数々登場します。要するにアイヌは「征夷大将軍」を名乗って本州から四国・九州を「平定」するような強大な政治権力が成立するまでにはいたらなかっただけで、その民族そのものが「平和」を愛する民族であったと考えるのは「戦争と平和」という二項対立的な図式に縛られた思考法にすぎず、強大な権力を誇った「ヤマト」こそが戦乱に明け暮れる先住アイヌ民族を「平定」したという説明法をもまた試してみる必要がありそうです。「平和」とは圧倒的な武力を用いた「平定」にすぎず、そうした「圧倒的な武力」の集中のない地域こそ、かえって内紛の絶えない世界であったりするのです。要するに「戦争と平和」という二項対立は、むしろ「平定と抵抗」の対抗関係でとらえなおすべきで、今日も時代はますますそういった理解図式の前景化を要請しているように思えます。そして長らく「蝦夷地」の名で呼び習わされてきた地域は、コシャマインの戦い（一四五七年）やシャクシャインの戦い（一六六九年）といった「後腐れ」を残す数々の衝突を重ねるうちに「平定」が完成形へと近づき、「北海道開拓使」の設置（一八六九年）はその過程を締めくくるものであったとも言えるわけです。要するに、その時点で「アイヌモシリ」は「日本」という近代的法治国家の「一部」になったわけです。

明治以降の近代日本は、西洋列強の例に倣って急速な版図拡大をめざしました。内地防衛を目的とした周縁地域の「要砦化」と言ってもいいのかもしれません。そして北海道の「領有」とアイヌ土着民の「同化」はその後の企みへと列なる第一歩でした。これに清国領だった台湾への出兵（一八七四年）、李氏朝鮮とのあいだに起こった軍事衝突（江華島事件、一八七五年）、さらには「琉球処分」（一八七一―七九年）が続くわけで、日清戦争の戦果として割譲が決まった台湾への日本軍上陸は大日本帝国の新しい「平定作戦」の始まりにほかならなかったのです。そして「平定作戦」にはかならず小規模な衝突がつきまとうものでした。反撃の機会を窺う武装勢力との「冷戦」が続いたと言ってもかまいません。ただ、ここで忘れてならないのは、台湾の現地人といっても、それが一様な「台湾人」などではなかったということです。ポルトガル人やオランダ人が「発見」し、対岸の福建地方からも華人が移り住みはじめるようになる以前から、この島にはいかなる「新参者」にとっても島を「平定」するうえでは避けて通ることのできない人々が棲みついていたのです。同じく「平定者」として島にやってきた日本軍は、華人と「原住民」のあいだの対立状況を巧みに利用して「分断統治」を試み、しかも「原住民」の「平定」にあたってはかつての清国よりも自分たちのほうが手腕に長けているという傲りを抱いていました。北海道アイヌ（旧土人）の「同化」に一定の成果をあげたという自負にもとづく傲りです。南方の「生蕃」もまた北方の「旧土人」と同じく、早いうちに日本の統治に服するだろうという期待があったようです。

以下は、二〇世紀の日本文学が列島（「琉球弧」）南端・北端の「先住民族」に与えた表象の来るべき比較に向けた一種の助走と理解していただければと思います。

2 「植民地文学」の四類型

植民地台湾への日本語の侵入は、北海道へのそれを後追いするような形をとりました。私は、次のように書いたことがあります──「北海道（千島・南樺太）が産みだした明治以降の文学は、先住民族が後発の入植者による政治的・文化的圧力に屈した世界各地の例に洩れず、次の四タイプに大別できる。(7)」

台湾には漢詩を核に据えた古典的な文芸形式が定着していました（台湾領有後には日本人もこうした伝統を「継承」した(8)）し、中国大陸での白話文の発達に呼応する文芸運動も少しずつ根づくようになるため、こうした「華語文化」にあたるものを考えると台湾と北海道を同一視することには少なからず無理があるのですが、逆にその部分には目をつむって「原住民」の文学だけをとりだしてみると、「先住民族」の支配文化への「同化」の度合いに差はあっても両地域は相似形を示していると言える気がします。

以下に、「四類型」についての記述をあらためて引いておこうと思います。

（1）移住（入植）者たちの文学。旧士族を母体とする屯田兵に始まり、大規模農場の拡大や鉱工業や漁業の近代化とともに導入された労働者（ここには後に朝鮮半島出身者も含まれるようになっていった）が北海道文学のメインストリームを構成する。有島武郎の『カインの末裔』（一九一七年）や小林多喜二の『蟹工船』（一九二九年）、李恢成の『またふたたびの道』（一九六九年）あたりが代表作である。
（2）布教や学術調査の名のもとに訪れた知識人による先住民族文化の調査報告。英国人ジョン・バチェラーやポーランド人ブロニスワフ・ピウスツキ、日本人言語学者金田一京助などが先駆者だと言える。
（3）上記の知識人の知遇を得るなどして先住民族のなかから登場したバイリンガルな表現者たち。『アイヌ神謡集』（一九二三年）の編訳者、知里幸恵や、『若きウタリに』（一九三一年）の歌人、バチェラー八重子がこれにあたる。彼女らは植民地主義国家日本の多言語・多文化主義的な国策に追従したかにみえるが、まずは「滅び行くアイヌ」という固定観念に対し、文字表現を通して抗ったアイヌ系表現者とみるべきだろう。
（4）北海道という土地の外地性を正面から受けとめようとする内地人作家の実験。中條百合子の『風に乗ってくるコロポックル』（執筆一九一八年）や、鶴田知也の『コシャマイン記』（一九三六年）といった初期の試みもさることながら、武田泰淳の『森と湖のまつり』（一九五八年）や池澤夏樹の『静かな大地』（二〇〇三年）などは、先住民族を内に抱えこんだ国民国家の構成員が果たすべき使命を批判的にとらえかえす現代文学のもうひとつの最前線である。

はたしてこの「四類型」は、いくつもの先住民族が奥地に雑居する植民地台湾の文学遺産を一望に収めるのにどれほど役立つでしょうか。

まず「日本語で書かれた台湾文学」とは、日本人旅行者や現地滞在者、もしくは入植者ばかりではなく、おもに華人系の「本島人」をも含めた多様な出自を持つ作家たちの「合作」でした。[9] かりに「先住民族」をこそ「真の台湾人」だとみなした場合、佐藤春夫の『女誡扇綺譚』(一九二五年)から呂赫若の『清秋』(一九四四年)までが新旧の「移住(入植)者たちの文学」に分類されることになります。華人系の日本語文学の扱いがねじれているという批判があるかもしれませんが、ここでは「原住民」を焦点化するために「華人」までを「入植者」のカテゴリーに収めてしまうという無謀をあえて冒そうと思います。少なくとも日本統治期には上記の「タイプ(3)」に分類できるようなひとりの作家も生みだすことがなかった台湾の「原住民」の「未開性」に比べて、同じ被植民者であったとはいっても漢字圏の基礎教養を共有していた華人系の台湾人と日本人エリートとは、文字の共有をはじめとするさまざまな共通性(共犯性)を示していたと考えられるからです。また「光復」後の台湾の「中華民国化」もまた新しい植民地支配の形態であったと考えるなら、現在の「台湾文学」なるものも、「原住民文学[10]」を除けば「移住(入植)者たちの文学」以外の何ものでもないということになるはずです。米国をはじめとする南北アメリカ大陸の文学の大半がそうであるように、です。

そして日本統治期の台湾で先住民文化の掘り起こしにあずかって力あったのは『台湾蕃族図譜』（一九一五年）や『台湾蕃族誌』（第一巻、一九一七年）の森丑之助、[11] あるいは『原語による台湾高砂族伝説集』（一九三五年）の台北帝国大学言語学研究室など、[12] 日本のアカデミズムでした。日本のアイヌ研究がバチェラーやピウスツキの後を追うものであったのとは違って、台湾の「蕃族」に関しては、日本人の仕事が「光復」後の台湾における研究のなかにあっても先駆をなすものでした。

そしてタイプ（4）なのですが、ここにはタイプ（1）のなかで「原住民」にこそ「台湾らしさ」をみようとした一群の作品が含まれます。

もちろん、日本統治期の「原住民もの」は、そのほとんどが内地人作家によって書かれています。つまり、当時の本島人作家のなかで「原住民」のなかに「台湾らしさ」の証を見出そうとした者は見当たらないからです。ロバート・ティアニーさんが『野蛮の熱帯』（*Tropics of Savagery*, Univ. of California Press, 2010）のなかでとりあげられたのは、佐藤春夫の『魔鳥』（一九二三年）や『霧社』（一九二五年）から大鹿卓の『野蛮人』（一九三六年）、中村地平『霧の蕃社』（一九三九年）まで、内地人が残したものばかりで、そこでは「野蛮人を飼い馴らそう」（taming savages）とする植民（地主義）者側の欲望が「文明を棄ててでも野蛮へと近づこう」（going native）とする欲望[13]によって裏打ちされるさまがはっきりと見てとれます。「反乱」と「鎮圧」という血腥い出来事を迂回して進むことなど不可能であった想像力がそこでは試されていたことになります。「平定」という作戦が緊迫感をもって遂行される場所でいったい何が起こりうるのかを考えるうえで、植民地台湾という場所は北海道がそうであった以上にまさしく「範例的」な場所だったのです。[14]

3 「なりすまし」の文学

以下にとりあげたいのは一九三六年に公刊され、芥川賞（第二回）の該当作となった鶴田知也の『コシャマイン記』[15]です。鶴田は、それまで左派に属する作家として知られていましたが、同作では被抑圧民族としてのアイヌにフォーカスがあてられています。それは帝国主義批判ではありましたが、同時に、金田一京助が徐々に世に問おうとしていた種類の「カムイ・ユーカラ」の向こうを張るかのような野心的試みでもありました。過去に北海道八雲町に住んだことがあるという経歴に植民地朝鮮を旅した経験が合わさる形でこの作品が誕生したとは、川村湊さんの読みです。[16]

ところでこの『コシャマイン記』に関して、北海道の詩人である更科源蔵が興味深い思い出を書き残しています。


ある時「コシャマイン」の伝承というのが、アイヌ語で発表されたことがある。

イワナイコタン　コタンコロ　オッテナ　シクフ　ニシパ　アナクネ　ラムピリカ　ニシパ　ネテク、　アシル　アシ　パセニシパ　ネイルネ　パ　カ　オンネ　クルネワ　オカイキ。……

（岩内部落の酋長、シクフは心の正しい、衆にすぐれた有名な人で、年も老境に達した人であった。）

私はオヤと思った。これはたしかに何かでよんだことがある。それは鶴田知也の『コシャマイン記』の第二章の書き出しに似ている。そこで鶴田氏に手紙を出して、それが彼の若い日に過ごした八雲での伝承から取材したかどうかを問い合わせたところ、それは虚構であるということがわかった。誰かアイヌ語のできる人が、日本人の小説をアイヌ語に翻訳したのだった。[17]

このエピソードは、『コシャマイン記』がいかに「伝承」の現代語訳を思わせる書きっぷりになっているかを十分に物語っているように思います。それこそ、ラフカディオ・ハーンの「再話」だと長いあいだ考えられてきた「雪女」(Yukionna)の話がじつはハーンの創作がもとになって、その後に民間伝承のレパートリーとして広がっていったとする遠田勝の説を思わせる「口碑化」[18]が、ここでは生じているからです。

「詩人とはなりすます人だ(O poeta é um fingidor)」とはポルトガルの詩人、フェルナンド・ペソアの有名な詩句[19]ですが、鶴田知也の同時代で一種の「なりすまし」を成功させた作家のひとりに中西伊之助がいます。『赭土に芽ぐむもの』(一九二二年)で植民地朝鮮を舞台にした長篇を完成させ、しかも主人公ふたりを日本人の新聞記者と朝鮮人の貧農に割り振るという果敢な実験を試みた中西は、続く『汝等の背後より』(一九二四年)では日本人がもはや脇役でしか登場しない小説を日本語で書き、それは朝鮮語訳も間もなく完成して「日本語文学」なるものの同一性がいつしか揺らぎはじめるという現象を引き起こしたのでした。[20]

他方、鶴田知也の挑戦は『アイヌ叙事詩　ユーカラの研究』(一九三一年)に結実した金田一京助のアイヌ伝承研究、そして英雄叙事詩の日本語訳(それは擬古文であったが)に触発されたものとも考えられます。要するに伝承を現代語訳したかのようにみせかけつつ、帝国日本の支配と搾取を告発する批評性を作中に埋めこもうとめざしたのが『コシャマイン記』だったということです。日本で書かれた小説でありながら、「カピナトリ」という名のアイヌの「巫女」が祖母から「授つて」後世に伝えた「神謡」（三ページ）だとみせかけることで、これは「アイヌ（語）文学」の「日本語訳」としても読むことのできる仕掛けになっているのです。

しかし、コシャマインの冒険は金田一が収集した「虎杖丸」のそれにもどこか似ているし、同時に源義経の悲劇にも似ています。つまり、『コシャマイン記』にはアイヌの「英雄叙事詩」の味わいと日本の「軍記物」の味わいが同居しているのです。そしてそこにプロレタリア作家であった鶴田の帝国主義批判がまぶされて、きわめてハイブリッドな歴史小説ができあがっていると言うべきなのかもしれません。

十五章からなる作品の最後の三章には、「アイヌの地」であったはずの地に入りこんできた「日本人」が登場します。

第十三章では、「日本人」と比較した場合のアイヌ側の劣等意識が「ユーラップの老酋長」（五二ページ）の言葉として次のように語られています。

「〔…〕このモシリ（国土）の六倍もある海の向ふの国土が、只一人の酋長によつて宰領されてゐるのに、俺達は昔ながら一つ一つの部落に分れてゐるに過ぎない。俺達がオロッコ族よりも強いやうに、日本族は俺達よりも強いのだ。俺達は、石でなく金を自由にし、土器でなく陶器を作り、チキサニ（水楡）の衣でなく紡いだ布を織り、伝承でなく文字を使ひ、刳り抜いた独木舟《まるきぶね》でなく板の船を操り、足の下で自然に出来た径でなく手で墾いた道をつけ、銭を飾り物としてゞなく品物の交換に用ひる理を知らなければ、最早や同族の運命は、オロッコ族よりも惨めであらうよ。コシヤマインよ、俺は、貴方の父上と共に死なゝかつたのを常に悲しんでゐるよ。」（五三―五四ページ）

アイヌたちは、内地からやってくる「日本人達」（五四ページ）が享受する文明（「莨《タンバク》」や「酒」や「日本の言葉」――五五ページ）を無視して生きていくことはできないと徐々に感じはじめています。植民地支配は反発から始まっても、いつしか依存を深める形で進行するものです。

しかし、文明なるものは多種多様な搾取を引き起こすものであり、その手先である者もまたこうした搾取から自由ではありませんでした。第十四章は、ひどい傷を負ってコシャマインの前にあらわれた日本人が目の前で命を引きとるという悲惨な光景を描いているのですが、そこで日本人は最後に（おそらくはアイヌ語で）こう言うのです――「私は死ぬ。もう駄目だ。私は、私の国土《コタン》を、一眼見て死に度かつたのだ。〔…〕私達のモンライケ（労働）は苦しい。それに私はこんな病人だ。しかし働かなければ打ち殺される。〔…〕死ぬる迄働かされる。〔…〕それがニシパ（親分）のイレンカ（戒律）だ。」（五八―五九ページ）

そしてそう言ったきり「哀れな日本人は口と鼻から沢山の血を吐いて泣きながら死」に、「コシヤマインは死骸を抱へて後の叢林の中の丘の上に運び、頭を死人の故郷の方へ向けて埋め」、「そして桂の樹を伐りその先端を三稜の槍の穂形に削り、その頸部にイトクバ（紋様）を施した墓標を作つてそれを土の上に立てゝや」（五九ページ）るのです。

鶴田は、資本主義をたずさえて「北の大地」に乗りこんできた文明、そして先住アイヌが強いられた近代的な奴隷労働原理に対する徹底的な批判をアイヌの語り部の声を通して語らせています。この場面を読む読者は、日本人零細民の死をもコシャマインに近い立場から見届けることになるのです。

そして続く最終章には、これとは異なったタイプの「日本人」がさらに登場することになります。内地から来る「日本人」は、「冬が来」ると「引揚げ」ていくのが通常でしたが、「六人の日本人が残つてゐた」冬がありました。そして「彼等は歌を唱ひ、互に大声で話し合つて笑つ」ていたので、コシャマインはつい気を許し、六人の住む「小舎」（五九―六〇ページ）までのこのこ出かけていったのでした。すると「六人の日本人は、彼を歓迎して、日本の酒を飲まし」、「コシヤマインは日本の酒のお礼にユーカラ（神謡）を謡つて聞かせたり」（六一ページ）までして打ち解けたのでした。

ところが、それは巧妙な罠でした。その後いきなり「一人の日本人が、太い棒を、コシヤマインの後頭部に打降し」、「他の者共も走り寄つて滅多打ちに」することになるのです（六一―六二ページ）。アイヌの首領たちのなかには、内地日本人の甘言にまんまと騙され、だまし打たれた者が数多くいたと伝えられています。『コシャマイン記』の主人公もまた同じ運命をたどることになったわけです。

そしてこの最終章の終わりは、じつに切々として悲しいものです。

六人の男達はコシヤマインが全く死んでゐるのを確めた上で、死骸を川に投じた。そして競つて舟に乗込み、彼等の情慾を充すに足る、少くとも一人の女の居る対岸へと急いで漕ぎ渡つて行つた。

コシヤマインの死骸は、薄氷の張つた川をゆつくりと流れ下り、荒瀬にかゝつて幾度か岩に阻まれたが、遂に一気にビンニラの断崖の脚部に打つかつた。〔…〕僅かに氷の上に見えてゐたコシヤマインの砕けた頭部を、昼は鴉共が、夜は鼠共が啄んで、その脳漿の凡べてを喰らひ尽したのであつた。（六二―六三ページ）

こうして鶴田知也は、最初から日本語で書いたものにすぎなくはあったとしても、来るべき「アイヌ小説」の形をここに示したと言えるのではないでしょうか。一貫してアイヌの立場から語るという語り口がここでは試されているからです。日本人の贖罪意識もまた、ここではアイヌがアイヌとしての立場からおこなった文明批判へとたくみに翻訳（「擬装」）されているのです。

4　先住民文学への非先住民作家の寄与

今日、台湾では「原住民文学」の名のもとに台湾原住民の現在、そして過去が次々に文学的にトレースされ、そうした作物の総量たるや、日本におけるアイヌ文学ではとうてい太刀打ちできないほどにまで達しています。かりにそれが基本的に北京官話を使って産みだされるものであったとしても、アイヌ系の日本語文学が何がしか「アイヌらしさ」を漂わせるものであったように、台湾の「原住民文学」には独特の味わいがあり、原住民の言語がいまだ死に絶えてはいないことを高らかに示す誇り高さを内に秘めています。そしてこうした現実を前にすると、いまや「原住民」ならぬ作家が「原住民文学」を手がけるという可能性は逓減していると思います。日本統治期の台湾では考えられなかった事態が現実のものとなっているわけです。

その意味では、一九三〇年代の日本で強引にもアイヌの立場ににじり寄ろうとした鶴田知也の試みは、早すぎた、それこそ僭越きわまりないものであったとも言えます。しかし、それは逆に、来るべき「アイヌ文学」――「先住民文学」を先取りする「前ぶれ」であったとも考えられるのではないでしょうか。「先住民」としてのアイデンティティを有する作家が文学を試みようとするとき、たとえば鶴田の試みは言うまでもなく乗りこえられるべきものであるでしょう。しかし、だからといってそれが一顧だにせず葬り去られるべきものだということにはならないはずです。

一九三〇年代は、帝国日本の周縁地域（＝外地）で「先住民文学」がさまざまな形をとりながら花開いた時代でした。皮肉にも一九三〇年の霧社事件がそうした時代の幕開けを告げた格好にもなるのですが、『コシャマイン記』の登場は、「先住民の立場から語る」という文学形式の実験として、記念碑的なものであったと考えたいと思います。それは「野蛮人を飼い馴らそう」とする植民地主義者の欲望が、「野蛮へと近づこう」とする欲望と手を携えながら、ついには「先住民を装う」という文学技法へと結実した瞬間でもあったからです。そしてそれは「先住民を飼い馴らすこと」の暴力性に対する粘り強い抵抗と批判の始まりであったとも言えるでしょう。

ペルーの先住民系文学の台頭を考えるうえで一九二〇―三〇年代に台頭した「インディヘニスタ」たちの試行錯誤を抜きにして、それを考えることはむずかしく、しかも、これに関与したのはかならずしも先住民系の活動家ばかりではありませんでした。同じように、彼ら「インディヘニスタ」の延長線上に自身を位置づけようとしたホセ・マリア・アルゲダスのような作家の存在は、鶴田知也のような非先住民作家の評価にあたってもひとつの物差しとなるような気がします。(21)

注

(1) 周婉窈『図説・台湾の歴史』(平凡社、二〇〇七年)では、「台湾」の由来として次のような説明がなされている――「彼ら〔オランダ東インド会社〕はオランダ語でTayouanと呼ばれる場所に新しい堡塁を築いた。Tayouanすなわち「大員《ターユアン》」とは、現在の台南の安平である」(五四ページ)。したがって北海道の地名で、たとえば平取《びらとり》がアイヌ語の「崖の間」pira-utur、紋別や門別がアイヌ語の「静かな河」mo-petから来ているのと同様で、日本でも台湾でも漢字表記の多くは当て字である。

(2) 現在の「北海道」という地名の「名づけ親」は、幕末・維新期の探検家であった松浦武四郎であったとされている(更科源蔵『松浦武四郎 蝦夷への照射』淡交社、一九七三年、表紙裏)。

(3) 花崎皋平は、アイヌ詩人、戸塚美波子の詩句に登場する「我らがモシリ」という言葉をとらえて次のように書いている――「モシリは、島、国土、世界を意味するアイヌ語であるが、その語源は、「地」「山」を意味するsirに「平穏」「温和」「小ぢんまりとした」「一寸した」という意味のmo-がついて「島」となり「国」となったとされている」(『静かな大地――松浦武四郎とアイヌ民族』岩波同時代ライブラリー版、一九九三年、二〇―二一ページ)

(4) 池澤夏樹『静かな大地』朝日新聞社、二〇〇三年。

(5) 知里幸惠編訳『アイヌ神謡集』郷土研究社、一九二三年、三ページ。

(6) 違星北斗『コタン』草風館、一九九五年、四三ページ。

(7) 本書九一―一〇ページ。続く引用も同じ。

(8) 島田謹二の『華麗島文学志――日本詩人の台湾体験』(明治書院、一九九五年)は、「征台陣中の森鷗外」から始め、内地人が台湾で残した漢詩から本論を開始している。

(9)『華麗島文学志』の島田謹二が台湾出身の日本語表現者を考察の対象から外していることに関して、『華麗島文学志』とその時代』(三元社、二〇一二年)の橋本恭子は次のように書いている――「島田は戦後、西洋文学の影響を色濃く受けた明治期の日本文学について、「明治の文学は混血児である。その混血児は、近代精神の表現であるとともに、外国文学という異質の血をうけているから、それだけいっそう美しい。血が複雑にまじればまじるほど、じつは異常に美しいものが生れてくる」と述べていた。しかし、彼が歓迎したのはあくまでも「西洋文学」と「日本文学」の「混血児」であって、「日本文学」と「台湾文学」の「混血児」の方は拒んでいたように思えてならない。」(三六一ページ)

(10) 違星北斗の遺稿集『コタン』(一九九五年)や知里幸恵の遺稿集『銀のしずく』(二〇〇一年)などアイヌ関係の図書を多数出版してきた草風館が、二〇〇二年以降『台湾原住民文学選』(下村作次郎、孫大川、土田滋、ワリス・ノカン編)の出版を手がけることになる。

(11) 楊南郡『幻の人類学者 森丑乃助』笠原政治、宮岡真央子、宮崎聖子編訳、風響社、二〇〇五年。

(12) 安田敏朗は、台湾帝国大学の試みが東京帝国大学での金田一京助らのアイヌ研究に呼応するものであったとしながらも、知里幸恵のように「日本語作家」として語り継がれていくような存在を台湾が生みださないまま日本の植民地支配が終わった点への注意を喚起している(「知里幸恵と帝国日本言語学」、『異郷の死――知里幸恵、そのまわり』西成彦、崎山政毅編、人文書院、二〇〇七年)。

(13) ブラジル移民の日本語文学のなかにみる「野蛮へと近づこうとする欲望」に関しては、下記拙稿を参照されたい――「ブラジル日本人文学と「カボクロ」問題」、『文学史を読みかえる8 〈いま〉を読みかえる』インパクト出版会、二〇〇七年。

(14) 五十年に及んだ日本の台湾統治のなかで「霧社事件」(一九三〇年)に少なからぬ内地作家が応答を試みたこ

とは知られているが、「漢人の最後にして最大の抗日革命」（周婉窈、前掲書、一〇五―一〇六ページ）であった「タバニー事件（別名西来庵事件）」（一九一五年）に対しても、日本内地では菊池寛が即座に「暴徒の子」（一九一六年）を発表するなどした。この作品に関しては、グレゴリー夫人の原作が一九三二年に韓国朝鮮語で上演されることになった経緯をまで視野に入れた金牡蘭氏の論考「「暴徒の子」が物語るもの――菊池寛とアイルランド文学の再考に向けて」（『比較文学』第四十九巻、日本比較文学会、二〇〇六年）が重要である。そこには植民地宗主国としての「「英国」に重なる日本を認識しつつ、「愛蘭」との同一化を欲望するという〔…〕捩れた歴史的状況」（四七ページ）が読みとれるという。「植民地主義批判」と「植民地憧憬」が「捩れ」ながら表裏一体をなしてしまうというのは、宗主国側の文芸にありがちな特徴だと言えるのかもしれない。

（15）以下、同作からの引用は一九三六年の改造社版を用い、旧仮名は残して旧漢字のみを新漢字にあらため、本文中に同書のページ数を記入した。

（16）川村湊は、講談社文芸文庫版『コシャマイン記／ベロニカ物語』（二〇〇九年）の「解説」のなかで以下のように書いている――「彼が北海道の先住民であり、侵略者としての異民族の「和人《シャモ》」に追い立てられるように、本来の土地を追われ、流離しなければならなかったアイヌ民族の物語を作品化しようと考えたのは、実姉がその夫の赴任のために居住していた朝鮮半島へ行き（一九二六年十一月）、そこで被植民地の朝鮮人の実情を見てきたからではないだろうか。」（二二九ページ）

（17）更科源蔵『アイヌと日本人』NHKブックス、一九七〇年、六三―六四ページ。

（18）遠田勝『〈転生〉する物語――小泉八雲「怪談」の世界』新曜社、二〇一一年、一〇〇ページ。

（19）『海外詩文庫16　ペソア詩集』（澤田直訳、思潮社、二〇〇八年）では、「詩人はふりをするものだ／そのふりは完璧すぎて／ほんとうに感じている／苦痛のふりまでしてしまう〔…〕」（一〇ページ）となっている。

（20）「汝等の背後より」――はたして、その「赤インキ」の文字は何語だったのだろうか。冊子を彼女からじかに受け取ったのは、日本語は無論、ハングルですら読み書きできるとはかぎらない朝鮮人の少年であった。それでもふつうに考えれば朝鮮語だっただろう。しかし［ヒロインの］権朱英が「投壜通信」のように死の間際に手渡したものを中西伊之助なる内地人作家が、日本語読者に手渡そうとしたのだと「メタ小説」風にこの部分を読めば、それは日本語でなければならないことになる」(西成彦『バイリンガルな夢と憂鬱』人文書院、二〇一四年、一二三―一二四ページ)。『コシャマイン記』もまたアイヌ語と日本語の同一性を揺り動かす二言語の境界領域に語りが据えられており、更科源蔵が書いている「口碑化」のエピソードは、まさにこのことを裏書きしていると言える。

(21) その遺稿となった論文「ペルーにおけるインディヘニスモの存在理由」のなかで、アルゲダスは「インディヘニスモ文学は、僕婢以外の運命は考えられない堕落したインディオ〔…〕というイメージが根拠のないものであることを示した。インディヘニスモと呼ばれる物語《ナラティーバ》は、告発の記録としてだけではなく、原住民が人間的可能性において欠陥がないことを明らかにした点で意義がある」と語っている(細谷広美訳、『現代思想』臨時増刊「ラテンアメリカ」青土社、一九八八年、六九ページ)。なお『現代思想』の同号に収められた「ホセ・マリア・アルゲダス――ふたつの貌」のなかで、ジョン・V・ムラは「アンデスの人々の生活やしきたり」にこだわりつづけたアルゲダスが「彼等のことばを知っているばかりか、それが自分の創作行為の基本になっているとさえ考えていた」(原毅彦訳、九〇ページ)ことに注目している。今回取り扱った鶴田知也に関して川村湊は、講談社文芸文庫版『コシャマイン記』の「解説」のなかで「鶴田夫人の回想によると、アイヌ語の単語を丹念に書き込んだノートが存在したという」(二二五ページ)と伝聞形式ではあるが鶴田のアイヌ語力について伝えている。もっとも、そうした「単語」レベルの知識で、それを「創作行為の基本」にまで高めることができたのかどうかは疑問である。しかし、「北海道」周辺地域の先住民族であったアイヌが「人間的可能性において欠陥がないことを明らかにし」ようとしたことだけは明らかだろう。それはかならずしも先住民の文化を「継承」しているわけではない作家の試みとしてはきわめて野心的であったたし、何度も言うが、それは、アイヌ系文学に限らない、また日本語による文学創造にも限らない「先住民文学」の「ひとつの始まり」であり、とりわけ「マジョリティの言語を用いた先住民系文学」の「前ぶれ」ではあったはずだからである。

* 文字媒体での初出は『立命館文学』六五二号(二〇一七年)だが、そもそもは同志社大学を会場にして開かれたASS in Asia, 2016で読みあげた英文原稿("Ainu and Taiwan Aborigines in Japanese Literature in 20th Century")がオリジナルである。ロバート・ティアニーさん、呉佩珍《ウペイチェン》さん、中川成美さんという四人で組んだ「情動性の政治――植民

地台湾における高貴なる“野蛮人言説”について」（The politics of affectivity: On the discourse of the “noble savage” in colonial Taiwan）というパネルでの発表だった。

Ⅲ

台湾文学のダイバーシティ　二〇一六年七—十月の日録より

月曜日

私が台湾に対して学問的な関心を抱くようになったのはいつごろだったかと過去をふり返ってみたら、二〇〇〇年の十二月がひとつの転機だったとわかった。

私は一九九七年に熊本大学から京都の立命館大学に移って、間もなく同大学の国際言語文化研究所の活動にも関わらせてもらうようになる。当時所長だった西川長夫さんや、いまも同僚である人類学者の渡辺公三さんらからお誘いがあった。

そういったなかで、西川さんの後を継いで研究所長を務めることになったのが二〇〇〇年四月。研究所の専任研究員を務めてくださった人類学者の原毅彦さんから数多くの知恵を授かりながら、「文化接合の島　台湾」という連続講座を実施したのがその十二月だった（http://www.ritsumei.ac. jp/acd/re/k-rsc/lcs/kiyou/13-3/RitsIILCS_13.3pp.1-2RENZOKUKOZA10.pdf）。同じ二〇〇〇年の六月に企画・実施した「複数の沖縄」は、その後再編集して二〇〇三年に人文書院から論集として刊行できたのであらかた記録が残っているのだが、台湾の方はそのままになっており、残念ながら「立命館言語文化研究」十三巻三号（二〇〇一年十二月）を大学図書館などで手にとっていただくしかない。

じつは同連続講座の第二回（十一月十七日）にお招きしたのは森口恒一さんと垂水千恵さんのお二人で、じつはこの二人、私からすればともに旧知の友人だった。

垂水さんとは、一九八〇年代のはじめに四方田犬彦さんから日本文学を研究するパートナーとして紹介され、その後台湾で日本語を教えておられた経験を生かして台湾文学研究で活躍されるようになったのも風の噂として聞き知っていた。呂赫若のおもしろさを教えてもらったのも垂水さんからだし、私が後に呂赫若について文章をしたためることになったのも、『台湾の「大東亞戰爭」』（藤井省三、黄英哲、垂水千恵編、東京大学出版会、二〇〇二年）に原稿を依頼されたのがきっかけだった。たしかその原稿はサンパウロで書いたと記憶している。日本統治期の台湾文学にブラジルで浸れたというのは私にとってじつに味わい深い体験だった。

ところで垂水さんについてはふたたび触れることがあると思うが、私にとって森口さんは一九八四年に熊本大学に赴任して以来最も親しくさせていただいた同僚のひとりだった。私は文学部比較文学講座の新米だったが、彼は言語学講座の同じ若手で、私がイディッシュ語やクレオール語に関心を持ちはじめた時期に、そうした言語（とくに言語接触）については社会言語学の研究蓄積をふまえる必要があると教えてくれたのが森口さんだった。田中克彦という怪物的な社会言語学者の名前を知ったのも森口さん経由だった気がする。

そしてその森口さんの専門がオーストロネシア系の言語人類学で、休暇ごとに台湾とフィリピンのあいだに列なる島々に調査に出かけられ、当時はパワーポイントなどなかったから、スライドをたくさん見せてもらった。そして台湾の「原住民」として「高砂族（高山族）」が有名なのは私も知っていたが、「海民」としての「ヤミ族」（現在は「タオ族」という）について聞き知ったのは森口さんを通じてであった。「蘭嶼《ランユー》島」「バシー海峡」「バタン諸島」「バブヤン諸島」――みな森口さんの声を通し、耳に親しんだ地名だ。

そして二〇〇〇年以降、私が「多言語・多文化」的な台湾に関心を持つようになった時期は、世間的にも「台湾原住民文学」の日本への紹介が始まった時期にあたった。アイヌ関係の文献を地道に出してきた草風館の取り組みだったから、日本の「先住民族」としてのアイヌと台湾の「原住民」を比較対照しながら考えようと私が思うようになったのは、ある意味でできあがっていた思考枠組みに沿って進んだだけということだったようだ（一九九三年が「国際先住民年」だったことが大きかったのだと思われる）。いずれにしても、いま「アイヌをめぐる文学」と「台湾原住民の文学」を並べて考えるときの枠組みが、私の場合はそうやって準備されたわけだった。

そしてその草風館から続々刊行された『台湾原住民文学選』を手にとるなかで、「ヤミ族＝タオ族」出身の作家シャマン・ラポガンさん（一九五七年―）の作品と出会った。『黒い胸びれ』という小説だった。「浦島太郎」に関心を持ち、その流れで海洋民の信仰に興味を持った時期がないわけではなかったが、海洋民にとって「生の糧」であった魚（トビウオやシイラ）が小説のなかでその躍動感を強烈に示すという稀有な一例を、私はシャマン・ラポガンさんの創作のなかに見出したのだった。

じつは今週末の植民地文化学会の年次大会では、そのシャマン・ラポガンさん（「シャマン」とは「父親」という意味で、「ラポガン」は「子の名」であって「姓」ではないとのこと）と会うことができる。

お目にかかったら、彼の『黒い胸びれ』の冒頭部分（魚住悦子訳）を立命館大学の文学部で担当していた「文芸方法論」（クリエイティブ・ライティング）の授業で教材に使ったことがあると真っ先に伝えたいと思う。

「トビウオがいくつもの群れをなして、海のそここを真っ黒に染めあげていた。それぞれの群れは三、四百匹からなり、五、六十メートルずつ距離をおいて、約一海里（一八五二メートル）にわたってつながっていて、まるで、軍規のきびしい大軍団が出陣するように見えた。トビウオの群れは黒潮の昔からの流れにのって、フィリピンのバタン諸島（フィリピン最北の諸島）の北側の海に少しずつ近づきつつあった。／トビウオの大群は、彼らを餌食とするさまざまな種類の大型の魚を引きよせていた。シイラや、ロウニンアジ、オニカマス、マグロ、カジキ……などが、トビウオの群れのあとについて、大きな白い眼をむき、おりあらば大規模な狩りをしようと待ちかまえていた。トビウオたちは戦々兢々として身体をよせあい、ついてくる天敵に眼をやる勇気さえなかった。トビウオの群れ全体を率いる身体の大きなトビウオ――黒い胸びれのトビウオたちは、まもなく大きな災厄が襲ってくるとさとり、機敏に動いて、三、四個の小隊を大隊に編成しなおした。広がっていたトビウオたちの小さな群れはすばやく集って五つの大隊になった。」（『台湾原住民文学選2　故郷に生きる』魚住悦子編訳、草風館、二〇〇三年、一五七ページ）

水曜日

前便でとりあげたシャマン・ラポガンさんは、『台湾原住民文学選2』が出た二〇〇三年に初来日されたようだが、翌年の十二月にも「日台フォーラム　先住民文化と現代」に招かれて再来日を果たされている。この二度目は植民地文化研究会（当時）の招聘であったようで、『植民地文化研究』第四号（二〇〇五年）にその際の講演内容が採録されている。

ものすごい勢いで作品を書き継いでおられる脂の乗り切った作家の意気ごみがぐいぐい伝わってくる内容だが、読んでいてふと頭をもたげてきたのは、人類ははたしてこれまでに十分な質と量の「海洋文学」なるものを残してきただろうかという問いだ。

シャマンさんは言う――「私は中国語で書かれた文学の中で唯一の海洋文学の作家のようです」（二一ページ）

しかし、これは「中国語で書かれた文学」に限った話ではなく、それこそシャマンさんが試みているような「海洋文学」に挑戦した作家など、はたして地球上のどこに存在するのだろうか、とさえ問うてみたい気になる。

『白鯨』（*Moby-Dick*, 1851）のメルヴィル（一八一九―九一年）や『颱風』（*Typhoon*, 1902）のコンラッド（一八五七―一九二四年）は、たしかに類稀なる人間観察者ではある。しかし、彼らはシャマンさんのように海を生活圏とする「海洋民」の生きざまに通暁した作家ではなかった。彼らは「冒険者」たちの「海洋文学」という新しい文学ジャンルを築きあげた（『オデュッセイア』の系譜？）とは言えても、「海洋民」の伝統を現代にまで引き継ごうとした作家ではない。

あるいは、「海が歴史だ」(The sea is history)と言ってのけたカリブ海出身の詩人、デレク・ウォルコット(一九三〇年—)はどうか?

ウォルコットは、なるほど「空前絶後の奴隷交易」の記憶によって彩られた海を語りはする。しかし彼にとって、コロンブス以前の「海洋民」としてのアラワク族やカリブ族のあいだに育まれえた「海洋文学」の系譜を築くにあたっては途方もない作業を求められたのだった。「大西洋文学」を「ホワイト・アトランティック」や「ブラック・アトランティック」の文学に切り縮めないこと。『オメーロス』(*Omeros*, 1990)という長篇叙事詩の重要性は、この角度からもあらたに測りなおす必要があると思う。

思えば海に囲まれた日本にだって、「海洋文学」の名に値するものはけっして多くない。たとえば『苦海浄土』(一九六九—二〇〇六年)は、もし「水俣病」なる人災が人々を苦しめなかったら、なかったなりに生まれえたかもしれない「海洋文学」の「残骸」のような作品であるような気がする。石牟礼道子さんは、みずから「海洋民」の末裔としてではなく、ひとりの「フィールドワーカー」として、もだえ苦しむ「海洋民」の苦しみに分け入り、それこそ世界的にみても稀にみる「終末論的な海洋文学」を書きあげられたのだ。

そうした「海洋文学論」のあるべき姿へと、シャマン・ラポガンさんの文学は私たちを導いていってくれる。

たとえば、息子に「海洋民」としての誇りを身に着けさせたい老人は、息子についてこんなふうに言う──「あいつは漢人じゃないんだし、金を出して、他人から魚を買うようなやつは、いちばん役たたずの男なんだからな……」（『黒潮の親子船』、『冷海深情』魚住悦子訳、草風館、二〇一四年、四六ページ）

貨幣経済に依存することなく、狩猟採集を通してもっぱら海に依存していたのが「海洋民」というものだったのだとしたら、まさに蘭嶼島の「タオ族」のなかには、いまなお「海洋民」としての心が生き延びている。シャマン・ラポガンさんは、そうした「海洋民」の「誇り」を絶やさないために小説を書きつづけておられる。

そして海と人間の無媒介的なつながりをズタズタにするものとして介入してきたのが、「経済」であり「歴史」だったのである。

金曜日

私が台湾に強い関心を抱くようになった経緯として、もうひとつ忘れてならないことに、かつて琉球大学で中国文学を教えていらした星名宏修さん（二〇一〇年からは、一橋大学）との出会いがあった。星名さんは立命館大学の中国文学専攻で、修士論文のタイトルは「大東亜共栄圏の台湾作家」というもので、楊逵・陳火泉・周金波らの戦争協力文学を論じておられる。一九九〇年代は「台湾文学」なるものが「中国文学」という範疇から独立するプロセスの進行した時代だった。それと日帝統治期の「外地日本語文学」への関心の高まりが合流した。星名さんは、そうした動きを先取りされていたのである。

そうしたなか星名さんは、日本と台湾のあいだに生まれた「混血」の問題や沖縄から台湾に流れていった「流民」の問題に関心をもっておられたのだが、そのころからずっと書き継いでこられた論文をこのほど『植民地を読む』（法政大学出版会、二〇一六年）という一冊にまとめられた。第一章の「「植民地は天国だった」のか――沖縄人の台湾体験」は、私が同僚の原毅彦さんとともに編んだ『複数の沖縄』（人文書院、二〇〇三年）に寄稿していただいた論考がもとになっていて懐かしく再読させていただいたが、『複数の沖縄』では琉球・沖縄人のディアスポラに光をあてた「海と人の動線」というパートに収めさせていただいたものが、今度の単著では「植民地台湾の「贋」日本人たち」と題された「第一部」のなかに置かれ、まったく新しい相貌のもとに位置づけなおされている。

つまり「「本物」の日本人」なるものが存在するかのような植民地主義システムのなかで、「日本人の「贋者」」ばかりが増産されていく。「「本物」の日本人」を戦争へと動員していこうとした「皇民化」の動きを尻目に、「なり損ないの日本人」が途方に暮れるしかない場所として「植民地」を発見するということ。その意味において「琉球処分」以降の沖縄県も「日本領有」後の台湾も、まさに「なり損ないの日本人が途方に暮れるしかない場所としての植民地」であった。

そして何より『植民地を読む』を読みながら、そうだったのかと目が醒めるように思ったのが、帝国日本が創設した「台湾籍民」なる存在だった。彼らは「日本の国籍を持ち、「所属国領事の保護の下に中国官吏の管轄をうけぬ」」（七六ページ）という存在としてアジア各地に出没するようになった。もちろん清国や後の中華民国や、あるいは英領香港、さらには南方の諸地域にだ。他方に、日中戦争後「抗日」を戦った「南洋華僑」というイメージがあったなか、次のような楽天主義が日本の南進政策を支えてもいた――「今次支那事変或は大東亜戦争に際し、軍通弁として従軍し、良く其の職責を完うし、軍夫として従軍しては、其の固有の語学の力を以つて作戦上幾多の便宜を供与したる等、功績として没却し得ざる所であると謂へるであらう。これは台湾籍民に国語の普及せる結果であつて、若し台湾に国語普及が今日の如く徹底せるものでなかつたら、反対に幾多の困難を来したであらうことも想像出来るのである。」（九一ページ。初出『台湾経済年報』第二輯、国際日本協会、一九四二年）

月曜日

週末は植民地文化学会でシャマン・ラポガンさんの話をたっぷりと味わわせてもらってきた。

とくに「我的文學作品與海洋」と題された日曜日の講演では、大航海時代以降、西洋文学を牽引するようになった「海洋文学」は海を「征服」する人間たちの文学であって、海を生活圏とする人間と魚類の「融合」に基礎を置こうとする自分の試みとは相容れない。『白鯨』や『老人と海』（*The Old Man and the Sea*, 1958）に顕著なのは環境に対する暴力と現代人のニヒリズムだ――ラポガンさんは、はっきりとそうおっしゃった。

そういった世界文学のメインストリームを突っ走る「主流派の海洋文学」に対して、「非主流」の「暗文学」を突きつけていくのが自分の仕事だとおっしゃった（同講演は『植民地文化研究』第十六号、二〇一七年に収録されている。趙夢雲《ジャオモンユン》さんの訳である）。

ラポガンさんの原点であり、郷里である台湾南東部の蘭嶼島には核廃棄物の処理場が設置され、ラポガンさんはその廃棄（移設）運動にも関わっておられるが、まさに「大航海時代」以前の地球上を席巻していたはずの「海洋文学」の系譜が「環境破壊」との闘いへと受け継がれていくしかないのだとしたら、それこそ『苦海浄土』が「海洋文学の悪夢」を先取りした文学だったということになるのだろう。

シャマン・ラポガンさんの半自伝的な長篇『大海浮夢』（二〇一四年）が現在翻訳中とのことで、その完成が待たれるところだ。

水曜日

一九八七年の「解厳」（戒厳令解除）以降、民主化が進んだ台湾では、何よりも「台湾文化」の「多元性」を強調した「本土主義」がすべての場面で前面に出るようになってきている。

『日本台湾学会報』第十二号（二〇一〇年）に掲載されている松崎寛子さんの「台湾の高校「国文」教科書における台湾文学」という論文を読んでみたのだが、陳水扁が総統を務めていた二〇〇五年の「普通高級中学課程暫行綱要」なる公文書では、「国文」教育の目標の最後に「五、言語教育を通して、当代の生存環境に関心を持ち、多元文化を尊重する現代国民を育てる」が据えられたという。戒厳令下であくまでも「正当な中華民国文学」のみを「國文」の名で呼ぼうとしてきた台湾において、「郷土文学」や「原住民文学」といった新しい「族群文学」の台頭を正しく受けとめるには「多元文化」を前に押しだすしかなかったのだ。

すでに一九九九年、台湾における教科書編纂の自由化は始まっていたようだが、当時の教科書のなかに、台湾原住民詩人（モーナノン）の「名前を返せ（還名字）」などに交じって本省人の文学を代表するひとりとして鄭清文（一九三二年―）の「唱歌（我要再回來唱歌）」（一九七九年）が採用された。同作品は、台北で暮らす娘のいる家庭に田舎から祖母がやってきて、古い歌を歌うという話だ。日本でもテレサ・テンなどが歌ったことで知られている日本統治下の台湾で生まれた閩南語の歌である。

♪雨夜花、雨夜花、受風雨吹落地。無人看見、毎日怨嗟、花謝落土不再回。
♪花落土、花落土、有誰人尚看顧。無情風雨、誤阮前途、花蕊凋落要如何。

祖母が孫に向かって台湾語で歌って聞かせるという光景をくぐりぬけることなくして「多元文化を尊重する現代国民」は育たない。「歌をテーマとした孫娘と祖母の心温まる交流を、嫁〔…〕の視点から描いている」（二二五ページ）このような作品を台湾の高校生は授業で教わるのだ。

帝国日本の支配下に置かれて対中戦争へと動員されていった本島人（原住民を含む）の経験であれ、抗日戦争・反共戦争を闘った後、台湾に流れ着いた国民党兵士の経験であれをすべて包摂するような「台湾史」が必要だというのが今日の台湾人意識の核にある思想のようだ。こうした「本土化」の意志なるものを日本人はどう「翻訳」して受けとめればいいのか。「多元文化の尊重」という点では、もはや日本人には手の届かないところまで行ってしまったかのような台湾を前にして、いまからでは遅くはないと考えるところから始めるしかないのだと思う。

土曜日

大学の同僚だった故・木村一信さん（一九四六―二〇一五年）から声をかけられ、植民地文化学会（初期の名称は植民地文化研究会）に入会したのは二〇〇八年のことだったが、機関誌は既刊分も含めて読み応えがありそうだったので、創刊号から買いそろえた。記事は満洲や朝鮮、さらにはインドネシアなどまで広域をカバーしていたが、台湾に関しては日本統治期ばかりでなく、「光復」後、「中華民国の遷都」後の台湾文学を知るにも教えられるところの多い雑誌だと感じた。私は同じころ日本台湾学会にも入会したから、台湾研究者とのおつきあいはいつしか複線化し、しかもいずれの学会でも顔を合わせる仲間も複数いた。まともに北京官話や台湾語を学習したことがないにもかかわらず、日本語を介して台湾文学に関する知識を耳学問で身につけられたのは、これらふたつの学会のおかげだといってよい。

そんななかで前便でも名前をあげた鄭清文さんは、植民地文化学会の創設者のひとりである西田勝さん（一九二八年―）と年齢が近くていらっしゃることもあるのだろう、『植民地文化研究』の創刊号（二〇〇二年）には西田さん自身の翻訳で鄭さんの「私の戦争体験」という文章が掲載されている。「近代日本と台湾①」と題された小特集が組まれていて、日清戦争後の日本による台湾領有を「台湾征服戦争」と位置づけようという歴史家、大江志乃夫さんの文章や、一八七四年の「台湾出兵」にまで遡った又吉盛清さんの論文（「沖縄と沖縄人は、日本国家に統合され、日清戦争に勝利し台湾を領有することによって、被害者と同時に加害者に転落する沖縄史の始まりを迎えることになったのである」――「台湾植民地支配と近代沖縄」、『植民地文化研究』第一号、一六七ページ）などに交じって、「中学の一年生」で、「学校から農業試験所に送り出され、海軍のためにトロッコを推していた」ある日、「玉音」に接した思い出などが坦々と綴られている。鄭さんの世代であれば日本語で書くことも可能であったのかもしれないが、その文章は一九八五年に台湾の雑誌に書かれた文章だったようだ。

西田さんと鄭さんとの友情はいまなお揺るぎがないようで、シロアリを人間になぞらえて描いた寓意小説『丘蟻一族』（二〇〇九年）が西田訳（法政大学出版局、二〇一三年）で出ているほどだ。「皇国青年くずれ」として「戦後」なる時間を生き延びるしかなかった世代の方々の民族や国籍をこえた友情なるものを私は私なりに理解する。そしてそうした友情は、日本人として生まれてしまったがゆえに見損なってしまった数多くの「戦後」の諸相を、友人の声を通して「教わり直す」――あるいは戦後の日本で植えつけられた「日本型の戦後史観」を「学び捨てる」（unlearn）――うえできわめて貴重なものなのだと思う。

じつは、西田さんがお訳しになった鄭清文さんの「私の戦争体験」の後半部分は、私にとって目の醒めるような証言だった。鄭清文さん自身ではなく、その何人かのお兄さんのひとりをめぐる物語だ。

「次兄は民国六八（一九七九）年、桃園で一生を終えた。数えで六二歳だった。〔…〕彼の後半生は完全に戦争の影の下にあったといってよい。」――じつはこの十歳ほど年上のお兄さんは「太平洋戦争が勃発後しばらくして日本はフィリピンを占領したが、その司令官が専用のコックが必要になり、台湾で募集した結果、次兄が選に当たった」（一八六ページ）のだという。そして、その司令官がシンガポールに転属された後もマニラでレストランを経験しておられたのだという、そのお兄さんは戦後しばらく台湾に戻らず、消息を絶っておられたというのだ。その間に郷里に残していた妻は別の男と再婚していた。そこへ「突然、次兄が帰ってきた」(一八七ページ)のだった。結局、台湾にも居場所を失ったそのお兄さんはふたたびフィリピンに渡り、そこで「華僑」として生きようとした。その彼が最後の最後になって台湾に帰ってくる。「落葉帰根」——「彼が死んだ時、棺桶には一冊の聖書が置かれた。これは彼の意志で、フィリピンにいた時、カソリックに帰依していたのだ」ということだった。

そしてその死は、何人か目の妻が住んでいたというセブ島にも伝えられたらしいのだが、その「妻は一通の封書を返して来た。それは人に書いてもらったようだが、英文と中国語が混じったものので、感謝の意を表していた。台湾の人が彼を葬ってくれたことに深く感謝すると」。

みずからの「戦争体験」を書くつもりで書きはじめた文章を、鄭清文さんはひとりのお兄さんの話で締めくくっておられるのだ——「次兄の死は直接に戦争と無関係だが、もし戦争がなかったら、彼の一生は全く違ったものになっていた筈だ。彼の後半生は戦争の延長といってよく、また戦争の後遺症であると考えていいのではないだろうか。」(一八八ページ)

「光復」後の台湾では、「戦争」とはいっても抗日戦争や国共内戦の記憶を抱えこんだ「外省人」の「戦争」がまず基礎に置かれた。しかし、帝国日本が引き起こした「戦争」とその「後遺症」もまた台湾人ならではの「戦争経験」の一部であった。こうした歴史記憶の「本土化」の流れのなかで、台湾という社会は自分たちの社会を「多元的」なものとしてとらえるという道をしか選びえなくなっていったのだ。

そして台湾に居場所をもたないと感じながら、それでも台湾で死んでいこうとするひとりの台湾人の話として、鄭清文さんのお兄さんの話に私は心を打たれた。

そのお兄さんの人生のなかで彼を「専用のコック」として雇ってくれた日本の司令官とは、いったい何者だったのか？

そしてコックの彼が何人かとりかえたというフィリピンの妻たちにとって、いったい彼は何者だったのか？

それは実弟の清文さんにも知るよしのない永遠の「謎」である。

それらこそがまさに「アジア太平洋戦争」が刻みこんだ深い「謎」だったと言ってよいだろう。

火曜日

二〇一〇年のことだったが、京都の人文書院から「台湾熱帯文学」を銘打った翻訳シリーズの刊行が始まった（最終的に二年間で全四巻）。

ここのところ何度か触れてきた雑誌『植民地文化研究』の第八号（二〇〇九年）と第九号（二〇一〇年）にマレーシア出身の若手文学者で作家の黄錦樹《ホァンジンシュー》（一九六七年―）の「マレーシア中国語文学と〈国家〉民族主義」という論文が翻訳されていた（羽田朝子訳）から、私はすでに興味を持ちはじめていたが、台南の「国立台湾文学館」の出版助成を受ける形で主要作品が続々と日本語になるとは心底驚いた。草風館から刊行が続いていた『台湾原住民文学選』に勝るとも劣らない快挙だと思った。

黄錦樹の短篇を集めた『夢と豚と黎明』（一九九四―二〇〇五年、大東和重ほか訳、人文書院、二〇一一年）はどの短篇も味わい深いが、たとえば村上春樹に張り合うかのごとくジャズのスタンダード・ナンバー「中国行きのスローボート」（*On a Slow Boat to China*, 1948）からヒントを得て書かれた短篇「中国行きのスローボート（開往中國的慢船）」は、鄭和（一三七一―一四三四年）の時代からすでに南進を開始していた華人ディアスポラをそっくり背景に据えたスケールの大きな「華人文学」だ。

マレー半島の華人村落に話好きの老人がいて、「ほら吹き文人」と陰口をたたかれつつも、子どもたちのあいだでは人気を博していた。手当たり次第に伝統的な物語を語り聞かせる彼の話のなかで、何より聴衆を魅きつけたのが「鄭和の西洋下りの物語」で、老人は「鄭和は〔…〕あるところに宝船を一艘残している。北方のある秘密の港では、毎年、端午節の前の晩に出発し、非常にゆっくりとした速度で大陸に向けて出帆する。三年後あるいは五年後にようやくたどりつき、北京に到着する。その後また戻ってきて、もとの港で乗船する人を待つ。その船はとても古くなったので、スピードは非常に遅く、行って帰ってくるのに十年はかかる」（二〇七ページ）という。それがまさに「中国行きのスローボート」だったというわけなのだが、この話を聞いた少年は三歳のころに父親を亡くし、しかし母からは「大陸へ塩漬け卵を売りに行ったのさ」（二〇九ページ）と遠まわしに父親の不在を説明されて育ったがために、ある日突然母を残して「北方の港」まで冒険に出かけることになる。サミュエル・ベケットの『モロイ（*Molloy*）』（フランス語版一九五一年、英語版一九五五年）をも彷彿とさせる「緩慢な移動感覚」は、山手線を一周するというような都会感覚を作品中に持ちこむ村上春樹の「中国行きのスローボート」とは決定的に異なっている。

シャマン・ラポガンさんのような「海洋性」やマレーシア華語（馬華）文学の「熱帯性」などオーストロネシア全域へと広がっていくような「環太平洋的な想像力」の要《かなめ》の位置に、いままさに台湾がみずからを位置づけようとしているということ。

現在の中国の領土的主張についてとやかく言う気はないが、華語文化圏は沖縄・台湾からフィリピンを経てマレー半島・インドネシアまで、オーストロネシア語族との隣接関係を歴史的に強いられてきていて、その隣接性を「文化的なエネルギー」に変えようとしているのが、さしあたりは大陸中国ではなく台湾であるらしいということだ。

金曜日

「華人ディアスポラ」の全貌を簡潔に要領よく説明できる自信はまったくないが、大航海時代以来の西洋人到来と「連動」しつつ、同時に、時としてこれとは「対抗」的に漢人の「進出」が加速したのは事実のようである。それが台湾ではいつしか「原住民」を人口のうえでも凌駕するほどの規模となったわけだが、スペイン領フィリピンやオランダ領東インド、英領マラヤ、さらにはタイやフランス領となるインドシナなどへも華人の移住はさかんだった。

二〇世紀に入ってからの日本人の「南進」は、西洋の植民地支配にあえぐ現地人をさらに搾取しようという野心を随伴させていたが、日本人が現場で搾取しようとしていたなかには華僑もまた含まれていたし、日中戦争が始まると、まさに彼らこそが「抗日」的な行動で日本軍・日本人を脅かし、日本軍・日本人は現地人以上にそんな「支那人」に脅えもしたのだった。

「下りていって近づくにつれ、彼らがのこらず支那人苦力であることがわかった。それも、若者や、肉付のよい者は一人もいない。みんな、苧殻《おがら》のように痩《やせ》衰えた年寄である。／なかで元気そうなのが鶴嘴《つるはし》をふりあげて、岩をかいている。割った岩の破片を、鉄鎚《かなづち》で小さく砕いている連中もある。おいぼれたちは、砕いた石を箕《み》に入れる。その箕を持ちあげようとしてあせっているものもある。亀の子のように首を前に突出し、喉の笛を鳴らせ、腰をあげようとして、いく度もふんばってみる。一本ずつ出た肋骨に、淋漓《りんり》として汗がつたいはじめる。ひょろひょろと爪立って歩き出すもの、トロッコのそばまではこんできても、それ以上あげることができないので必死になっている。灼けた石のうえに、汗は黒い点になってしたゝる。／――どうして、こんなとしよりばかりいるんです。／――老人に丁度よい仕事をあてがってあるのです。このへんで石ひろいをしていれば、安全ですからな。だが、馬鹿になりませんよ。支那人はこんな奴らでも、結構、印度人の若い奴より役に立ちます。ごらんなさい。あのふんばりようは。生き慾だか、死に慾だか、ともかく慾がつっぱってるんですね。」（金子光晴『マレー蘭印紀行』中公文庫、一九七八年、一〇四―一〇五ページ）

金子光晴がじかに見ることとなった日本の「南進」は、西洋の植民地列強との闘いというよりも、いつ「抗日」に目醒めてもおかしくない「支那人」との闘いという側面を有していた（マレー戦線やシンガポールでは数万人単位で現地の華僑が殺害されたという）。

そして「東南アジア」の武装化した「華僑」は、日本の敗北後も中国共産党と歩調を合わせながら、地域ごとで「脱植民地化」への介入を試みた。

「馬華文学」として日本にも紹介された張貴興（一九五六年―）の『象の群れ（群象）』（一九九八年、

松浦恆雄訳、人文書院、二〇一〇年）は密林の音響性や生態系をみごとに描きだした「熱帯文学」の極致ともいえる作品だが、一九七〇年代に東マレーシアのサラワク（ボルネオ島北部）から台湾へと留学した作家がコミュニストの活動とニアミスをくり返した少年時代をふり返るとは予想していなかった。主人公の「男の子」は「中華学校の傍らにある「邵《シャオ》先生の家で中国語の授業を受け（二七ページ）るかたわら、「三人の偉人」（馬克思《マルクス》、列寧《レーニン》、毛沢東）の「写真が貼ってある」（三八ページ）るのを拝みつづけたというのである。『象の群れ』の主題は「幻の群象」であるかのようにもみえるが、ボルネオ奥地で共産主義革命を追求した「北カリマンタン人民軍」なる華人ゲリラ勢力の記憶もまたそこには強烈な形で刻みこまれている（羽田朝子「張貴興『象の群れ』について――共産党のトラウマ、象と「内なる中国」」、『野草』八十九号、中国文芸研究会、二〇一二年、参照）。

小説には、背景となっている一九六〇年代（ベトナム戦争の時代）、主人公の少年は「日本の怪獣映画が好きや」から「映画館で働きたい」と言って顰蹙を買うというシーンがあったりする（三三ページ）のだが、おそらく華人の記憶や日本人の痕跡を黙殺しながら東南アジアを語ることなどだい無理なことだとあらためて痛感した。

日本の南進時代も、中国の文化大革命に呼応して東南アジアの共産主義勢力が勢いを伸ばした時代も、すべてが「歴史化」されていく「冷戦」解消期の時代の流れのなかで、いままさに「華人ディアスポラ研究」がさかんになりつつある。そうしたなかで、「東南アジア地域」で「マルクス主義革命」を夢見た華人の記憶に対してもまた「台湾文学」という器は広く開かれようとしている。

そしてそこにはマレーシアの国語（マレー語）と現地イバン族の方言、そして「中華学校」で教わる北京語と華僑たちの「福州語」（閩南語の一種）がざわめくサラワクの奥地がにぎやかに描きだされている。

月曜日

「華人ディアスポラ」の話題はいまや日本でも小さなブームになっているようで、たとえば『「華人」という描線』（津田浩司、櫻田涼子、伏木香織編、風響社、二〇一六年）というような論文集がついこのあいだも出たばかりだ。

もちろん、一口に「華人」と言ってもさまざまで、「華人とは××である」といったような語り口そのものを拒むところがある。「ユダヤ人」の場合がそうであるように、「ディアスポラ」という運命は人々を統合（integrate）しない代わりに細分化（fragment）する。それこそ、ひとりひとりの中国（や台湾）への対し方、中国語（およびその諸方言）への対し方は千差万別である。だから「華人」をめぐる物語は「中国語」でしか書けないといったようなものではけっしてない。「ユダヤ人」の物語がヘブライ語（やイディッシュ語）限定ではありえないように。

上記、論文集に「オランダ在住「プラナカン」の語りに見られる「華人性」の再検討」（北村由美）という論文が収められていた。蘭印（オランダ領東インド）には一九世紀後半から「華人」の移住が進んでいたが、「プラナカン」とは「中国を起源とする移民の子孫であったとしても、ジャワ文化やオランダ文化の影響を受けた混交性を文化的背景と」（一三四ページ）している華人グループのことで、日本軍の占領期を経てインドネシア独立戦争期をもちこたえるなか、なかなかインドネシア・ナショナリズムには同化しづらい思いを経験していた人々のことだった（インドネシア語への同化も遅れていたようだ）。

同論文のなかで、北村さんはオランダでの研究中に「〔スマトラ島にある〕メダン出身の母と中ジャワ出身の父とともに、一家で〔カリブ海の〕キュラソーに移動後、一九八六年よりオランダに住んでいる四〇代の女性」（同前）と知り合いになり、それが「プラナカン」を研究するきっかけとなったという。一家がインドネシアを棄てたのは悪名高い九月三十日事件（一九六五年）後の国内混乱のなかからであったらしい。母親はインドネシアの大学での「教授言語がオランダ語からインドネシア語に変わったため〔薬学専門の大学を〕退学し」、すでに大学を終えて薬剤店を開いていた夫と暮らすようになっていたのだが、先のクーデタ以降の極端な「反共政策」のなかで、その「夫が共産党に関係があるという嫌疑をかけられ、一晩連行され」（一四二ページ）るというような目に遭い、ついにインドネシアを離れた。それでも、その両親は「オランダで介護を受ける立場になった」後も、「とりわけインドネシア人の介護士と気が合う」（同前）とのことで、インドネシア時代の思い出はけっして悪いものばかりではなかったとみえる。そのような「ディアスポラ華人」の老後を思うにつけ、私はいつしかカリブで見かけたチャイニーズの思い出を思い起こしていた。

ひとつは、ポート・オブ・スペイン（トリニダード島）の場末にあった中華料理屋の前で空き時間をのんびりと過ごしていた老夫婦の思い出。そのふたりがたたずむ空間、そしてそれを眺める私まで含めた三角地帯だけがなんだか東アジアだった。

もうひとつは、フォール・ド・フランス（マルチニーク島）のサヴァンナ広場に面したカフェ兼食堂を経営する中国人夫婦の思い出。私がコーヒーをすすっていたら、小学生の娘さんが戻ってきて大きな声で「ただいま」と思しい言葉を中国語で発した。

カリブ海地域の「華人」の言語遍歴とはどのようなものなのだろうか。そこには私のようなただの「外国好きの日本人」には想像もつかないほどストレスフルな遍歴があったのだろう。このような「華人ディアスポラ」の物語が書かれるとしたら、いったい何語によってなのだろうか？

ところで北村さんの論文を読みながら思った——いったい「オランダ在住プラナカン」の聴き取りは何語でおこなわれたのだろうか？　論文を最後まで読んでもそれがわからなかった（オランダ語？　インドネシア語？　北京語？　それともそれらの「ちゃんぽん」？）が、ボーダレス化した時代には人類学者はいよいよ多言語習得を求められるということのようだ。

木曜日

私が所属している立命館大学先端総合学術研究科に「神戸中華同文学校」の研究をしている馬場裕子さん（その後、二〇一六年三月に課程博士学位取得）という院生がいることもあって、日本国内の中華学校の歴史について聞きかじる機会に恵まれたのだが、その耳学問によると、清末期の中国で「戊戌の変法」（一八九八年）に関わって失脚した梁啓超（一八七三—一九二九年）が亡命先の神戸で立ちあげた華僑学校だということだ。そしてその学校が日中戦争、日本の敗戦、中国の分裂を経験しながら、いまもなおいわゆる「非一条校」としてではあるが日本人の子弟にも門戸を開く国際学校として存続している。授業は中国語をベースでおこなわれるが、適宜日本語も併用し、また早期からの英語教育も始めているという（馬場裕子「神戸中華同文学校におけるバイリンガル教育の方法と実践をめぐる一考察」、『生存学』七号、生活書院、二〇一四年、参照）。

じつは前便で紹介した論文集『「華人」という描線』を読むうちに北村由美さんの仕事に興味をもったので、彼女の単著『インドネシア 創られゆく華人文化』（明石書店、二〇一四年）をも購入してみた。すると思いがけず、その生嚙りの知識が生きたのだ。

長いあいだ華人に対する同化圧力が強かったインドネシアでも、二〇〇〇年代になると「インドネシア語・英語・中国語の三言語を教授する私立学校が開校し、華人以外のインドネシア人父兄にも人気が高い」（七九ページ）という状況が生まれているというのだが、じつはその原型になったのは、オランダ領時代に「オランダ語教育を受けた華人エリート」（七七ページ）が設立した「中華会館」（ＴＨＨＫ）学校であった。しかも、そうしたインドネシアをはじめとするいわゆる「東南アジア」で、華僑の子弟に対して中国語と儒教を中心にした学問を授ける教育活動の重要性をそもそも説いたひとりとして、梁啓超と同じく清を逐《お》われた康有為（一八五八―一九二七年）がいた。それこそ「新たに近代化した日本をモデルにし」（一〇五ページ）て、世界に散らばった華人の近代化と中国人アイデンティティの強化を熱心に説いたのが、そもそもの出身地であった広東で梁啓超の「師」であった康有為だったようなのである。すでに「東南アジア」の地にあっても「ヨーロッパ人と同様の待遇に処する日本人法」（一〇七―一〇八ページ）なるものが設けられつつあった。そうした時代状況のなかで、「華人」たちはまさに国外にあったればこそ強く「国難」を意識し、危機感を抱いたのだ。

その後、第二次世界大戦で「蘭印」は日本軍の制圧下に置かれることになったが、この時期に「オランダ語学校は閉鎖されるが、華語学校は継続を許される」（七八ページ）。日本は台湾を植民地化していたし、制圧した南京には汪兆銘政権を樹立して親日的な華人を「南進」へと動員し、「抗日」的な華人の懐柔にも利用しようとしていたからだ。

また第二次大戦後、インドネシアの独立戦争を経て一九六〇年代半ばのスハルトの台頭までは、インドネシア華人の地位は比較的安定したものだった。それこそ「一九五〇年時点で、インドネシア語学校で学習していた華人は五万人にすぎず、二五万人が華語学校に在籍（うちインドネシア国籍保有者は一五万人）していたという」（同前）のである。

ところが、こうした華語学校が一九六六年には閉鎖され、一紙を除いて中国語新聞の発行も禁じられる。当時は華人の背後には中華人民共和国が君臨し、華人社会がコミュニズムの温床となるかもしれないという不安がインドネシア全体を包んでいたのだと思われる。前便でとりあげたような「インドネシア華人」の海外移住が進んだのは、そういった背景があってのことだ。

しかし、明の時代から清の時代を経て世界へと散らばっていった華人の「再中国人化」というプロジェクトは、完全に芽を摘まれたわけではなかった。「インドネシア語・英語・中国語の三言語を教授する私立学校が開校し、華人以外のインドネシア人父兄にも人気が高い」というような二一世紀に入ってからの現実は、「華人ネットワーク」がいまいっそう活性化されつつあることを意味する。また、二〇〇七年には「中国のソフトパワー戦略の一つである孔子学院」（八〇ページ）がジャカルタに設置され、そうした方法を用いて「華人」以外にも働きかけを試みているのが現在の中国だというわけだ。

世界の「華僑学校」の比較研究というのもおもしろそうだ。また、二一世紀のアジアはさまざまな「華人文学」を生みだしそうな気がする。

土曜日

『日本軍性奴隷制を裁く2000年女性国際戦犯法廷の記録』全六巻（VAWW-NET Japan編、緑風出版、二〇〇〇年）は当時の研究成果を一望できる仕掛けになっており、とくに三巻目と四巻目は「「慰安婦」・戦時性暴力の実態」と題されて、地域別に論考が積みあげられている。そして第三巻では「日本・台湾・朝鮮」が、第四巻では「中国・東南アジア・太平洋」が扱われて、旧日本植民地と日中戦争以降の軍事占領地というふうにカテゴリー分けがなされているようにみえる。

ただそうしたカテゴリー分けの裏をかくように、華人の動員は複雑な動線を描いた。

同書の第三巻には「台湾・原住民族」の女性動員を描いた中村ふじえさんの論考「イアン・アパイさんの場合」が含まれていて、とても勉強になったのだが、駒込武さんの論文「台湾植民地支配と台湾人「慰安婦」」（第三巻）によれば、台湾から「送出」された「慰安婦」は華南から海南島、そして「南方占領地」へと徐々に拡大したということのようだ。しかし、そうした「南方植民地」には、日本軍の「南進」以前から華人の「進出」が進んでいたわけだから、植民地から「軍需品」のようにして送りこまれた「慰安婦」以外に、現地で調達された「戦利品」のような「慰安婦」のなかにも華人が一定数含まれていたはずなのである。

『猟女犯』（保坂登志子訳、洛西書院、原著は一九八四年）の表題作である「猟女犯」（初出一九七八年）は、元ポルトガル領の東チモールで「慰安婦」の調達にあたらされた主人公が「阿母《アムー》」という言葉に敏感に反応し、華人系（祖父や父は華人と現地人の混血、祖母は華人とオランダ人の混血という設定になっている）のライサーリンという名の女性との「はけ口を見出せない同胞意識」に煩悶するという物語である。

第二次世界大戦中の「蘭印」における戦時性暴力と言えば民間人抑留所からオランダ人女性が連れだされ慰安所に送られた「スマラン慰安所事件」が有名だが、「慰安婦」として拉致されたのはオランダの女性ばかりではなかった。このことは『「慰安婦」・戦時性暴力の実態Ⅱ』（第四巻、二〇〇〇年）に収められた木村公一さんの「インドネシア「慰安婦」問題」を読めば、あらかたわかる──「「慰安婦」にされた女性たちの年齢をみると一三歳から一七歳までの少女に集中している。これにはいくつかの理由を挙げることができる。①当時のジャワでは少女たちは十代で結婚することが慣わしになっていたこと、②日本軍が、性病経験のない「清潔な女」を求めたこと、③日本軍が、教育程度の低い、農村社会の少女を選んでいることから、彼らに対して従順で、抵抗することの困難な社会層を選別していたと解釈できる。」（二九九―三〇〇ページ）

「植民地」か「占領地」かでだれが調達に関与したのかについて多少の違いはあるのだろうが、朝鮮や台湾での「慰安婦」調達と似通った「選別」がなされていた可能性は高い。陳千武の小説がどこまで証言としての力をもつかは別として、「蘭印」で拉致された「慰安婦」のなかに「祖父や父は華人と現地人の混血、祖母は華人とオランダ人の混血」というような「華人」が交じっていた可能性は十分にあったということだろう。

華人にとって日中戦争から第二次世界大戦にかけては、同族が同族をさげすみ、虐げあう一種の「内戦」だった。陳千武の「猟女犯」に出てくるライサーリンは、主人公の林逸平を見て、閩南語を話す同郷が「日本軍兵士」であることに、何よりも驚愕するのだった。

大日本帝国のアジア侵出は、アジアの人民のあいだに「親日」と「抗日」というふたつの陣営をつくりだす「分断作戦」のうえに遂行されたものだった。そしてそれは日本の敗北後も、東アジアから東南アジアにかけての「冷戦」(現在では「親米」と「嫌米」の対立)としていままで生き延びている。

火曜日

私が所属している立命館大学先端総合学術研究科にアルベルト・トマス・モリさんという留学生がいて(二〇一七年九月に課程博士学位取得)、その彼の研究テーマは、一九四九年の中華人民共和国が成立して以降、中国人信徒に加えて「教会の資源も中国大陸から海外の華人社会に流出」(「華人プロテスタント信者の越境的連結」、『Core Ethics』第十一巻、二〇一五年、一七三ページ)していくことになった中国系クリスチャンの人的ネットワークだ。今日では世界の華人社会ばかりでなく、アフリカの「イスラム圏」などへの「布教」にも力を入れているのが「華人プロテスタント」のようだが、モリさんの研究がおもしろいのは、「華人のディアスポラ」をまとめあげるものがかならずしも本質主義的な意味での「中国性」(Chineseness)ではないことに注目する点だ。

中国にキリスト教が伝わったのは、マテオ・リッチの時代から景教なるものが伝わった唐代まで遡ることができるようだが、プロテスタントの浸透に関しては、英国の東インド会社の影響力が強まった一九世紀以降と考えるのが一般的なようだ。インド以東の英国植民地とつながる形でアジア地域へのプロテスタント信仰が広まりを見せ、こうした枠組みのなかで、清朝末期には「キリスト者が一人増えれば中国人は一人減る」（一七二ページ）とまで言われるような事態が進行した。そして中華人民共和国の建国以降、中国を逐われた信徒たちは、香港やマカオ、日本や台湾、東南アジアや豪州、北米・中米へと拡散を続けながら、しかし中国語を媒介にした宗教ネットワークを構築していった。

モリさんの研究のおもしろさは、「中国的」な属性を介するのではない「華人社会」の絆という特徴を、それこそ「大陸の中国の文学」とは無縁な形で台湾から東南アジアにかけて成立しつつあるような「華語圏文学」（Sinophone literature）の動きを論じるＵＣＬＡの史書美《シーシュメイ》さんらのスタイルを借りながら論じようとするところにある。

もちろん四書五経以来、魯迅らの世代までの「中国文学史」と「華語文学」とがまったく無縁であるとは言いきれまい。しかし「馬華文学」（マレーシア系の中国語文学）に顕著なように、ディアスポラの地における多言語使用状況をふまえ、それぞれの登場人物がいかにして中国語（やその方言）へのアクセスを見出したかを逐一説明せざるをえず、あくまでも「マイノリティ言語」としての「中国語」をエンパワーするかのようにして書かれるものを「華語文学」と呼ぶならば、そうした中国語文学が、「カフカのドイツ語文学」を論じるためにドゥルーズ＆ガタリが用いた「マイナー文学」（littérature mineure）に通じる特徴を示すとしても不思議ではない。

ともあれ、モリさんの論文は「中国信徒布道会」が発行している中国語雑誌『中信』をていねいに読み解きながら、その中心にけっして「中国的＝中華的」なものはないと論じるものである。そして世界に散らばる華人のなかで、「書くこと」にもっとも開かれたグループがプロテスタントたちなのだということ――「シンガポールにある「聖道基督教会」という約六百人がいる教会では〔…〕洗礼を受けた者に対して、スタッフは必ず洗礼にいたるまでの経緯を書いて『中信』に投稿するよう依頼さ〔せら〕れる。また、中信の台湾オフィスの責任者は、彼らと各教会との関係について、近年では定期献金だけでなく原稿の募集にも積極的に協力する教会が増えたと述べた。」（一七八―一七九ページ）

かつて国内からクリスチャンを追放することで共産主義体制を確立した中華人民共和国は、その後、国外においても、それこそ「華人」であるなしを問わない、民衆のあいだへの共産主義の宣伝に関わった過去があり、またいまではＡＩＩＢ（アジアインフラ投資銀行）のような国際金融ネットワーク拡大に熱心だ。これに対して、「華人プロテスタント信者の越境的連結」がどこまで「対抗」的な動きを示しえているのか、私でなくてもそこは興味の湧くところだろう。

金曜日

前便で紹介した史書美さんを編者のひとりとする『華語圏研究読本』（*Sinophone Studies: A Critical Reader*, Columbia Univ. Press, 2013）の第一部に置かれた総論部分には、『ディアスポラの知識人』（*Writing*

Diaspora, 1993. 本橋哲也訳、青土社、一九九八年）などを通して日本でも知られるレイ・チョウの「理論的問題としての中国性について」や、すでに紹介した北村由美さんがしばしば依拠されるイェン・アンの「中国性（Chineseness）にノーは言えるのか」（一九九八年）などが収められており、さらに続く各論のなかには馬華作家、張貴興を『カリブ海言説』（*Le Discours antillais*, 1981/1997）のエドゥアール・グリッサンの枠組みを使って論じようと試みたブライアン・バーナーズの「プランテーションと熱帯雨林」なども混じっていて、大きな知的刺激を味わえた。

サラワクの植民地支配は大英帝国によって遂行され、しかしオーストロネシア系の先住民族を二分して従順な住民を搾取し、反抗的な住民を奥地へと逐いやりながらおこなわれたプランテーション型農業の展開にあたって、中間層を形成した華人集団は、一方で英語使用者にすり寄り、他方でダヤク族の言語などにも精通して「脱華人化」の道をたどりもした。そうしたなかで、張貴興のようにサラワクから台湾に留学をして「再中国人化」することである種の「マイナー文学」としての「熱帯文学」が産みだされたのだ。いったんは「華人社会」の周縁部に追いやられた者が中国語で書いた文学だというのではなく、元英領植民地の奥地が放つざわめきに「声」を与えようとした試みが、たまたま台湾文学の基調言語である繁体字中国語で書かれたにすぎないとみなすことから同論考は成立している。そこではいっさい「中国らしさ」が問われることはなく、英国の帝国主義、日本の南方侵出（敗戦後の日系企業の進出を含む）、マレーシア・ナショナリズム、中国共産党の画策と政策変更、台湾との関係強化といった世界史の一部を構成する動きのなか、「熱帯文学」の可能性が追求されているのだ――「自然によって言語に変容がもたらされ、その結果、生きた、そして

呼吸し、絶えず変成を遂げる有機体としての自然に生命が付与される」（三三二―三三三ページ）
カリブ海地域で、あるいはアマゾンで、アフリカで、それこそ「偶然に何らかの言語」で「熱帯雨林の声」が呼び醒まされる。その場合の言語は「植民地主義帝国の言語」である場合が多い（脱植民地化後も旧宗主国の言語が文学言語のなかでは主流となる場合が多いため）が、「馬華文学」の場合には、それが「たまたま中国語」なのだ。「脱植民地化」とは植民地主義が封じこめた「声」を「回復」することなのであって、それは「先住民族の言語」でなされる代わりに、しばしば「旧宗主国の言語」や「移民労働者（settler）の継承語」によってなしとげられる。それこそ「カフカのドイツ語」が「ドイツ人のドイツ語」ではなく「少数民族のうめき」をすくいあげたドイツ語にすぎなかったように、張貴興の文学は「中国語文学」として読まれることではなく、グリッサンの「カリブ海小説」や『百年の孤独』（*Cien años de soledad*, 1967）のような「ポストコロニアル文学」として読まれることをこそ待っているというのが同論文の骨子である。
同論文で扱われた『猿の杯（猴杯）』（二〇〇〇年）はいまだ日本には未紹介だが、サラワクへの華人系移民四世にあたる主人公がサラワクの奥地と台湾を往復する形をとった現代小説は、「世界文学」の観点からするならポーランド出身の英語作家、ジョーゼフ・コンラッドが着手した「ボルネオ＝カリマンタン小説」（たとえば『オルメイヤーの阿呆宮』*Almayer's Folly*, 1895）の延長線上に位置しているとも言える。
私はかつてブラジルの松井太郎さんの『うつろ舟』（松籟社、二〇一〇年）を読みながら、「日本語で書かれうる熱帯文学」の可能性へと思いを馳せたものだったが、そこで書き留められたことは日本人移民の「現地人化」ではあっても、植民地主義に蹂躙された熱帯雨林が放つ叫び「声」に日本語をあてがおうとする試みとまでは言いきれるものではなかった。日本語文学から「移民労働者の末裔の文学」は生まれえても、挑戦的な「脱植民地化の文学」は生まれえないということなのだろうか。

月曜日

「華語文学」のなかには、遠いルーツが中国本土や台湾にあったとしても、一度は華語的素養を喪失した後に「再華人化」を経験した作家も含まれるが、そこには同時に、中国本土や台湾の少数民族で、どんなに中国語に堪能であっても華語以外を「母語」とする作家、かりに中国語のモノリンガルであったとしても「非華人」としてのアイデンティティを保持する作家が含まれる。

そしてそれが台湾の場合には「原住民の文学」というふうにカテゴリー分けされる。一九八〇年代から九〇年代にかけては、海洋民族（タオ族）出身のシャマン・ラポガンさんをはじめ、その担い手たちが続々と頭角をあらわした。またそうした表現者のなかには、文壇ばかりでなく政界でも影響力を行使するにいたった「原住民出身者」が少なくなく、孫大川（一九五三年—、プユマ族のあいだでは「パエラバン（巴厄拉邦）」）のように「原住民委員会」（一九九六年に設置）の重鎮として、マイノリティの権利拡張に貢献し、現在、監査院の副院長を務めている大物までいる。

『華語圏研究読本』にはシンヤ・ファンさんの書かれた「台湾の華語原住民文学」という論文が採録されている。そこでは一時期、日本語で文字表現するスタイルを身に着けようとしていた台湾原住民が「光復」後、徐々に中国語を習得し、伝統的な原住民語と中国語（北京官話）を組み合わせるという部分的な二言語表記法（日本語におけるルビの使用に似ている）を用いるようになった経緯を概括しながら、その最後に、孫大川さんが一九九一年の時点で放った、ある意味おそろしくペシミスティックな議論を紹介して論を締めくくっておられる――「薄明には黎明と日没があるように、われわれは原住民の文化が死んだ／滅びつつあるとは言えないし、いまが絶頂期だと歯の浮いたようなことを言うこともできない。われわれがなすべきは、原住民文化の死、もしくは漆黒の夜を思い切って受け入れ、かつ長い長い闇夜を照らす灯りを前向きに準備していくことなのだ。」（二五三ページ）

すでにしてアイヌ系先住民族文化の「死、もしくは漆黒の夜」を受け入れざるをえず、かといってこれといった「闇夜を照らす灯り」を準備することもできないまま、それこそアイヌ文化の「風前の灯」をすら煽《あお》ぎ消してしまったかのような日本に身を置く私からすれば、「いまが原住民文化の絶頂期だ」とさえ言えそうな台湾においてさえ、このようなペシミズムが実践的認識として求められていたと知ることは、もはや「悲しい」ですまされるものではないような気がする。

文字文芸を持たないまま、その言語そのものも絶滅の危機に瀕している言語集団は、世界各地に点在している。そうした集団に属する表現者は、どうにかして「灯り」をともさなければならず、そのためにはまずいまを「闇夜」だと自覚するしかないということなのだろう。

「華語文学」にかぎらず、さまざまな「語圏文学」は少数言語を「滅ぼす」という時代状況への加担を免れえない以上、そこはせめて「闇夜を照らす灯り」をともす努力を踏みにじらないようにしなければならないのだ。

水曜日

八月号の『すばる』(集英社)には「LGBT――海の向こうから」という特集が組まれている。いまなお席巻する異性愛主義に対して批評的な役割を演じてきた「LGBT」だが、かといって「LGBT」に対して批評性や補完的な役割だけを押しつけて旧態依然たる家父長制の温存を図ることが誤りなら、「LGBT」がすべての面において「革新的」であると妄信することも同じく誤りだろう。現実にもバーチャルにも身体を介して他者と結びつこうとするセクシャリティは、きわめて形式主義的な側面と実験的な側面をあわせもっている。異性愛のなかにも実験精神は宿るし、「LGBT」のなかにも保守的な形式主義が宿ることもある。

しかし、このようなことが言えるのも、異性愛主義の隙間を縫うようにして少しずつ「LGBTの文学」もしくは「クィアの文学」なるものが台頭してきたからで、とくに二〇〇〇年代以降、台湾の「性的マイノリティ文学」の研究や紹介に積極的に挑戦されてきた台湾文学研究者の方々にはいくら感謝してもしすぎることはない。『すばる』の同特集には、垂水千恵さんがエッセイ(「すでに周縁ではない? 台湾のLGBTQ文学」)を寄せておられる。

垂水さんがこのテーマに挑戦されていることは、彼女が黄英哲さん、白水紀子さんとともに編集に関わられた「台湾セクシュアル・マイノリティ文学」シリーズ(作品社、二〇〇八―〇九年)を目にしたあたりから知らされていた。

同シリーズの第三巻『小説集『新郎新〝夫〟』(ほか全六篇)』(白水紀子編、作品社、二〇〇九年)の「あとがき」のなかで白水紀子さんは、台湾における「クィア文学」の台頭を説明しながら次のように書いておられる——「戦後台湾では本省人(戦前から台湾に住む人口の八割を占める漢民族)と外省人(戦後国民党と共に台湾に移り住んだ漢民族)の対立が続き、外省人が本省人を弾圧した四七年の二・二八事件などによる感情の対立は根深いが、日本の植民地統治と国民党による独裁政治を大きな原因として台湾ナショナリズムが形成され、とりわけ八〇年代以降の、戒厳令解除による民主化と台湾自決主義の定着によって台湾人アイデンティティが強まっている。そして大陸出身か台湾出身かというかつての二項対立的な対立構図が薄れ、台湾人意識が社会の主流になるなかで、近年ではこうした台湾の歴史的・民族的ハイブリッド性に台湾と台湾人のアイデンティティを見いだす人も多い。そもそもクィアという言葉は二項対立それ自体を批判しようとして用いられ始めたもので、アイデンティティの固定化に抵抗し、アイデンティティの流動性・多様性を求めるものであることを思えば、セクシュアリティをめぐるテーマにおいても台湾社会でクィア運動が受け入れられる素地は十分あるといえるだろう。」(二八五ページ)

そもそも外省人を支持基盤に置いていたのが国民党なら、それに対抗しようという本省人の支持を受け、また原住民や障害者、性的マイノリティなどありとあらゆる少数者の期待をも一身に背負ってこの五月に蔡英文さんが総統の座についたのだが、はたして台湾は、大陸中国を横目に見ながら、どこまで、そしてどのような「ダイバーシティ」を実現していけるのだろうか。

これはけっして他人事などではなく、日本でも少なくとも「ダイバーシティ」は、未来を指し示すキーコンセプトとしてのお墨つきを得つつある。エスニックにはいまなお均質性にしがみつこうとする傾向の強い日本だが、性的な「ダイバーシティ」に対する市民権の拡張は、今後に向けてなんらかの突破口になるかもしれない。

そして何より、日本は西洋ゆずりの「同性愛嫌悪＝ホモフォビア」に対してなんらかの「耐性」を台湾などと同じようにもつ歴史を過去には有していたはずなのだ。

『台湾セクシュアル・マイノリティ文学』の各巻末に付された「趣旨文」（編者三名の連名）には次のようにある――「日本の文脈で考えるならば、少女漫画に代表されるサブ・カルチャーにおいては優勢を誇るセクシュアル・マイノリティ関連作品が、文学作品においてはそれほど顕著でないことは、潜在的な読者市場が存在しながら、それに応える作家を輩出していないということを示している。」（二九八ページ）

『すばる』の今回の特集も、単純に「海の向こう」から「LGBT」の荒波を受けとめようというような受け身ではなく、日本にも根強く存在してきたにちがいない「潜在的な読者」を少しでも「可視化」させようという前向きな試みなのだろう。

いかにも「LGBT」、いかにも「クィア」と言えるような文学でなくても、男女の二項対立をこえるような、そして異性愛の文法を脱臼させるようなセクシャリティは、現実にも文化・社会のなかに蔓延しているはずだ。ただそれらを掘り起こす作業を怠った社会や文化は後退していくばかりだろう。

土曜日

『すばる』八月号の「ＬＧＢＴ文学特集」に寄せられた垂水千恵さんのエッセイ「すでに周縁ではない？　台湾のＬＧＢＴＱ文学」には、今年の五月二十一日に宇都宮大学で開催された日本台湾学会の学術大会のことが記されている。

私は同学会の会員だが、今年は日程が合わず、宇都宮まで足を延ばすことはできなかった。しかし、垂水さんが言及されている三木直大さん（広島大学）企画の「第八分科会　一九九〇年代台湾文化を再考する――雑誌『島嶼邊縁』をてがかりにして」だけでもぜひ傍聴したかったと、いまとなっては後悔しきりである。

同セッションには、台湾を代表するクィア文学研究者でご自身がレズビアン作家でもある洪凌《ホンリン》さん（一九七一年―）がゲストとして招かれ、ご自身と雑誌『島嶼邊縁』とのかかわりを話されたとのことで、雑誌『すばる』に載った垂水さんの報告によれば「民主化の進展とともに台湾文化の意味体系（コード）の問い直しと再構築」（一〇五ページ）にたずさわったのが『島嶼邊縁』で、一九九一年から九五年にかけて、全十四冊が刊行された同誌においては「ジェンダー、エスニシティ、ナショナル・アイデンティティ等を問うさまざまな特集が組まれ」、その十号（一九九四年）が「酷児QUEER特集」だったというのである（同前）。そして紀大偉《ジーダーウェイ》、但唐謨《ダンタンモー》と並んで特集の「責任編集者」を務めたのが洪凌さんだった。彼女はその当時まだ大学生で、ジュネの『泥棒日記』（*Journal du voleur*, 1949）を訳していたのがちょうどそのころだったという。

異性愛の維持を至上命令とするような「ヘテロセクシズム」と、「挿入モデル」から自由でない

「男根神話」との二重の闘いを迫られたレズビアン女性が、一九九四年に『ある鰐の手記（鱷魚手記）』で華々しく登場した邱妙津《チョウミオオジン》（一九六九―九五年）や、一九九五年に『悪女の書（惡女書）』（を含む）の陳雪《チンシュエ》（一九七〇年―）らとともに群れをなして登場し、台湾の酷児《クィア》文学をぐいぐいと牽引していったさまは、中国国民党主導の政治的自立を進めるなか、外省人の一世や二世を中心に台頭した「閨秀文学」の系譜が一気に革新されようとしていた一九九〇年代の台湾を象徴する出来事だったのだろう。そしてそんな彼女らが紀大偉（一九七二年―）ら男性クィア作家と手を携えて華々しく登場したのだ。

人生や想像力のあらかた（けっしてすべてではない）をお仕着せの「ヘテロセクシャル」な欲望によって支配されてきた私のような人間にとっても、女性が「男根神話」にもたれかかることなく追求していこうとする自由奔放なセクシャリティはじつに官能的・煽情的で、陳雪さんの「天使が失くした翼をさがして（尋找天使遺失的翅膀）」（前出『悪女の書』所収）、あるいは洪凌さんの『フーガ黒い太陽（黑太陽賦格）』（あるむ、二〇一三年）を読み終えた後は全身がけだるくて仕方がなかった。『アンチ＝エディプス』（*Anti-Œdipe*, 1972）のドゥルーズ＆ガタリから大きく影響を受けた洪凌さんのレズビアン文学論「蕾絲《レズ》と鞭子《ビアン》の交歓（蕾絲與鞭子的交歡）」（初出一九九七年、須藤瑞代訳、垂水千恵編『台湾セクシュアル・マイノリティ文学4　クィア／酷児評論集『父なる中国、母（クィア）なる台湾？』』作品社、二〇〇九年）は、なんとも刺激的な論考だ。それはけっして「ＬＧＢＴ」に局限されるのではない。それを私はヘテロなそれをも含むセクシャリティの全体を統べる「クィア」な原理原則そのものとして読んだ――「欲望の境界線は反抗と逸脱を経て、そのシステムのテリトリーにおいて不断に新しく企画される。ひとつの狭くて新しい細い線が、「合法的欲望」と「非合法な欲望」の対立領土を引き裂くたびに、編成されるすべのない法外な徒がでてくるものであり、彼らは引き続き外を漫遊する〔…〕。」（二七五ページ）

また、陳雪の『悪女の書』を論じながら、「男性を拒否しながらも、男性（役割）が至る所に存在していることが、（同書が）読者達に好奇心をおこさせ／疑いを持たせる点であることは興味深い」（二六三ページ）と書いておられるあたりも、みごとなまでの批評だと思った。

火曜日

「LGBTの文学」のなかでも女性の書いた「レズビアン文学」を読む楽しさは、怖いもの見たさが大きいのは言うまでもないが、自分自身が長いあいだしがみついてきた「異性愛的な男性」なる観念の「虚構性」をとことん思い知らされ、真っ裸にされ、今度はその「真っ裸」の身体に、自分の知るわずかばかりの「女性的身体」（母や異性の恋人や娘）に関する知識を手当たり次第にかぶせていくという「実験」に精魂を使い果たすことの喜びにほかならない。

「私はぼんやりと感じていた。彼女が今ちょうど狂おしげに私の中に入って来て、激しく私の命を突き、私の骨まで全部ばらばらにしようとしている。そう、まさに彼女が、たとえ彼女が女で、勃起し射精するペニスを持っていなくても、私の一番奥まで深く入り、どんなペニスも触れることのできない深さまで達することができるのだ。」（陳雪「天使が失くした翼をさがして」白水紀子訳、『台湾セクシュアル・マイノリティ文学3』二四七ページ）

「男根神話」をあてこする、このような表現に痛く感じ入った男性読者ではあっても、恋人の「乳房を吸いながら、自分にもあった乳児期を懐かしみ、いつまでも年をとらない母の体の上のあの同じように美しい乳房を懐かしみ、産声を上げてすぐに夭折した愛情のことを考えていると……私は思わず激しく泣き出してしまった」(二五九ページ)といった箇所に呼び醒まされる母と娘のあいだの愛憎劇には、どんなに近寄ろうにも近寄りがたい何かを感じないではいられない。

異性愛であれ同性愛であれを、「男根神話」を軸にして語りつくそうとしたフロイトの野望がいかに完成に遠いものであったかを現代のわれわれはすでに知っているが、多種多様な「性感帯」を広く認められつつある女性たちの身体が何がしかの形で性行為に没頭しようとするときに、どの器官が「性器」の役割を果たし、そして「母的なもの」がいかにして性的妄想の亢進に寄与するものなのか。

つい台湾の現代文学に深入りしてレズビアン的なポルノグラフィを読むことになり、結果的に予期しないことではあったが、何度も射精した後のような「けだるさ」を感じなければならなかった理由を、これから老後の時間を使ってどうにかして探りたい。そんなことを思う残暑の一日である。

金曜日

自分の嗜好がなせる技か、男性性と異性愛の囚人でしかない自分を知るがゆえの気後れなのか、女性文学に自分から手を伸ばすことはめったにないことだ。『ターミナルライフ　終末期の風景』(作品社、二〇一一年)を書き終えて、自分がいかに偏った読書経験をしか持たないかを思い知った。

女性作家の書いた文学のなかに「終末期の風景」を透かし見るということが自分にはできないことに気づかされ、まさしく途方に暮れる思いだった。それが五年ほど前のことだった。

しかし、そんななか、台湾文学を身近に感じるようになっていつしか女性文学を読む喜びに通じるようになってきた。『小説集　新郎新〝夫〟』を読みながらも、ゲイ小説よりレズビアン小説を好む自分がいることは否定できないのだが、それでも女性の書いた文学を読む楽しさが少しはわかってきた気がするのだ。

立命館大学先端総合学術研究科の教え子のひとり、倉本知明さん（二〇一一年に課程博士学位取得）が、はじめての翻訳書『沈黙の島（沉默之島）』（蘇偉貞《スーウェイジュン》著、一九九五年、倉本訳、あるむ、二〇一六年）を献本してくれたので、ひとりの初老の男の目を通して読むだけでなく、まだまだ若い翻訳者の倉本さんのセクシャリティをも思い浮かべながら、異性愛女性の書いた異性愛小説を二重に堪能させてもらった。

「僕にとって、君は何も初めての相手ってわけじゃないし、それに初めてを君に奉げたいとも思わない。だけど、今回は本当に生まれて初めてセックスしたような気分だったよ。しかも、それをなんて言っていいのかまるでわからないんだ。僕は君の「呼吸」が好きだ。何としてでもそれを手に入れたい。これは褒めてるんだよ」（五二ページ）――女性文学のなかに異性愛男性の歯の浮いたような女性礼賛が胚胎される。

「香港までの短いフライトでいったいどうやって時間を潰すつもりなのかとダニーにたずねてみた。／「君とのセックスを想像するよ〔…〕」／その言葉を聞いた晨勉《チェンミェン》は不思議と嬉しくなった。こ

れこそが、彼が最も想像力を発揮できる領域であり、また彼のもつ自由そのものであった。」（二三九ページ）

男性の異性愛嗜好を見透かされ、しかもそれに同意を授かったかのような感覚がある。セクシャリティとは嗜好の充足のことなのか、それとも嗜好（＝選好）を肯定される喜びなのか。

蘇偉貞（一九五四年―）のプロフィールについては、倉本さんが博士論文のなかでも言及してくれていたから知らないわけではなかったし、そもそもデビューしたての彼女はオーソドックスな「閨秀作家」であったようなのだが、『沈黙の島』は主人公（＝晨勉）を二重化させ、三十代の台湾（出身）女性を二重に描くという実験的手法を用いるなど、まさしく「技巧派」の名をほしいままにする作家へと成長しているのだが、私はそうした「技巧」よりも何よりも異性愛男性のセクシャリティを「批評的」、かつ「肯定的」に描きだそうとするその大胆さに圧倒された。

家庭を大切にするノーマル男性であれ、バイセクシャル男性であれ、一夫多妻制社会に帰属する男性であれ、そうした男たちのあいだを渡り歩きながら、彼女は避妊もしないまま妊娠を回避しつづけていたのだが、その彼女が子供を授かって「未婚の母」となることを決意するところで話は終わる。

セクシャリティを規定するのが家庭環境（親子関係）であるというフロイト主義をひとまずは受けとめようとしながら、作家自身が重ねてきたのであろう異性観察のリアルさが何よりも私を消耗させた。

おそらくこの小説を訳した倉本さんも「何度も射精した後のようなけだるさ」を味わったことだ

ろう。

そういえば、翻訳家としての私（＝西成彦）も女性の書いたものはほとんど扱ってこなかった。いまからでも遅くないならば、いつかひとつくらいは挑戦してみたい気もする。男である自分を素っ裸にひん剝かれるような作品があるならばぜひ試してみたい。

これは年若い倉本さんへの羨望だろうか。

日曜日

台湾を代表するベテラン女性作家のひとり、蘇偉貞の『沈黙の島』は、女性が書いた異性愛文学という迷宮のなかをさまようという、男にはかなり負荷のかかる体験を私にもたらしてくれた。それは「台湾」というトポスを考慮に入れなかったとしても十分に読み甲斐（それもあいだをあけて二読三読するだけの価値）のある小説だと思った。

台湾（＝華麗島《フォルモーザ》）は先住民族と華人との不断の接触、五十年に及んだ日本の統治、国共内戦に敗北を喫して大陸から撤退した亡命者たちの独裁政治といった数百年を生きてきた独自の歴史を有する「華語世界」である。この島に生を享けた女主人公は、しかしその「土地になんのアイデンティティも抱くこと」がなく、「変化のないルーツといったものをひどく恐れ」る（一一六ページ）そんな女性として、台湾から香港、シンガポール、バリ島、そしてときにはミュンヘンやロンドンへと渡り歩く。

「原郷」としての大陸に縛りつけられていたかつての「外省人」のようにではなく、「本土」としての台湾にしがみつこうとする一部の「本省人」のようにでもなく、男たちと関係を持つ場合にも用心深く「遊牧民のように移動を続ける関係性を築いてきた」（二四八ページ）主人公は、「華人ディアスポラ」と呼ぶにも、もはや「華人としてのアイデンティティ」からさえ解き放たれようとしているかのようだ。「沈黙の島」とは一定の「アイデンティティ」を担保する「陸地＝テリトリー」としての「島」ではなく、地球上を浮遊するかのような「点＝ドット」なのだ。

しかし、そんな「ボーダレス文学」そのものとも言える『沈黙の島』が、「眷村出身作家の書いた文学」と限定つきでも読まれてしまう。それはたとえばカフカの諸作品が「プラハのユダヤ人の文学」としても読まれてしまうというのと同じように、ある意味では不思議な現象なのだ。

『沈黙の島』の訳者である倉本知明さんが大学院時代に研究テーマにしていたのは、中国大陸から国民党軍の敗残兵としてやってきた軍人たちの村（それを「眷村」と呼びならわすようなのだが）に生まれた一群の作家たちだった。数のうえではマイノリティであったかもしれないが、国民党の利権や「中華民国の国語」としての「普通話」との結びつきによって政治的・文化的ヘゲモニーを掌握した「外省人」たちが、国民党の独裁が終わりを告げ、台湾の「本土化」が叫ばれるようになるなかで、もはや「眷村」にしがみついてはおれなくなり、台湾内部にかぎらず華語圏という囲いにも縛られず、流動化という道をたどりはじめる。

そうした一九八〇年代後半から九〇年代にかけての歴史的な経緯と歩調を合わせるかのように、蘇偉貞さんは主題であった「眷村」から急速に遠ざかるようになり、『沈黙の島』ではむしろ中国大陸をうろつく「外省人」から罵倒される「本省人」を描くところまでいたってしまう——「いまじゃ台湾の外省人はろくな生活を送れやしない。あんたは本省人で、しかも外国でのビジネス経験だってあるんだ。台湾に帰って甘い汁でも吸ったらどうだ！　人さまを既得権益階級だなんて言って排除しておいて、俺たちの故郷にまで出張《でば》ってきて、飯の種を奪うつもりでいやがる。けど、あんたはそれよりもひどい。台湾人のくせに外国人のお先棒を担いで、中国の市場を占領しようとしてるんだ」（二一七ページ）

台湾の「政治的解放」、中国の「経済的開放」——一九九〇年代の「華人世界」は、めまぐるしい華人の「流動化」を引き起こした。大陸と島の華人同士の縄張り争いが熾烈になりはじめたのも同じ一九九〇年代だ。そういったなかで、台湾における「外省人」の運命を幼いころから見据えてきた蘇偉貞さんならではの「ボーダレス華人文学」がそこでは模索されている。

同書の「解説」のなかで、倉本さんは「『沈黙の島』における島嶼といったメタファーが、台湾社会における眷村の〔…〕孤立した状況がその下敷きになっている」（三三一ページ）とまで言いきっておられるが、私はそこまで「実感」するにはいたっていない。しかし、「大陸の中国人」と「台湾の外省人らまで含めた外地・飛び地の華人」とのあいだの溝がいままさに見定められようとしては、はたしてそれが見定めることのできるようなものなのかどうか判然としない状況がますます加速化している、それが「華人世界」なのかもしれないと思う。

七十一年前まで、台湾では中国語ではなく日本語で小説を書くことのほうがあたりまえだった。それがいまでは「華語文学」の最先端を模索する「原住民」と「本省人」と「外省人」（さらにはマレーシアの「華人」）らがしのぎを削りあうホットな争奪戦の場となりつつある、それが台湾である。

そこで中国語で書くという試みが「マイナー文学」の試みでありうるとしたら、いったい誰が「プラハのユダヤ系ドイツ人」のようにしてドイツ語ならぬ中国語を「酷使」してみせるのか。「マイナー文学」がオンパレードだといってもいい台湾文学からは目が離せない。

水曜日

リービ英雄（一九五〇年—）の日本語小説は、何がしかの形で「台湾文学」としての特徴をも兼ね備えている。すでに『星条旗の聞こえない部屋』（講談社、一九九二年）のなかに、リービの両親の仲を引き裂いた「中国語の方言」（それも上海語らしい）を話す中国人女性の姿が印象的に書きこまれている——「ベンはジープの後部の座席から海を見ていた。漣《さざなみ》の音と、有刺鉄条の中でちぎれた浜風の呻きがベンの耳に届いた。／浜づたいに仕掛けられた有刺鉄条の上に立つ中華民国の海軍旗のはためきと、近くの村落の豚の唸り声もかすかに聞こえた。／台湾海峡の鮮やかなオレンジ色の夕焼け空の前で、誰も喋べっていなかった。／風よけガラスを通って差しこんだ陽光が眩しかった。運転席にいる父の薄い頭髪を汗がさらに薄めるのを、ベンは見守った。／父はベンの知らない言葉で囁きはじめた。中国語の方言だったのだろう。未知の音節と抑揚に伴って、父の腕は隣の座席にいる女の肩へやさしく動きだした。熱帯植物の大きな葉のように、ゆっくりと確かな動きだった。／ベンはその女をよく知っていた。父から、彼女を「姐々《ジェジェ》」と北京語で呼ぶように言われていた。今、その「姐々《ジェジェ》」はちらっとベンの方へ振り向いたが、ベンの知らないあのことばで安心させられたのか、それきり見なくなった。／ベンはジープの中から必死に外を眺めた。有刺鉄条から渚へ、引潮の漣へと視線を移し、最後にオレンジ色の水平線を一心に見すえて、いつまでも目を離さなかった。」（一五―一六ページ）

台湾海峡を前にしたひとりの少年のトラウマ的な経験は、作家となったリービにとって決定的なもので、彼は『星条旗の聞こえない部屋』以降も、頻繁に作品のなかで台湾への「帰郷」を果たすことになる。

今年出たばかりの『模範郷』（集英社、二〇一六年）は、そんなリービが五十二年ぶりに「帰郷」（文学的な「帰郷」ではなく現実的な「帰郷」）を果たす物語からなっている。その帰郷の旅については、大川景子さんが温又柔《おんゆうじゅう》さんとともに制作された『異郷の中の故郷――作家リービ英雄　五二年ぶりの台中再訪』（二〇一四年）を観るのが何より手っ取り早いのだが、その作品のなかでは「被写体」だったリービさんが、『模範郷』には「ぼく」として登場する。

「台湾の西側、つまり台湾海峡の中央あたり、台中なる地方都市の町外れの「模範郷」という場所に、その家があった。」（一五ページ）――小説は、「その家」を探し当てられずに、しかしであればあっただけ、激しい強度で過去が甦る瞬間が描かれる（映画のなかでは、泣きじゃくるリービさんを温又柔さんが慰める場面として焼きつけられている）。

「「模範郷」は中国語の國語《グオユー》でモーファンシャン、そこに住んでいたアメリカ人の間ではModel Villageと呼ばれていた。一九五六年、そのアメリカ人の父母に連れられて六歳の時そこに住みついたぼくはたぶん、英語の呼び方を最初に覚えて、そのすぐ後に、ベディキャブで〔学校から〕家に帰るときにその車夫に告げる自分の家の住所として「モーファンシャン」を覚えた。」（同前）

この「模範郷」もしくは「模範村」という言葉は、敗戦を受けた日本人の台湾からの撤収、中国大陸からの国民党軍の転戦と深く結びついたものだ。『沈黙の島』（一九九五年）の訳者である倉本知明さんの蘇偉貞論（「愛情のユートピアから情欲と狂気のディストピアへ――「解厳」前後における蘇偉貞の眷村表象」）には次のようにある――「一九四九年、国共内戦に敗北した国民党政府は首都を南京から台北へと遷し、それに伴って当時二〇〇万人とも言われた敗残兵と難民たちの波が陸続と台湾海峡を越え台湾本島へと押し寄せてきていた。国民党政府はこうした人々を一元的に収容・管理する目的から、台湾各地に点在する日本統治時代の軍事施設跡地や新たに大陸反攻用に建設された軍事拠点などを中心に、これらの人々の居住問題の解決を図ろうとした。後に眷村と呼ばれるそれら官営の村落共同体は、国民党政府や陸・海・空各軍の管轄のもとで「反共復国の模範村」として政府の重要な政治基盤を形成する一方、台湾社会から隔絶され、中国各地の言語・文化・民族が融合したその特殊な背景から、「眷村文化」ともいうべき独自の文化を後に生み出してゆくこととなっていった。」（『日本台湾学会報』第十三号、二〇一一年、七九―八〇ページ）

幼い時代のリービ英雄は、まさに中国国民党の「反共復国＝光復大陸《グァングフーダールー》」をサポートするために「美國」から派遣されてきた外交官の息子であり、それこそ日本人が撤収した後、「模範郷」に住みついた者は、「外省人」であれ「美國人《ビーゴーラン》」であれ、所詮は「外國人《ワゴーラン》」でしかなかった（これらは台湾語の読み）。

リービは少年時代をふり返って次のように書く――「模範郷に並ぶ家は、すべて「日本人建的《ルベレンジェンデ》」家なのだと、ぼくの家に出入りしていた国民党《ナショナリスト》の誰かから、たぶんはじめてその話を聞いた。／

その家に住んでいた、六歳から十歳まで、実際の「日本人」には一人も会ったことはなかった。「日本人」は畳部屋が連なる平屋と、鯉《こい》が見え隠れする池の背後にある築山《つきやま》を創ってから永久に去ってしまった、顔も声もなく伝説的な過去に生きていた存在だった。／塀の外から届いたのは、当時のアメリカ人や、伝説的な「日本人《ルベンレン》」が上陸するよりはるか前に、あの島の村と巷《ちまた》に響いていた言葉だったのである。」（一六ページ）

リービは、そもそも日本統治時代には「大和村」の名で知られていた閉鎖空間が、「当時二〇〇万人とも言われた敗残兵と難民たち」に対する受け皿として活用されることになって、そこではじめて政治的な含意をたっぷり含んだ「模範郷」という名前で呼ばれるにいたった（笹沼俊暁「リービ英雄における「台湾」」、『文学研究論集』第二十九号、筑波大学文学研究会、二〇一一年、参照）という歴史的経緯をあまり重視しない。

しかし、リービ英雄の文学を「日本語で書かれた台湾文学」のひとつとして読もうとするなら、それは「模範郷において家庭の崩壊を経験することになった米国人少年」という皮肉な物語として、それを読むしかないのである。

「阿片戦争から始まった、億単位の人を巻き込んだ、百年の殺戮の、その歴史の末の時間の中で、たかが父の姦通、たかが親の離婚、ぼくの家族の小さな物語があった。」（『模範郷』五二ページ）

――リービ英雄の文学とは「大きな人類の歴史」と「小さな家族の物語」のあいだに渡された「橋＝ブリッジ」の文学なのであり、思えば、それこそが「台湾文学」が「台湾文学」であるための条件だと敷衍しても言えるのではないだろうか。

金曜日

リービ英雄のデビュー作である『星条旗の聞こえない部屋』は、主人公（＝ベン）の単純に「米国人性」が揺らぐというだけの話ではない。地名や民族名からなっているアイデンティティにしがみつくことを至上命令のように受けとめている多数派のなかで、そういった流儀を卒業してしまった、あるいはそうした環境から追放されてしまった個人がおり、集団があるのだということ。それを日本にやってきた十七歳の米国籍の青年の彷徨を通して描きだした小説、それが『星条旗の聞こえない部屋』だ。

台湾滞在中に「家庭の崩壊」を経験し、その後母に連れられて米国に戻り、バージニア州で高校までを終える。主人公らを棄てた父親はユダヤ系であったが、「カトリックの女と結婚したのはかろうじて認められたが、十年後に離婚し、しかも再婚したのが二十歳若い中国人だったことは、ブルックリンにいる一族、すなわち自分の民族に背く行為とみなされ」（二八ページ）、名前こそ「アイザック」とユダヤ人そのものの名前を名乗りながら、「ユダヤ人」との関係は完全に「途絶」していた。だから「高校一年生のニュー・ヨーク修学旅行中、最後の日に教師と同級生からこっそり抜け出し、一人で地下鉄の電話ボックスに入って、あらかじめ母から探り出していたブルックリンの祖母の電話番号をかけてみた」りもしたのだが、「老婆のひよわな「Hello」を聞いて、「It's Ben」と答えると、向うからは沈黙が流れ」、そして「がちゃんと電話は切られた」（二九ページ）のだった。こうしてアイデンティティなるものを、自発的というよりは外圧によってはぎとられて、むきだしの「白人」として生きることしかできなくなっていく青年の物語。『星条旗の聞こえない部屋』がたぐいまれな日本語小説として認知されたのは、それが「日本人の物語でなかった」という理由からでなく、より広い意味で国籍喪失者の物語だったからなのだと思う。

そして、そんな来歴を持つ彼が「バージニア州の高校を卒業した後、家庭裁判所で決められた「面接権《ヴィジテーション・ライツ》」にしたがって」父とその家族が暮らす横浜にやってきたのだ。「一年後にアメリカへ帰って大学に入るという条件つき」（二三ページ）だったが、その「一年」が、後に主人公を「日本語で小説を書く作家」へと生まれ変わらせる発端となったのだった。けっして「日本人ネイティヴ」になったりすることなしに「日本語作家」となった、もろに「白人」の顔をした「在日作家」が、このようにして誕生した。

しかし、『星条旗の聞こえない部屋』がなんとも痛々しいのは、そんな「無色透明」な「無国籍」にも等しいような主人公に対して、日本人（それも賢しら立ったデモ隊）の若者が「ヘイトスピーチ」まがいの罵声を浴びせかけるベトナム戦争の時代の首都圏界隈の雰囲気が露骨に描きこまれているからだ――「「ゴーホーム」……「国に帰れ」、「家に帰れ」、「故郷に帰れ」。アジアの港町という港町で聞こえたこの素朴な喚き声が、しかしアジアにいるアメリカ人に対するもっとも酷な愚弄じゃないか、とベンは山下公園通りを見渡しながら思った。領事館の晩餐会にたびたび来ていたヨーロッパ人は違うだろう。フランス人、イタリア人ならきっと、肩をすくめて一笑に付すだろう。「おお、そのうちに帰るよ、チャオ、オールボアール、サヨナラ」。しかしアメリカ人は、家を捨ててまたは家から追い払われたからアメリカ人なのだ。アメリカ人が、さらにそのアメリカにいたたまれなくなってアジアの港町に寄りすがったとき、「ゴーホーム」は、今までに逃亡してきた道を引返せ、ということだ。〔…〕特に〔…〕アイザックという姓を負っている四人は、「ゴーホーム」と言われても、いったいどこへ行けばいいのか。ブルックリンなのか、上海なのか、それとも幻のエルサレムなのか。ベンは子供のときから今まで転々とひきずられてきた「ホーム」を思い浮べた。」（七五―七六ページ）

『星条旗の聞こえない部屋』には、九歳の主人公が台湾で目撃することになった父と後の継母のラブシーンを盗み見た記憶が描かれてはいるものの、まだ「台湾」を「故郷＝ホーム」として数えあげるという選択はなされていない。それはその後の『天安門』（一九九六年）や『国民のうた』（一九九八年）まで待たなければならなかった。

しかし、一九六七年日本の「デモ隊」の叫び――「ヤンキーゴーホーム」に焚きつけられるようにして「故郷＝ホーム」を探求しはじめたリービ英雄にとって、案外近いところに「故郷＝ホーム」と呼べる場所は存在したのである。両親が離婚する前、家族水いらずの空気がいったんはみなぎったものの、それがみるみる崩壊していった場所。それはもはや「団欒」を思い出させる場所などではなく、もしもその地点に戻ることがあったとしても、思わず泣きじゃくるのが精いっぱいな場所であったとしても、リービにとって少年時代を過ごした「台中」は、とりわけて「故郷＝ホーム」の名にふさわしい場所なのだった。

そしてその「台中」の「模範郷」は、おそらくリービの母や弟にとって、またその父や継母、さらにそのふたりのあいだに生まれた弟にとっても、その記憶の片隅を占領する場所だったはずである。上海生まれだというリービの「継母」は、「反共復国＝光復大陸《グァングフーダールー》」が叶った暁には大陸に戻ろうとしていた「外省人」のタイプをそのまま引きずる女性であっただろう。リービはこの女性の足跡を情熱的にたどるということにいっさい関心を持とうとしないが、たとえばこの上海生まれの女性の選んだ人生を小説に書いたなら、それもまた台湾ならではの「眷村文学」のひとつでありえただろう。

台湾という島がひとりの人間にとって一時的な通過点にすぎなくとも、その人間にとって「台湾」が濃厚な歓びや過酷なトラウマを引き起こした場所であったなら、そうした人間を描く「台湾文学」なるものは成立しうる。

そもそもイェジー・コシンスキの『ペインティッド・バード』（*The Painted Bird*, 1965）あたりは言うまでもないが、カーツェトニク135633（イェヒエル・デヌール）の『人形の家』（בית הבובות, 1953）も、エリ・ヴィーゼルの『夜』（*La Nuit*, 1958）も、プリモ・レーヴィの『休戦』（*La tregua*, 1963）も、ケルテース・イムレの『運命ではなく』（Sorstalanság, 1975）も、それらはすべて「ポーランド文学」の名前で呼んでいいものだと私は思っている。それぞれの作品のなかでポーランドが「決定的な事件」と切っても切り離せない場所であるかぎりにおいて、それが何語で書かれたかは問題ではない。

日曜日

今年に入って出たばかりの『模範郷』は「五二年ぶりの台中再訪」を扱った最新作品集だが、リービ英雄の作品では、不意を打つようにして台湾時代の記憶が甦るというのがそもそもは定番だった。前に引用した『星条旗の聞こえない部屋』における「フラッシュバック」もそうだが、『天安門』でも、父親が若い中国人の愛人とともに愛技にふけるさまが突然のように描かれる。記憶が甦る契機となったのは北京行きの飛行機のスチュワーデスの存在で、彼女は父の愛人と同じく英中のバイリンガルで、かつ「willowy、柳の枝のよう」（講談社文芸文庫、二〇一一年、九ページ）な体つきをしていた。

『天安門』にはこんな切ないシーンもある――「黒髪の女が大きな肘掛け椅子からゆっくりと立ち上がり、ガラス戸に向かって、「アメリカン」の大人の女がそうするように、細くて白い手を伸ばして、握手を求めた。／かれは不意打ちをされたが、渋々と自分の手を伸ばした。母の指より細い指とほんの軽く握り合い、そして自分の手を引いた。」（二三ページ）

そして主人公は、父が聞いている前で、居心地の悪いなりにその「黒髪の女」としばらく英語で会話を交わすのだが、その後廊下に出た主人公はせっぱつまって「何の物音もしない母の寝室のフスマにノックしよう」と思い立つ。なんらかの「やましさ」をしょいこんだ彼は、結局はその「やましさ」に屈服する。「手を伸ばし」てはみるものの、「先に黒髪の女と握手をさせられた指がフスマに当たる直前に〔…〕その手をひいてしま」うのだ（二五ページ）。

主人公の性のめざめが、父親の「不貞」を目撃することによって複雑に文脈化されていく。リービの初期小説では、セクシャリティに関するエピソードがことごとく台湾時代のトラウマ的な記憶の「回帰」として描かれる。

『ヘンリーたけしレウィッキーの夏の紀行』（講談社、二〇〇二年）に収録される「蚊と蠅のダンス」（初出二〇〇一年）も『天安門』と同じく中国旅行を描いた作品だが、そこでは「中国名は俐俐《リリ》で、英語名はLilian」（三八ページ）だという通訳の女性との北京での出会いが、台湾時代の初恋の思い出を呼び覚ますための助走として作用する。

台中時代のリービが「宣教師学校」に通っていたことは、『模範郷』のなかの一篇でもていねいにふり返られているが、その学校への行き帰りには現地人の運転する「三輪車」が用いられた。ところがある日、主人公は運転手に代金を支払い、家に着く前にさっさと降りてしまうのである。じつはグロリアという名の同級生の家でふたりだけの時間を過ごすことが目的だった。

グロリアは「黒髪」の少女で、「美国人《メイグオレン》」のお父さんは「ほとんどの日、海岸へ向う幹線道路沿いの空軍基地に出かけて、家に」おらず、家にいたのは「もとは小蘭《シャオラン》として生まれたが〔…〕結婚した頃にエリザベスと改名した」（五九ページ）のだという母親で、その母親はグロリアに向かって「小梅《シャオメイ》」という中国名で話しかける。その母親もまた、少年の父親を母から奪うことになる女性と同じく「大陸で生まれたが、大陸が共産主義者《コミュニスト》に「奪われてしまった」ときに、国民党《ナショナリスト》の高官か軍の将校の娘として、両親とともに〔…〕逃亡してきた」（六〇ページ）「外省人」だった。

つまり、リービの小説のなかでは、主人公の父親が中国人女性と恋仲になり、ついに両親が離婚を決意するまでにいたる時期が主人公の性のめざめともぴったり重なっており、同じころ、主人公は主人公で、中国人の血を半分引き、英語名と中国語名をもつ同級生との身体的な接触を楽しむようになっていたということらしい――「グロリアは、何のことばも発さず、ヘンリーの指を自分で

引いて誘導した。粘り気のあるところに、指が止まった。」（六八ページ）
その「私小説」的な作品のなかでは、「性」なるものへの固着から羞恥心、そして忌避感まで、すべてが台中時代の記憶によって構成されている。しかも、それは「台湾」という島の一角でのことであったと同時に、「日本人《ルベンレン》」が作った家」（五八ページ）のなかで生起する出来事だった。
当時のリービは、自分がグロリアと戯れた暗闇のなかが日本語では「押入れ」（六七ページ）と呼ばれる空間であることを知らなかっただろう。リービは後に日本で暮らすようになってから、日本の家屋であればどこにでもある「押入れ」が、「グロリアの家」の「押入れ」と通底しているということに、いきなり気づいたのだと思う。逆にいえば、日本家屋に住みつづけるかぎり、リービ英雄は九歳の日の記憶からは自由でありえないことになる。幼児期の性の記憶とはそういうものだ。
そして、そこには確実に「性的なオリエンタリズム＝東洋女性に対する西洋人男性の偏愛」の図式が顔を覗かせている。それは大航海時代以降、西洋人のなかに芽生えた嗜好であろうと思うが、とくに日本の敗戦後の米軍占領地域（日本、南朝鮮、そして台湾）における「性的オリエンタリズム」の蔓延は東洋人の男性に屈辱感を味わわせるほどだった。そしてそうした西洋人男性の幻想に易々と応じた東洋人女性の「西洋人願望」もけっしてあなどれず、蘇偉貞の『沈黙の島』は、そういった「性的西洋人趣味」を主題のひとつに据えた小説としても読める。そこで主人公（＝晨勉）は、父親が「オランダ人の血を引」く（一〇ページ）「色白」（一二ページ）だったとされているが、「白人の遺伝子を引くもの」への執着を徹底的に描いたのが『沈黙の島』だったと考えるなら、これとリービ英雄の作品群とが「一対」をなすと考えても誤りではないだろう。

もっとも幼児期に形成されたリービ英雄の性的屈折は、成人後の性的遍歴と結びつけて語られることがほとんどない。あたかも彼にとってもっとも性的に充実していた時期が「台中時代」であったかのような操作が彼の小説を支えている。それは総じて「失われた少年時代を求めて」の物語群なのである。

月曜日

昨年の春だった。名古屋大学の国際言語文化研究科で博士号を取得された張雅婷《ジャンヤーティン》さんから博士論文のコピーを送っていただいた。彼女とは二〇一二年の一月に日本台湾学会の関西部会で「評論者」を仰せつかったのが最初の出会いで、そのときの発表題目は「異郷体験をめぐる「塀」の描写——リービ英雄の台湾、安部公房の満州」というものだった。あわててリービ英雄の『国民のうた』に目を通し、関西大学での研究会に出向いた覚えがある。そして二〇一三年の三月、「リービ英雄『国民のうた』にみる知的障害者表象——家族関係の変化に着目して」なる発表を聴きに名古屋まで足を運んだこともある。そして二〇一五年の二月には、ついに博士論文「リービ英雄における台湾記憶——原風景としての異郷体験」が完成したとのこと。今後も続々とあらわれることだろうリービ英雄研究者にとって必読となるだろうことは請けあう（機関レポジトリーを通して閲覧可能）。

とりわけ、なかなか研究者にとっても踏みこみにくい話題ではあるのだが、台中時代にリービの両親が離婚へといたった背景に、父と上海生まれの女性との恋愛があったのとは別に、それと知的障害をもった新しい息子の誕生とが時期的に重なっていたという符合の問題がある。単純にリービの父親が障害をもった息子を煙たがったというのではないにしても、障害をもった（おそらくダウン症であったと推測される）息子のことで手いっぱいになった妻に異性としての魅力を感じられなくなってしまった父親の姿がそこにはあったはずである。そし、『星条旗の聞こえない部屋』や『天安門』では父親の心変わり（東洋人女性への偏愛）そのものが主題化されていたのに対して、『国民のうた』（初出一九九七年）ではもっぱら母と弟がとりあげられているために台湾の描き方自体にも違いが生じている。そこに注目した同博士論文は、二〇一三年の名古屋大学での発表（「国際シンポジウム　マイノリティ状況と共生言説Ⅲ」）の際にも感心させられたことだが、とりわけ『国民のうた』における「障害者表象」を論じた第二章第二節が白眉だと思う。

日本の戦後文学のなかには、息子を扱った大江健三郎や兄を扱った津島佑子などの前例があり、そうした先輩作家たちとリービを比較しようという試みも野心的だと思った。

『国民のうた』に次のような箇所がある――「弟のいない世界を一瞬、かれは想像してみた。一つの思いがかれの脳の裏で生まれて、抑えても抑えてもついにことばをなした。／そうなったらぼくは自分の家に帰れる。／「オー、オー」と弟の口を出る音が大きくなった。／「オー、オー」と一人で弟が叫んでいた。それがたんなる音としてかれの耳に入った。／しかし、ぼくは自分の家に帰れる。／弟の叫ぶ音が、今までかれが聞いたあらゆることばをかき消してしまうほどの勢いとなった。／その音がかれの頭の中でしばらく響いた。そしてその音は、頭の中で転じて、声のようなものに聞こえはじめた。／その音はかれの声のこだまではない。その音は、弟の声なのだ。／その大声が、あたかも翻訳されるように、かれの耳の中でもう一つの声を生ませた。「help!」という声だ

った。」(『国民のうた』講談社、一九九八年、九九―一〇〇ページ)

この箇所を張さんは次のように読む――小説の話者が「台湾を去らなければならなかった理由を弟に帰していることが明らかである。「かれ」は「自分の家」である台湾の家には帰れず、「自分の国」のアメリカにも落着けない。「家」と「国」との根本的な分裂を経験したのである。しかし、ここで「かれ」の頭のなかで生じた「音」から「声」への転換、「弟の声」への転換は、障害児と健常者の垣根を越える越境であろう。兄は、「生」そのものが発した「help!」という声を聞いて、弟に手を伸ばした。初めて意味を成した「弟の声」は、兄の「ぼくは自分の家に帰れる」という声を掻き消すほど、兄を突き動かしたのである。」(七一ページ)

自分の子を恥じる父親、そんな父親を心では庇うしかないもうひとりの息子。

逆に自分が腹を痛めて生まれてきた子をけっして恥じてはならないと感じる母親、そしてそんな母親の味方でいなければならないと感じるもうひとりの息子。

その息子は、いかなる「国語」でもなく、いかなる「国民のうた」でもない「声」として文学を成立させなければならなかった。『国民のうた』をとりあげた創作合評のなかで津島佑子は「お兄さんにとって弟の障害はこれだけのものなのかなとも考えてしまう」(『群像』一九九八年一月号、四七三ページ)とまで鋭く切りこむのだが、プレイヤーが奏でる「支那の夜」に「ぬくもり」を感じた主人公の陶酔をぶちこわすかのように、「yoh! ru!」(『国民のうた』六一ページ)と大声で割って入る弟に向かって「思わず、/Shut up!」(六三ページ)と声を荒げたことのある兄は、同じ弟の意味不明な音声のなかに「「help!」という声」を聴きとる兄でもあったのである。

そして何語で書くにしても、人間が作家であろうとする以上、その言語使用は精神に障害をもった弟の声を「圧殺」するような「国語の圧力」にはけっして屈することなく、むしろそうした声と「互角」に張りあおうとするようなものでなければならないことをリービは知っていたはずだ。

幼い日の台中でリービ英雄が経験した幻の「日本女性」の声との遭遇体験は、知的障害を負った弟の声によっていったんは損なわれたかもしれないが、『国民のうた』という作品は、その過去を蘇らせながら、むしろ弟の「yoh! ru!」によって「強化」された、世界にひとつしかない「支那の夜」の再創造を試みるものでもあった。

台中の「模範郷」で一度生きられ、リービ英雄の『国民のうた』のなかで加工され、「再現」されたエピソードは、いかなる「国民的記憶」にも回収されることのないそれとして屹立する。リービが少年時代を過ごした台中の日本家屋はリービにとっての「自分の家」ではありつづけられなかったが、それは弟の記憶によって「補強」されることによって、たんなる「トラウマ的な場所」としてばかりでなく「神話的な場所」としても永遠化されたのである。

水曜日

作品集『模範郷』では二作目として収録されている「宣教師学校五十年史」について、初出の『すばる』で触れ、昨年の六月に書いた文章をここに再録しておく。

リービ英雄さんの「多言語脳」について考えること。彼は創作言語として「日本語」を「採用」(adopt)したことで、「日本語の養子」(adopted child)にされたわけではあるが、彼の脳はどこまでいっても「さまざまな親たちの言語」が鳴り響く「特定の国籍など持たない子どもの脳」なのだ。

金曜日

台湾から戻って、『すばる』の最新号（七月号）を手にとると、私が旅から帰るのを待ち構えてでもいたかのようにリービ英雄のエッセイとも短編小説ともつかない文章がそこに掲載されていた。「宣教師学校五十年史」。

管啓次郎さんのプロデュース、大川景子さん監督で作成された『異郷の中の故郷』の余録とも言える、二〇一二年の台中訪問を核に据えたリービさんならではの、めまぐるしい言語スイッチの感覚を生々しく伝える文章だ。

リービさんにとって「母語」は英語だった。六歳で台中に移り住み、「国民党《ナショナリスト》の老将軍たちのことば」（『国民のうた』）として「北京官話」を覚えたリービさんは、後にその「北京官話」を足がかりにして中国大陸に足繁く通うようになるのだが、その「母語」としての英語を構成するのは、ただ「父と母のしゃべることば」（同前）であっただけではなかった。両親が離婚を決めて、母親と弟とともに帰国したバージニア州の英語だけでもない。後に『万葉集』を英訳するという難業にあたって役立ったのは、ほかでもない、彼が台中の「宣教師学校」で叩きこまれた「キング・ジェームス版」の「欽定訳聖書」（一六一一年）の英語だったというのだ。

『異郷の中の故郷』の日本人スタッフたちと日本語で話しながら（映画のなかには日本語以外にはわずかに中国語と台湾語がBGMの役割を果たしているだけだ）、しかしその彼の脳裏に「宣教師学校」

を埋め尽くしていた英語がフラッシュバックのようにして甦っていたのだということ。

昨年〔二〇一四年〕の七月、大川景子さんと温又柔さんをお招きして『異郷の中の故郷』を立命館大学で上映した日、私はランズマンの『ショア』(*Shoah*, 1985)のことを思い出し、そのことを大川さんに話した記憶がある。

ヘウムノ絶滅収容所の生き残りであったシモン・スレブルニクさんが三十年ぶりに収容所跡を再訪し、ドイツ語でランズマンの質問に応じる。ポーランド語の歌を思い出す。ポーランド人の村人とわずかに会話を交わす。ランズマンはフランス人だが、英語とドイツ語は話せる。逆にスレブルニクさんは、ポーランド語やイディッシュ語、そして戦争を生き延びてイスラエルに移ってからはヘブライ語も身につけただろう。しかし、ふたりのあいだにはドイツ語以外の共通語はなかった。そういう理由で、スレブルニクさんとランズマンのドイツ語が画面を支配する。そこにはポーランド語がわずかな彩りを添えるだけだ。ヘブライ語には出番がない。

同じように『異郷の中の故郷』は、日本人スタッフや温さんとリービさんのあいだの「共通語」としての日本語が完全に主導権を握っている。しかしその五十二年ぶりの故郷再訪にあたって、暴力的にリービさんの体に襲いかかってきていた言語は、李香蘭の歌う「支那の夜」の日本語だけではなかった。それは幼い彼にはまったく理解のできなかった「横丁の向こうから来た子供たち」の台湾語の響きでもあっただろう。しかし、何よりも毛沢東の中国共産党に逐われて「国民党の老将軍たち」とともに(河南省あたりから)台湾に逃れてきた英語を話す白人「宣教師」たちの英語、「宣教師学校」の公用語であった宗教臭い英語が彼の脳裏には甦ったらしいのだ。

『異郷の中の故郷』は日本語をベースにした映画だからやむをえないが、そこからまったくこぼれ落ちた英語を、リービさんは新しい短篇でおそらく取り戻そうとされた。

その小説には両親や弟の話す英語や英語のはしくれが散見されるが、彼にとって「母語」である英語のなかには「宣教師学校」の英語があり、その英語が記憶の底からリービさんの体に襲いかかったのだ。

記憶の底から何かが甦ってくるとき、私たちはぐっと堪えるしかない。『異郷の中の故郷』は、そうした記憶に翻弄されるリービさんの姿を追ったドキュメンタリーとして観る者をひきこむ強い力をもつ作品だが、そこでは被写体であり、日本語を早口でまくしたてる（子供っぽい“I'm”がいつもあいだに挟まる）にすぎないリービさんだが、その脳裏には英語もまた渦巻いていたのだということ。

もしも同じ趣向で、しかし英語を話す監督がリービさんを使ってもうひとつ作品が作られていたら、映画の味わいはまったく違ったものになっていただろう。もし『ショア』をフランス人ではなくポーランド人が制作していたら、コンセプトそのものからしてまるっきり違っていたにちがいないように（ただ、その企画にリービさんが快く「うん」と言ったかどうかは別問題だが）。

金曜日

作品集『模範郷』の冒頭に収められた表題作のなかで、印象的な場面に、台湾新幹線の台中駅を降りたあと、ふと「中年のサラリーマン風の男」（三六ページ）とのあいだで交わす何気ない英語のやりとりがある――「Where are you from?／と英語で話しかけてきた。〔…〕おちついた、自然な口調だった。／ぼくはそくざに、／Here／と答えた。／ためらいもなく、そう答えた。」（三七ページ）

まさに、かつて「ぼくの家」があった台中に「五二年ぶり」に戻ってきたリービらしい答えだったと言えるだろう。ただ、これだけでは真意をわかってもらえそうになく、「五十年前に、here にいた〔…〕ぼくの home は、台中にあった」（三八ページ）と補足説明を入れる。

すると、男は「おおらかな英語で、／Welcome home／と言った。」（三九ページ）――さしあたりはこういったオチになっている。

ただ、小説とは「部分」が「全体」のなかでようやく相対的に意味づけられるようにできあがっているテクストのことである。「模範郷」という作品も、この印象的なエピソードが大きな枠組みのなかで再解釈されるようにできている。

じつはリービは、台湾を訪れるたびに、そのつど「本省人」でも「外省人」でもない「元の台湾人」と顔を合わせるめぐりあわせになっていた。

そもそもリービは、二〇一三年の台中行きの「八年前」にも「津島佑子氏が先導する「文学キャラバン」の〔…〕一員」として台湾を訪れていた。そして「台北で集合してから「キャラバン」は東海岸の台東に向い、そこでは原住民作家のシャマン・ラポガン氏をふくめた座談会に参加」（一九ページ）したのである（その台東でのシンポジウムの中身は『すばる』二〇〇六年四月号に掲載されている）。そして二〇一三年の「台中再訪」の主目的であった東海大学でのシンポジウムでもまた、今度は「タイヤル族」出身のワリス・ノカンさんと交流する予定だった。大川景子さんの『異郷の中の故郷』はそうではないけれど、小説の「模範郷」では、このワリス・ノカンさんとの出会いに重要な役割があてがわれているのである。

「二十世紀後半の多くの外国人と同じく、ぼくは「本省人」と「外省人」だけで台湾を理解していた。元の台湾人に会い、その作品にも触れたことによって、「台湾」を書きながらも実は「台湾」を知らなかった、という反省も、あのときに生まれた。／子供は自分の家を選べない、と同時に、その家に出入りする大人たちの、その家が所在する国についての意識も「選択」することができない。「大陸を奪還する」ための砦と化した島では、原住民などはエキゾチックな細部でしかなかった。／台中に帰った日の、その夜の宴会の席で、台湾の「現代」が鮮明にぼくの前に現れた。「山に入ると出会う」と大人たちが噂していた、古来の台湾人の末裔が、北京の知識人と変らない言語で雄弁に話す。同じ現代人としての知性を感じながら、半世紀分の、近代化の下でうずもれた、よそ者の自分の家の記憶は、歴史の中でいったい何の価値があるのか、という疑念に駆られた。／会話が弾めば弾むほど、その思いが深まったのである。」（四三―四四ページ）

かつて「日本人《ルベンレン》」が切り拓いて「大和村」と名づけた区画が、日本人の「引揚げ」の後には「外省人」独特の政治感覚から「模範郷《モーファンシャン》」と呼び改められ、その「外省人」や、国民党を援けるために島にやってきた「米國人」の居住区として提供された（似たようなことは韓国においてもあったといわれる。米軍によって「接収」された日本家屋が、不要になると韓国人に提供されることになったのである）。リービにとってかつて幼い「自分の家」であったところは、そうした歴史のニッチに潜むちっぽけな「家＝家庭の場所」（home）にすぎなかった。

しかし、そうした私的な思い出を手がかりにして、台湾の「原住民」と「故郷」についての議論にまで話を拡大するだけの意欲がリービ英雄にはなかった。その気後れ。「模範郷」という作品は、まさにその「気後れ」を描くという目的のために「五二年ぶりの帰郷」というテーマが用いられるという仕組みになっているのだ。

この作品が「原住民作家のワリス・ノカンさんがぼくたちにご馳走するために、山中にあるという自分の村に招待してくれた」（六六ページ）晩の思い出で締めくくられるのは、そういった理由からである。

車で山に入る途中、「「山に入れば首狩り族《ヘッドハンター》に出会うかもしれない」という母の言葉を〔…〕思いだした」りもする（同前）。

そして「午後がたそがれに変ろうとしている頃に〔…〕台湾の「奥の院」にたどりつ」くのだが、「奥へ奥へと重なる山の時間の中で、「国民党」も「大日本帝国」も「戦後のアメリカ」も吸い込まれていっ」てしまう（六七ページ）。

そして村のなかを歩きながら、話題は「家」の話になる――「「家」というのは、山の斜面に建てた小屋だった、とワリスさんがまた丁寧に教えてくれた。／「家《ジャー》」は、ぼくの耳の中でhomeよりも日本語の「家《いえ》」と響いた。／そして家父長が亡くなると、「家」はつぶされて、そのまま墓となり、残った家の者がまた違った山に移り、もう一つの「家」を建てた」（六八ページ）というのである。

そして、そうした台湾原住民の伝統的な風俗に思いを馳せながら、それでもリービ英雄は自分が失った「家」、そして「家庭」(home) のことを考えないではおれないのだ——「家が突然つぶされて、見知らぬ山に新たに移されたとき、その家の子供はどんな心情になったのか。／その家の子供は、迷いを感じなかったのか。」(同前)

ひとつの家を誰かが棄てれば次に誰かがやってきて、そこに住まう。そうやって住み手が変わるうちに家は老朽化し、あるいは地域全体に再開発の必要が生じて家は取り壊され、そこに新しい建造物が立つ。

他方、「家庭」を営むには「家」が必要で、しかし「家」は崩壊しなくても「家庭」は崩壊して、構成員はちりぢりバラバラになる。

こういった文明のなかで育まれ、感受性を鍛えあげられたリービ英雄のような人間にとって、かつての「首狩り族《ヘッドハンター》」にとっての「家」とは、理解の範疇をこえたものであっただろう。家を転々とすることが「喪」と関係する何かであるような風俗を前にして、住む家をとりかえることになんらかの「トラウマ」を透かし見ないではいられない現代人は動揺する。「引越し」が「民族」や「家族」にとっての「トラウマ」(＝難民化) として受けとめられてしまう歴史観は、けっして人類に与えられた「ただひとつの歴史観」などではないだろう。

そして、そうした「人類学的」とでも呼ぶしかない切実な思いをかきたてる場所として、台湾は、ある意味で「選ばれた場所」のひとつなのかもしれない。

ゴーギャンではないが、「われわれはどこから来たのか、われわれは何者か、われわれはどこへ行くのか」(D'où venons-nous? Que sommes-nous? Où allons-nous?) が問われつづける島。

しかし、その島には「われわれはどこから来たのか」などと断じて問おうなどとはしない者たち(「元の台湾人」)が一定数住みついているのだ。We've been here——とでも叫びだしそうな人々を前にして、I'm from hereもクソもない。アフリカの大地で、類人猿だった時代をふり返りながら、ヨーロッパ人やアジア人がうっかりI'm from hereと呟いてしまうような、きまり悪さだ。

火曜日

リービ英雄は英語と日本語と中国語に堪能な「トライリンガル」だと思われがちだ。しかし、『アイデンティティーズ』(講談社、一九九七年)に収められたエッセイ「久しぶりの北京語」のなかで、彼は「はじめての中国旅行から東京に帰ってき」た日の奇妙な体験について語っている——「中国語に没頭してしまってから乗った飛行機の中で、これで本格的にトライリンガルになった、と思いこみ、いつかは英語と日本語と中国語の三ヵ国語の小説もこれで書けるぞ、という妄想に走ったりした。が、着陸してみると、ぼくは何語でも簡単な文章すら出なくなり、自分の家への道の名前すら、まともに言えなくなった。バイリンガルやトライリンガルどころか、ぼくの言葉で言えばエイリンガル状態つまり「無言語状態」に陥ってしまった。」(七三ページ)

これは、かつて李良枝《イヤンジ》が日本語と韓国語のはざまで、「言葉の杖」を探してしまう自分について書いていたのと似たような経験かもしれない。

しかし、こうした李良枝(一九五五—九二年)やリービ英雄の強い影響下に登場された温又柔《おんゆうじゅう》さん(一九八〇年—)なのではあるが、彼女はこうした「無言語状態」の恐怖に言葉を与えようとはされない。温さんは、まさに次のように書いた李良枝のなかにみずからの前身を見出されるのだ——「自分は日本にも帰り、韓国にも帰る。〔…〕／帰ってくる。／帰っていく。／けれどもすでに、少しのこだわりもなく、〝帰る〟という言葉を二つの国に対して使い、いつ、いつ、と答えている自分がいた。〔…〕／韓国を愛している。日本を愛している。二つの国を私は愛している」（エッセイ「富士山」、『李良枝全集』講談社、一九九三年、六二四―六二五ページ）

要するに「日本と台湾。／どちらの国のことも「우리나라（わたしの国）」であると言いたい」（『台湾生まれ日本語育ち』白水社、二〇一六年、八〇ページ）ということなのであり、こんな温さんであればこそ、こうも言いきってしまえるのだ——「日本語と中国語、そして台湾語。／最も自在に操れる、という意味なら日本語。台湾で育っていたら自分の中心を占めていたはずの、という意味では中国語。赤ん坊のわたしを包んでいた懐かしいコトバなら台湾語。三つとも「우리말（わたしの言葉）」だ。」（同前）

私のなかでリービ英雄さんと温又柔さんは表と裏をなしている。そして李良枝さんがぎりぎりのところでそのふたりを結びつけているのかもしれないと思う。

ともあれ、複数性と欠落感はけっして背反しない。デレク・ウォルコット（一九三〇―二〇一七年）が言ったようにである——「おれのなかにはオランダ人とニグロと英国人がいて、おれはだれでもないか、ひとりでネイションなのだ。」（I have Dutch, nigger, and English in me / and either I'm nobody, or I'm a nation）

木曜日

温又柔さんの『台湾生まれ日本語育ち』は、どこから読んでもスリリングで、しかもどこかほっこりするようなエピソードが並んでいる。

なかでも「父方の祖父の義兄」にあたる「大伯父」さん（九〇ページ）が書き残したはずだという「自伝めいたもの」がどうやら日本語だったらしく、温さんとしてみれば「想像するだけで、胸が騒ぐ。わたしになら読める」（九四ページ）というわけだ。

日本統治時代に日本語を覚えた世代だということでいえば、温さんのまわりには日本語に堪能な年配の親戚がごまんといて、結婚祝いに駆けつけてきた「大伯母」さんは温さんのパートナーを捉まえて「あなた、昭和何年生まれ？」（一〇三ページ）と訊いてくるし、日本に移り住んだ温さんに妹が生まれたとき東京まで駆けつけてきてくれた「祖母」さんは、「小さなわたしの手を優しくゆすりながら、ゆうやけこやけでひがくれて」（一一一ページ）の唄を歌ってくれたのだという。そんな「台湾人日本語話者」の系譜をたどるのは、作家たる温さんにとって次の大仕事だろう。

そして、そうした年配の台湾人は日本語ほど中国語（國語）が得意でない。そして血縁者同士の会話も日本語でない場合は、しばしば「台湾語」に傾斜するのだ。そんななか、温さんはこんなふうに考えてしまうのだという――「台湾の歴史や政治状況について知ろうと努めていた頃、祖母と日本語で話すことをうしろめたく思うようになった。台湾の「国語」が、日本語であった過去も中国語である現在も、台湾人の多くが話し続けてきたコトバ――台湾語で、祖母と話してみたいと思った。」（一一三ページ）

「国民党の言葉」にはすんなりと適応した幼い日のリービ英雄を蔭で悩ませたのだという「台湾語」が、温又柔さんの「失われた母国語を求めて」の旅のなかでは重要な一部を占めるはずだ。しかも、それが「台湾語」なる言語であることを温さんがしっかりと嚙みしめることになったのは日本でだった。

以下は、昨年の投稿からだ。

土曜日

淡江大学でのシンポ、二日目、温又柔さんから『你不明白　あなたは知らない』というかわいらしいホッチキス止めの小冊子をいただいた。二〇一三年に製作されたものらしく、彼女の「台湾語」との出会い、出会いなおしをふり返った日中バイリンガル形式のパンフレットだ（黄耀進訳、販売・東方書店、二〇一四年）。

自分の「母語」、あるいはその一部がいかなる国の「国語」でもないということは、世界的にみれば格段めずらしいことではない。東欧ユダヤ人のイディッシュ語はそういうものだった。そしてイディッシュ語で書く作家たちは、ときとしてそれが「国語でない言語」であることを誇ろうとさえした。しかし方言がそうであるように、台湾語には長いあいだ正書法も定まらないままで、「台湾語で話す」ということはありえても「台湾語で書く」のは難儀を極め、「台湾語だけで話す」のも限られた状況下でないかぎりむずかしそうだ。

しかし、えてして「喃語＝赤ちゃん言葉」がそうであるように、であればあるだけ「母語」として独特の味わいがあるようなのだ。親から子へという「一方通行」のようにして伝えられ、いつしか子どもが「喃語」を話さなくなると親も話さなくなっていく。突然ペットを飼いだしたりしたときだけ復活するのが「喃語」というものだ。いや、ペットを飼わなくても、子どものいない夫婦がいきなり「赤ちゃん言葉」を話しだすという話を聞いたこともある。そんな「言語以前の言語」が、少なくとも「北京官話」の強制以前は日本統治時代にもしっかりと台湾人の生活に根づいていた。温さんが「失われた「母国語」を求め」ようとされるのは、「母国語」になりそこねた「母語」への見出された愛着ゆえ、なのだろう。

英語という確固たる「母語」を身につけた後、物心がつく過程のなかで「北京官話」や日本語の侵襲を受け、その果てにいまの多言語使用者、リービ英雄が誕生したのだとして、そのお弟子さんである温又柔さんは、物心ついたころにひとまずは多言語使用者だったのである。それがしだいに日本語以外の言語を削ぎ落とされ、そうしていま台湾籍の日本語作家になられた。リービ英雄さんが「失われた「母国語」を求めて」だなんてエッセイを書かれるとは思えず、逆に温さんが「日本語の勝利」などという本を書くとも思えない。ふたりを比較するとおもしろいことがたくさんありそうである。

私が『バイリンガルな夢と憂鬱』(人文書院、二〇一四年)で用いた表現でいえば、言語の「足し算」を宿命として引き受けるリービ英雄と、言語の「引き算」に必死で抗う温又柔。

ちなみに『你不明白　あなたは知らない』は、二〇一三年に首都圏で実施された「観客参加型演劇作品　東京へテロトピア」で、東京・要町の祥雲寺を訪問した参加者のイヤホンに流されるテクストとして書かれたという。祥雲寺には『台湾語入門』(一九八〇年)の著者、王育徳(一九二四—八五年)の墓があるからだ。温さんは、十九歳のときに古書店で同書の新装版に出会われた。一九八〇年当時は台湾(中華民国)本国での刊行が叶わず、亡命先の東京で刊行されたということなのだが、この入門書が温さんの「台湾語探訪の旅」には欠かせない一冊であるようだ。

土曜日

温又柔さんは、小説の師匠でもあったリービ英雄さんの強い勧めもあったのだろう、李良枝の作品を熟読玩味され、それから作家になられたようだ。第六十四回のエッセイスト・クラブ賞を受賞された『台湾生まれ日本育ち』にも李良枝さんの話は登場する——「言うまでもなく韓国と台湾の事情は違う。それに、李良枝と自分とは育った環境や時代も異なる。それでもわたしは、李良枝が描く母語と母国語が一致しない人物たちの「葛藤」が、まるきりの他人事と思えず、肌身に迫った。」(七九ページ)

それは、たとえば「「海外に育った」韓国人として「母国」の大学に留学中の由熙《ユヒ》」が「韓国のことを「ウリナラ」と呼ぶことに対して」抱く「激しい抵抗と葛藤」(七七ページ)であったり、「母国語と呼ぶべき言語・韓国語と、母語としか呼びようのない言語・日本語の間で引き裂かれんばかりの由熙の真摯さ」(七八ページ)なるものに対する共感といった形をとった。

「たったひとつの母語=母国語」を基点にして「足し算」のように「外国語」を学ぶしかないモノリンガル話者に対して、「母語」と「母国語」のあいだに罅《ひび》が入った状態に置かれた多言語使用者は、「割り算」（これも私が『バイリンガルな夢と憂鬱』のなかで用いた表現だ）の結果に生じた言語と言語のあいだの「溝」に苦しめられるのである。

しかし「母語」と「母国語」のあいだの「鋳」に苦しむのは、あらゆるマイノリティがそうなのだろうか？

たとえば由熙（あるいは李良枝）と同じく「母語」と「母国語」の乖離に苦しんでいた可能性の高い徐京植《ソギョンシク》さんは、その李良枝論のなかで、自分は「由熙に、「在日朝鮮人」という記号を貼りあわせただけの、つぎはぎのステレオタイプを見る思いがする」（『植民地主義の暴力』高文研、二〇一〇年、一八四ページ）と書きつけている。そして「ソウルに数年暮らしてきた留学生」の由熙が「机を一人で買いに行くこともできず、バスの中でパニックを起こすというのは、ありそうもないこと」（一八六―一八七ページ）だと断言する。少なくとも徐京植さんの場合は、由熙のありようが「肌身に迫っ」てはこなかったらしく、それは李良枝の書き方がいけないということのようだ。

『由熙』という小説は複雑な構成からなる小説である。「母国」である韓国に留学中の主人公、由熙は、どこか韓国になじめないところがあり、下宿を転々としている。その彼女がようやく落ち着いて住める場所として見出したかに思われる下宿の住人である女性が小説の話者であり、彼女はまさに由熙に対して姉《オンニ》のようにして接し、「「障害者」を見下ろす「健常者」」（一八七ページ）のようにふるまいながら突然ソウルから日本に帰国してしまった由熙の、その空白をゆっくりとなぞるのである。

小説自体は日本語で書かれているが、話者は日本語を理解せず、しかも空港から電話をよこした由熙は、こう言って日本語で書いた書きつけの束を一方的に預け、そして韓国を離れていってしまったのだ——「オンニ、お願いがあるんです。私の部屋のタンスの一番上のひき出しを開けてみて下さい。そこに封筒に入れたものが入っています。」（『李良枝全集』三九九ページ）

つまり由熙の内面は、日本語で書かれたまま日本語の読めない韓国人のオンニに預けられ、そのままの宙づり状態で放置される。そして「母国語」であったはずの韓国語に深く傷ついた由熙という存在を、あくまでも「謎」として提示したまま小説は始まり、そして終わる。

この小説を日本人の一般読者が読むなら、それこそ一九九〇年代に入って日本に殺到した日系ブラジル人やペルー人が日本社会に溶けこめないままに帰国していく物語としても読めそうな結構をもつのが『由熙』なのである。

であるから、そういった小説の構造を度外視して「「在日朝鮮人」という記号を貼りあわせただけの、つぎはぎのステレオタイプを見る思いがする」と切って捨てるような言い方をされた徐京植さんの真意を私としては十分に推し量りかねる。少なくとも私は「母国語」の（再）習得につまずいてしまう人間が世の中に存在することが「異常な奇嬌さ」（『植民地主義の暴力』一八七ページ）だと思わないし、そういった海外同胞がいてもおかしくないと感じる韓国人女性が「説得力が乏しい」（同前）とも思わない。

韓国語がただの「外国語」であったなら、その敷居の高さは「外国語」としてのそれ以上でも以下でもないだろう。しかし、それが由熙にとっての韓国語のように「母語」になりえなかった「母国語」であった場合には、かりにわずかではあっても、これに接する機会を幼少時に持ってしまったマイノリティにとって、その「母国語」は限りなく懐かしいものでありうるとともに、「トラウマ的な何か」と結びついてしまう危険性を孕んでいる。

もちろん小説は由熙の目線からは書かれていないために、そうした「トラウマ的な何か」をさぐるための手立てがどこにも示されていない。しかし、そこは「「障害者」を見下ろす「健常者」」のようだと切って捨てられようとも、そうした「健常者」の想像力を持って由熙のことをおもんばかることこそが、さしあたり読者に与えられた使命なのではないだろうか。自分も「障害者」のひとりなのかもしれないと疑りながら。

「失われた母国語を求めて」の旅が、ときとして「地獄」にも等しいものであるかもしれないのだということ。

アラブ文学研究者の岡真理さんは、かつて私が西川長夫さん、姜尚中さんとともに編んだ『20世紀をいかに越えるか』（平凡社、二〇〇〇年）という論文集に寄せてくださった「私、「私」、「「私」」――M/other('s) Tongue(s)」（後に単著『棗椰子の木陰で――第三世界フェミニズムと文学の力』青土社、二〇〇六年に再録）のなかで『由熙』に触れつつ、それを単純に「母語と母国語という二つの言語のあいだで暴力的に引き裂かれる者」（三四六ページ）の物語として読むだけでは足りないと言い、「日本語を母語とし、母国語として生きていれば、私（たち）は、由熙が生きた言語の苦悶とは本当に無縁なのだろうか」（三四七ページ）と、問いを日本語モノリンガル話者にまで突きつける。

「母語を母語として生きる者であろうと、母語なるものの他者性を、すでにつねに、生きている。『由熙』を含む」これらのテクストが読者に要求するのは、言語の物質性を回復させ、私たちがそれに躓くことによって、母語なるものの、忘却されてあるこの生々しい他者性を想起することにほかならない」(三五一ページ)というわけである。

ジャック・デリダの『他者の単一言語使用』(*Le Monolinguisme de l'autre*, 1996)以降、「母語」や「母国語」もまた「他者性」への入口のようなものであるという考え方が少しずつ浸透してきているなかで、『由煕』に感応しうる感性が「言語の物質性」なるものにどう開かれてあるのかが問われる場所、それが文学である。

『台湾生まれ日本語育ち』の温又柔さんによる「失われた母国語を求めて」の旅は、これからが佳境なのかもしれない。しかし、「母語」であれ「母国語」であれ、なんらかの「トラウマ的なもの」を介して歴史と結びついてしまう可能性はけっして排除できない。そして李良枝は、その「トラウマ的なもの」を「謎」として残すことによって小説を完成させた。もちろん、その方法がかならずしも「究極」の手法だとはかぎらない。温さんには温さんの道があるだろう。

李良枝、リービ英雄、そしてたとえば多和田葉子、そして温又柔、これら現代的な「越境作家」の日本語との戯れ方は、安易な「カテゴリー化」を拒んでいる。彼ら彼女らは先輩作家から学んでいるようでいて、えてして先輩たちとは張りあい、次々に新しい突然変種の形をつくりあげようとしていると考えたほうがよいと私は思っている。

ともあれ、幼いころから遠ざけられてきたがために「母国語」の再習得にあたっても予想以上の障害に苦しまなければならなかった由煕のような事例をかりに「由煕シンドローム」と呼ぶとして、たとえば私がブラジルで会い、二年だけイスラエルで暮らしたことがあると語った東欧系ユダヤ人の女性の場合はそれだったかもしれない。「ヘブライ語を体が受けつけなかった」と彼女は吐き捨てるように言った。そう言ったのがポルトガル語だったかイディッシュ語だったか、それは覚えていない。いずれにせよ彼女はポリグロットではあったのだが。

月曜日

私は立命館大学国際言語文化研究所の出版助成を得て『異郷の身体――テレサ・ハッキョン・チャをめぐって』（池内靖子と共編、人文書院、二〇〇六年）、『異郷の死――知里幸恵、そのまわり』（崎山政毅と共編、人文書院、二〇〇七年）の二冊をあいついで刊行したのだったが、あわよくば、その三冊めにと考えていたのが李良枝についての論集だった。二〇〇七年春の研究所企画「帝国の孤児たち――二十世紀の日本語作家4　遺された手紙：李良枝」は、そういった計画を内に含んだ企画だった。

いまとなっては同企画の内容が下記サイトでいつでも閲覧可能なので、出版計画としては頓挫したままだが、そこはご容赦いただきたい（http://www.ritsumei.ac.jp/acd/re/k-rsc/lcs/kiyou/19-3.htm）。

しかし、このなかなか目にはつきにくい『立命館言語文化研究』（十九巻三号、二〇〇八年二月）は、李良枝についてじっくりと考えたい方々には必見だと思う。

なかでも韓国・成均館《ソンギュングァン》大学の藤井たけしさんの発表「帝国の養女の里帰り」は、『由熙』をとりまく李良枝の作品群を幅広く論じて、この論考を抜きにした李良枝論なんてありえない気がする。

同企画では、企画者・司会者の立場から私が口火を切ったのだが、そこではテレサ・ハッキョン・チャや知里幸恵のような境界的な表現者を考えるときに重要だと思われる「養子化」(adoption)について概説的な話をし、そのうえで以下のように話した――「かりに「養子」という概念を持ってくるとしても、李良枝の場合は、まず在日朝鮮人として育ったところでの養子性と、その在日として育った彼女が韓国に行ってふたたびアドプトされていく。要するに二重の養子性を考えないわけにはいかない。その彼女が日本に戻ってきて、そこで命を落としてしまう。これを客死といってしまってよいものかどうか。」(八九ページ)

「客死」云々は、知里幸恵が東京で息絶えることになったのは一種の「拉致・拷問による死」だと考えて論集のタイトルを「異郷の死」と決めたとき以来の思いが脳を占領していたからなのだが、まさに李良枝は、いまではめずらしくはないが、まさに「日韓を往還する知性」のひとりであり、藤井さんも指摘されたように、彼女の日本語作品は日本での刊行から間もなく韓国でも翻訳が出版されていた。要するに「『由熙』を書く際にもこれが韓国語に翻訳されることは〔…〕わかりきったことだった」(九四ページ)わけだ。金時鐘や李恢成などの時代の在日朝鮮人文学は、日本語で書くか韓国・朝鮮語で書くかという問いの前につねに身を置かなければならなかった作家たち、そして韓国・朝鮮語では出版そのものがむずかしかったにちがいないような素材にこだわろうとした作家たちがそういったカテゴリーの担い手だった。しかし、李良枝の時代になるとそういったせっぱつまった感じは消える。ただ、かりに日本語で書かれても、その作品はすぐに韓国語に訳される、ただそれでも「謎」は「謎」として残るということを書いたのが『由熙』だったということなのだろう。それは日本語で読もうと韓国語で読もうと、「謎」が「謎」のままなのである。

いずれにしてもそうした「日韓を往還する知性」として李良枝を、その後裔である藤井さん（さらには金友子《キムウヂャ》さんや寺下浩徳さんなど）に論じてもらいたかった。それが同企画の趣旨だったのである。

藤井さんの発表のなかでは「かずきめ」（一九八三年）の一部をとりあげた箇所が印象的だったので、引いておく。主人公がボーイフレンドとふたりで小さな地震を経験したときの主人公の言葉である。

「いっちゃん、また関東大震災のような大きな地震が起こったら、朝鮮人は虐殺されるかしら。一円五十銭、十円五十銭と言わされて竹槍で突つかれるかしら。でも今度はそんなこと起こらないと思うの、あの頃とは世の中の事情が違っているもの。それにほとんどが日本人と全く同じように発音できるもの。ね、いっちゃん、それでも殺されることになったら、私を恋人だってしっかり抱きしめて、私と、私と一緒にいてくれる？　いえ、今度は絶対に虐殺なんてされません。」（『李良枝全集』八一ページ）――こう言いつつ、しかし、いきなり話は反転する。

「でもそれでは困る、私を殺してくれなくちゃあ。私は逃げ惑うの、その後ろを狂った日本人が竹槍や日本刀を持って追いかけてくるわ。〔…〕ねぇ、いっちゃん、私は虐殺されるかしら、ねえ、どうなるの、もしも殺されなかったら、私は日本人なわけ？　でもどうしよう、あれは痛いものね、血がいっぱい出るんだものね」（八一―八二ページ）

前便で言及した「ソウルで『由熙』を読む」の徐京植さんは「私は彼女の作品から、光州事件の影すらも読み取ることができない」（『植民地主義の暴力』一七三ページ）と言いきっておられるが、藤井さんは「かずきめ」の主人公の引用した長セリフをふまえつつ、「朝鮮人の身体のもつ歴史性と、それに対する二律背反的な感覚」（『立命館言語文化研究』十九巻三号、九七ページ）に思いを馳せ、そのうえで「帝国の養女の里帰り」と題された発表を締めくくられた。文学なるものを歴史のなかに置きなおしつつ読むひとつのやり方とは、こういったものだと思う――「彼女は一九八〇年五月に初めて韓国を訪れています。「光州事件のさなかだった」と本人も年譜に記しています。彼女が世を去るのは、そのちょうど十二年後、一九九二年五月です。〔…〕彼女が亡くなった五月二十二日は、十二年前には市民軍と戒厳軍がお互いに武装して対峙しあっている状況でした。彼女が光州事件のさなかに韓国に行ったのだとするならば、まさにその時期だったのでしょう。〔…〕死というものにずっと囚われ続けていた李良枝という人が、ある意味で、どこかで光州で死んでいった人たちとつながっていたがゆえに、こういう形で死んでいくことになってしまったのではないかという思いがしてなりません。」（同、一〇〇ページ）

　一九二三年九月東京、一九八〇年五月光州、李良枝という「日本人であり、かつ韓国人」であった、しかし「日本人でも韓国人でもなかった、ダレデモナイ」は、玄海灘をまたいだ極東地域の歴史を、知識としてというよりは「身体感覚」を通してダイレクトに引き継いでいたのだ。しかも、彼女は女主人公に「包丁を摑んでみた〔…〕ら身体がびりびりとしびれて」、その感覚は「まるでセックスをしている時のような気持ち」（『李良枝全集』八二ページ）だと言わせているのである。

　一九二三年の市街戦、一九八〇年の市街戦と、在日朝鮮人女性の「セックス」はどこかで通底していて、李良枝の死は、まさにそうした市街戦のなかでの死であったのかもしれない。藤井さんがおっしゃりたかったことを、無謀を承知で私なりに要約するとこういうことになる。

土曜日

私が台湾の文学に広く目を開かれた二〇〇〇年前後は、朱天心《ジューティエンシン》（一九五八年―）の『古都』（清水賢一郎訳、国書刊行会、二〇〇〇年）など「新しい台湾の文学」と銘打ったシリーズが続々と刊行されており、さらに個人的には日本植民地時代の台湾文学に興味をもちはじめた時代とも重なった。そこでいきおい、垂水千恵さんや駒込武さん、丸川哲史さん、あるいは山口守さんや大東和重さんらとしばしば顔を合わせるようになった。そしてそうこうするうちに、いま所属している立命館大学の先端総合学術研究科の院生で倉本知明さんが朱天心や蘇偉貞など、台湾の「眷村文学」を素材にした博士論文を書くことになり、私自身は中国語ができないながら、それでも並走するうち、耳学問もそれなりにということになった。

そんななかで、私が「台湾文学」なるものに関して唯一論文らしいものを書いたと言えば、『バイリンガルな夢と憂鬱』に収めた「植民地の多言語状況と小説の一言語使用」くらいなのだが、私が同書を世に問うて間もないころ、大東和重さんが『台南文学』（関西学院大学出版会、二〇一五年）を上梓され、以下に引くのは、同書の紹介も兼ね、昨年の春にアップした投稿だ。

「台湾文学」なるものを考えるときに日本語で書かれたものを含めなければならないのは、もちろんのこと、まずは五十年間の日本統治期に日本人が書いたものに一定の関心を払うのは重要なことだろう。

金曜日

私が日本比較文学会のとくに関西支部でいつも助けてもらっている大東和重さんが『台南文学』という新著を出された。

台南と言えば、二〇〇九年九月に台南市内の成功大学で開催された「殖民主義與台灣」と題するワークショップに参加させていただいたほか、二〇〇六年に高雄の第一科技大学の応用日語科に集中講義でお邪魔した際にも、受講生に案内を頼んで市内見物をした思い出がある。かつてオランダの東インド会社が築いたというゼーランジャ城（安平城《アンピン》）の跡地や、国立台湾文学館などを見てまわった。二〇〇三年に開館した文学館は、「解厳」後の「台湾化」の流れのなかで台北への一極集中を避けるために、古い歴史を持つばかりでなく多言語的な歴史の層を有する台南にこそ新しい台湾像にふさわしい文学館の建設が望まれたということもあるのだろう。西洋人がはじめて台湾（フォルモーザ島）にやってきて先住民族の言語を文字で書き著した「新港文書《シンカン》」が残っているのも台南なのである。そして市内見学の後で、シジミの醬油漬け（漬蜆仔）で有名な店に連れていってもらって台湾名物を堪能させてもらったことが懐かしい。

ただ恥ずかしながら、台湾語はもとより普通話もまったく操れない物見遊山の日本人旅行者がかりに佐藤春夫ゆかりの安平港を訪ねたとしても何がわかるでもなく、名作「女誡扇綺譚」（一九二五年）を読むたびに旅の思い出をさぐりあてるという程度の役にしか立たなかった。しかし、中国文学を専攻され、台南で教壇に立たれたこともあるという大東さんの台南に対する愛情は格別のものらしく、日本統治期の数々の写真が満載された同書は、今後「日本語文学と台南」との関係をさぐろうとする者には避けては通れない必読書となるだろう。

　台南を舞台にした小説というだけなら、それこそ無数にあるのだろうが、ゆくゆくは漢文や白話文や台湾語で書かれたものをも研究対象に据えることまで視野に入れながら、ひとまず「日本人によって日本語で書かれた台南文学」に絞った同書は、それだけでもじつに厚みのある本に仕上がっている。なかでも、まさにかつて栄華を誇った台南郊外の安平港探訪に取材した「女誡扇綺譚」をめぐる読みは、これを「異国趣味＝ロマンチシズム」の文学として読むのでも、またたんに「リアリズム」の文学として読むのでもない、大東さんならではの新境地を示したものとしておもしろく読んだ。

　西洋のデカダン文学の影響という点では、荷風なども愛読したらしいローデンバックの『死都ブリュージュ』(*Bruges-la-Morte*, 1892)との比較、また風俗小説という観点からは貧しい少女を婢女として買い取ってくる「査媒嫺《ツアボウカン》」の風習に物語の落としどころをもってきている点、それぞれを詳細に論じたうえで、さらに佐藤春夫が一九二〇年の台湾旅行にまで引きずってきていたにちがいないもろもろの「憂鬱」の反映をまで作中に見出すという多面的な読みは、これまでのどの「女誡扇綺譚」論でもお目にかかれなかったものだ。

　私自身、この作品については『バイリンガルな夢と憂鬱』のなかで、そこに描かれた「多言語的な重層性」に注目して数ページ触れたことがあるので、なおさら感ずるところが多かった。

　この小説は、推理小説ともいえる謎解きからなっている作品だが、それは主人公の日本人青年が解しない「泉州語」(＝「××××、××××!」)の真の意味を解き明かす物語なのだといってもいい。この得体の知れない言葉は、ひとまず同行した台湾人によって「どうしたの？ なぜもつと早くいらつしやらない。……」（『定本 佐藤春夫全集』第五巻、臨川書店、一九九八年、一五六―一五七ページ）という意味だと通訳されるのだが、であればあっただけ、いっそう好奇の念は高まり、謎は深まるばかりなのだ。そしてこの不可思議な声の真相こそが、「査媒嫺」として商家にもらわれてきていた「下婢」の秘められた恋だったというわけだ。しかもその真相が過不足なく理解されるのは、その「十七」になる少女が「主人の世話した内地人に嫁《か》することを嫌って〔…〕死ん」（二七六ページ）でから後のことだった。大東さんは、そこをとらえてこう書いておられる――「廃屋で聞いた声を、伝奇的あるいは合理的に判断して終わりとせず、声の由来を探って、台湾の旧習、嫁ぎ先を自ら選ぶことのかなわない年若い女性の苦しみ、さらに伝統的台湾社会と近代における日本の統治とが交差する地点にまでたどり着いた」（『台南文学』九九ページ）と。

内地日本人の書いた「台湾文学」を読むとき、私にはついついルイジアナ時代のラフカディオ・ハーンを思い浮かべる癖があり、「女誡扇綺譚」を読んでいても「ルイジアナ買収」以降の「米国南部」の薫りをそこに嗅ぎとらずにはおれない。実際、佐藤春夫は、大正期に最もハーンを愛読したひとりだった。また、これは時代が逆になるから影響関係ではまったくないのだが、「女誡扇綺譚」の「死臭」に満ちた「廃墟」的な味わいは、フォークナーの「エミリーに薔薇を」（*A Rose for Emily*, 1930）に通じると言ってみたい気さえする。

しかし、「北からやってきた文明人気取りの新聞記者」の目の前に曝け出された「南の国の現実」に作品解釈を絞りこむという大東さんの読みと私の読みのあいだには大きな開きはないように思う。『バイリンガルな夢と憂鬱』のなかで、私は「泉州語」で愛する男性に呼びかける少女に襲いかかった悲劇を「「帝国の養子」となることを拒もうとする人間の物語」（二二六ページ）として理解可能だと書いた。そして旧弊な台湾社会のなかで「査媒嫺」としての隷属状態を嘆き、「内地人に嫁すること」をよしとはしない少女が最後にできることと言えば、もはやみずから命を絶つこと以外にはなかった。

ちなみに、この少女が命を絶つのに用いた方法は「罌粟《けし》の実を大量に食つて死」ぬという方法だったのだが、ここで私の脳裏に浮かんだのは、森鷗外の『うた日記』（一九〇七年）だ。日露戦争に軍医として従軍した鷗外・森林太郎は、満洲で兵士から性の提供を強要されそうになり、「耻見て生きんより／散際いさぎよかれと／花罌粟さはに食べつ」という「をみなご」の自死の物語を短詩形に書きとどめている。佐藤春夫は後に『うた日記』を正面から論じた論考「陣中の竪琴」（一九三三年）という文章を書いたくらいだから、「女誡扇綺譚」を書いた段階ですでにこの鷗外の「うた」を念頭に置いていた可能性は十分にある。「帝国日本」の「海外進出」が、とりわけ「名もない女性」に悲劇の主人公であることを強いるという現実に対して、鷗外がそうしたように、佐藤春夫もまた彼なりの応答を試みた一編が「女誡扇綺譚」なのだった。

しょせん内地からやってきた日本人作家にすぎず、多少は台湾語に通じていたとはいえ、日本人を主人公に据えるしかなかった佐藤春夫の「限界」は「日本人作家」の「限界」にほかならず、それでも「意味のわからぬ声、聞きとりにくい声に対し、全体を浸す鈍麻や倦怠とは裏腹に、細心に、慎重に、耳を傾け」（同前）る佐藤春夫の作家的態度をめぐる大東さんの評価に私も同意

——する。

金曜日

以下はこの春先に書いた記事の再録だが、日本統治期の「台湾紀行」のなかには「売春」のネタが含まれ、なかでも「台湾原住民の売春」という話題に注目がいった。

現在でもワリス・ノカンさんやシャマン・ラポガンさんのような「原住民作家」は、「貧困に起因する売春」という問題が原住民社会を考えるときに避けては通れない問題であることに再三注意喚起を促されるのだが、性欲をもてあます独身青年として台湾を旅した一九二〇年の佐藤春夫にとって、それは社会問題である以上に一身上（自身の性欲管理）の問題だった。

火曜日

「帝国日本」が繰り広げたあいつぐ戦争のなかで日本軍兵士はしばしば嗜虐的な傾向を示し、少なからぬ凌辱行為に手を染めたことは、恥ずべきことだが歴史的真実のようだ。『胸さわぎの鷗外』（人文書院、二〇一三年）でとりあげた森鷗外の『鼠坂』（一九一二年）や石川達三『生きてゐる兵隊』（一九三八年）は、そうした戦時性暴力の実態をあますところなく描きとった日本文学の傑作といっていいと思う。

しかし、進撃中の兵士（あるいはそうした軍隊に随行した民間日本人）の犯罪行為とはべつに、日本の領土拡張を広く「平定」としてとらえる際に見逃してはならないもうひとつの性風俗の問題がある。

たとえば日本の台湾領有は五十年の長きに及んだが、下関条約で台湾の割譲を取り決めたあと台湾に進駐した日本軍は、さまざまな現地人の「抵抗」に遭遇した。清国（あるいは辛亥革命後の中華民国）への忠誠を誓う華人たちの抵抗や、その華人たちもまた長いあいだ悩まされていた先住民（台湾では「原住民」と呼ぶようだが）の執拗な抵抗である。

つまり、日本の台湾統治は絶えざる平定作戦を通じてかろうじて平穏な日常が維持されていただけだともいえるのである。とくに山岳地帯の「原住民」との接触機会が多い地域では、再三血腥い衝突が起き、「抵抗」と「平定」の悪循環が地域の風物詩にさえなっていた。

佐藤春夫の『霧社』（一九二五年）は、まさにそうした一触即発の空気を描いた紀行文として、まず何よりも記憶される名作だろう。

台中から山間に入った奥地の霧社は能高山への登山口でもある。東京での生活に疲れた佐藤春夫（『田園の憂鬱』を発表したばかり）はまだ三十歳にも及ばない青年であったが、気分転換（転地療法？）も兼ねて台湾への旅に出たのだった。しかし、いざ登山をと思ったら、突然「霧社の日本人は蕃人の蜂起のために皆殺しされた」（『定本　佐藤春夫全集』第五巻、一一九ページ）との噂が飛びこんできて、とても物見遊山とは言っていられなくなる。

しかし、それでも佐藤は道案内を兼ねた護衛をつけて登頂をめざす。山頂の警察署には、かつて占領地台湾で総督を務めた佐久間左馬太《さまた》が視察に来た際に築造されたらしい「大きな家」（一三〇ページ）が建っていて、そこが宿泊所になっていた。

内地人の巡査も「蕃人」の護衛も、通りすがりの「蕃人」も誰もが火器を帯びていて、空気はいたって物々しい。日本軍がサラマオ族の「征討」に向けて攻撃の準備を始めている頃合いでもあった。しかし佐藤はあくまでも前向きでこんなふうに考えている――「蕃山は予には平和に感じられたし――或は盲蛇であるかも知れないが――それにもし、蕃人が襲ふやうなことがあつたと仮定したら、予の同行者たる蕃丁は寧ろ、彼等の種族に味方して逆に予の敵になるかも知れないやうな気がした。そんなことは決してないとしたところで、一度、蕃人の襲撃を考へれば、警護者の二人や三人は何にもならないに違ひない。理屈はともかくも、予はその山の平和を疑はなかつた。」（一二八ページ）

植民地台湾の「平和」とはこのように危なかしい綱渡りであり、ひとり火器も帯びずに山登りを楽しむ佐藤は、それでも「平定者の一味」だった。

そんな佐藤の霧社探訪は、登山以外にも「蕃地」とされる台湾山間部の内地人と「蕃人」の混住ぶりをとくと観察するという知的喜びにも満ちあふれていた。そこでの佐藤は文才をもって頭角をあらわした若手作家であり、同時に「民族誌家」でもあったのだ。

能高山登頂を終えて霧社に戻った佐藤は、「鉛筆を買はう」と思って宿舎を出るのだが、そこで謎の「二人の少女」と遭遇する――「「タバコ頂戴ヨ」／大きな方の娘がさう云ひながら無雑作に予の面前へ手を差し出した。」（一三二ページ）

そして驚いている佐藤に向かって、娘は「ワタシウチキテミナイカ」と誘いをかけてくる。

どうやら、ふたりは「曾て内地人の巡査の女房であり、今は捨てられて蕃語通訳である女」

（一三二―一三三ページ）の娘であるらしい。
その娘ふたりが、さらに「金アルカ」（一三三ページ）と訊いた後、「ヒトリカ？　フタリカ？」とたたみかけてくる。「フタリ一円五十銭ヨ。ヒトリ一円」とのことである。

「平定者の一味」である内地人の現地妻となり子を残す「蕃人」の女もいれば、霧社にやってくる内地人の男を見かけては春を鬻《ひさ》ごうとする「蕃人」の娘もいる。

しかし、恐れをなした佐藤は「五十銭銀貨を一枚」（一三四ページ）だけ手渡して、そこから逃げ帰る。佐藤にとりついたのは「恐怖と誘惑との複雑な交錯」（一三六ページ）だった。

「平定地域」は、命の危険に身を晒す「恐怖」とともに現地人女性の「誘惑」（平定者から金銭を得るための策略）との闘いをも旅人に強いた。そうした現地人との交渉もまた「参与観察」でありうるなかで、過剰な「参与」から身を引き剝がす「参与観察者」の「禁欲」の物語を、佐藤は台湾旅行の思い出に語ってみせたのだった。

「平定」とは、現地人から「抵抗」の意思を削ぎ落として新しい「統治」へと「帰順」させるばかりでなく、「貨幣経済」のなかに未開社会を招き入れ、新しい性風俗を現地女性に受けいれさせることをも意味した。（たとえば『幻のアフリカ』*L'Afrique fantôme*, 1934 の）ミシェル・レリスにもそれはわかりきったことだった。

「植民地の性風俗」という問題を黙過して植民地支配を問うことなど、どだい無理なことだった。欧州航路で旅に出た旅人が停泊する港町ごとに女を買い漁ったように（そこには日本人の「からゆき」も多数含まれた）、台湾の奥地にも、台湾領有から二十五年を経た一九二〇年、「売買春」はすでに根を下ろしていた。ただ佐藤が語っているのは、「業者＝美人局」のいない（いたとしても、それは娘らの母親であるらしかった）、そして「性病管理」の行き届かない非公認のそれだった。

じつは佐藤は霧社に向から途中、すでにひとりの担ぎ屋の鼻が「気の毒にも落ちてしまつてゐて、醜い鼻の穴が顔の中心にのさばつてゐる」さまに驚かされていた。「蕃人のなかに梅毒患者を発見するのは〔…〕意外である」（一二二ページ）と。この「梅毒恐怖」がないなら、佐藤は別の行動をとった可能性がなくもない仕掛けである。

小粒な紀行文とはいえ、数々の伏線の張りめぐらされた名品である。

日曜日

リービ英雄さんの『模範郷』には「パール・バック論」の形をとる「ゴーイング・ネイティブ」なる短篇が収められているが、そこでは「西洋人」であるにもかかわらず「中国人」になりすまし、農民小説を書きあげてしまったパール・バックについて考えながら、「西洋人」でもあることだし、べつに「日本人」になりすまそうという気もなく日本文学の一形式である「私小説」の形式を活用しながら作家になってしまったリービ英雄自身の実践を「現地人化」だと言いきってしまう。「もし「ゴーイング・ネイティブ」が本当にあるとすれば、それは本来の「ネイティブ」たちが創り上げた言葉の中に自らの新しい生命を求めることである」（一一八ページ）というわけである。

今日の比較文学は「現地人化＝ゴーイング・ネイティヴ」なるものをこのようなものとして捉えるところまでたどりついているということなのだが、ついこの前まではまだまだ違った。

植民地支配なるものは「被植民者の文明化」と同時に「植民者側の人間の現地人化」というもうひとつのベクトルを含んでいる。たとえば『野蛮の熱帯』（*Tropics of Savagery*, Univ. of California Press, 2010）のロバート・ティアニーさんはこれを「野蛮人の馴致」（taming savages）と「現地人化」（going native）として対比されているが、日本統治期の「台湾文学」においてこの問題はきわめて大きな問題だった。

以下はティアニーさんの論をふまえて大鹿卓の『野蛮人』を論じた投稿の再録である。

木曜日

佐藤春夫（一八九二―一九六四年）の『霧社』は一九二五年の『改造』三月号が初出だが、まさにその霧社で山岳部族による内地人襲撃事件が一九三〇年に発生し、それは内地でも大々的に報道された。なにしろ内地人の死者は百三十九人にも及んだのだ。報復措置として陸軍は徹底的な「掃討」をおこない、まさに「平定戦争」がくり広げられたのだが、おかげで佐藤春夫の台湾小説はあらためて一冊にまとめられ、『霧社』（一九三六年）として刊行される。

じつはその前年、雑誌『中央公論』の二月号に、それこそ佐藤春夫の短篇『霧社』を換骨奪胎したような作品を発表したもうひとりの作家がいた。大鹿卓（一八九八―一九五九年）だ。その作品『野蛮人』は佐藤の眼にも止まって、彼は佐藤に師事するようにさえなるが、ともかくふたつの短篇の構造は、ある意味で、きわめて似通っている。

独身の若者が霧社から、さらに奥地にある「蕃地」へと迷いこむ。そこで彼を迎えるのは、どうやら「姉妹らしい二人の娘」である。何ものかと思ったら「蕃地」の駐在所長の「かかあの妹たち」で、「おむこさんを欲しがっている」というのだ（『コレクション・戦争と文学18　帝国日本と台湾・南方』集英社、二〇一二年、二九三ページ）。

佐藤春夫の『霧社』では「曾て内地人の巡査の女房であり、今は捨てられて蕃語通訳である女」の娘たちがお金欲しさに主人公を「誘惑」するだけなのだが、ここでは駐在所長の義理の妹たちが、主人公を「おむこさん」に迎えたがっている。そしてこの小さな差異が決定的に異なる結末へと小説を向かわせていくのである。

内地の親から「何度かの勘当のかわりに蕃地に送られてきた」（二九一ページ）主人公には、もはや帰る場所がない。そして「こんな野蛮な土地でも辛抱するうちには、野蛮に馴れるのか、自分が野蛮になるのか、案外住みよくなるもんだ」（二九二ページ）という駐在所長の言葉が主人公の運命を決定づける。

日本の台湾に対する「平定」は、漢民族であれ「原住民」であれを「文明化」し、彼らを「馴致」することを目標に掲げていた。しかしその背後で、島（とくに「蕃地」）での生活が長くなると内地人のほうが「野蛮に馴れ」たり、場合によっては「自分が野蛮になる」というプロセスをたどってしまうのだ。大鹿の『野蛮人』が佐藤春夫の『霧社』の「換骨奪胎」であるというのは、「野蛮に馴れ」、そして「自分が野蛮になる」というプロセスを接ぎ木することで、そもそも「民族誌的」でありえたかもしれなかった物語を「色恋仕立ての活劇」、いやそれどころか一種の「ポルノグラフィ」にまで変えてしまったのが大鹿の『野蛮人』だという意味だ。

駐在所長の義理の妹のひとりと結ばれるまでに、主人公の田沢はしばらくは「禁欲」的に暮らしている。蕃族の内地人襲撃に対して「現場処理」（三〇〇ページ）を称して報復戦を組織した部隊に同行する形で山に入った主人公は、「敵蕃」のひとりを倒し、あたかも蕃族がするように敵の首をとって駐在所のある場所まで持ち帰ったりまでした。そんな田沢を、姉妹の姉のほうが「「タザワさん。えらい！」と腕をとっ」て（三一四ページ）誉めたたえてくれる。

こうして「野蛮」と闘ううちに「野蛮になる」ということの意味を知るにいたった田沢は、彼女（＝タイモリカル）が放つ「獣皮に似た臭い」に激しく反応し、「ただ狂暴な男に変っ」てしまう（三三三ページ）のである（ちなみに単行本『野蛮人』の刊行にあたって、当時「首狩り」の箇所とこの性交シーンは墨を塗って伏字にされたという）。

そして関係を結んだ後の彼女はかいがいしく妻の役割を果たすようになっていくのだが、田沢は性欲を充たすだけでは満足でなかった。白粉まで塗って「内地女を想わせる匂い」をふりまくタイモリカルに対して、彼は声を荒げ、「蕃社にかえって蕃布《パーラー》を着て出直して来い！」（三三六ページ）と命ずる。それどころか、最後には彼自身が警備員の服を脱ぎ棄てて、「蕃人の体臭の浸みこんでいる筒袖の上衣を着、褌布をあてがい、蕃布を肩にかけた」（三三九ページ）のである。

佐藤春夫にしても大鹿卓にしても、「原住民女性をめぐる言説」は、あくまでも内地人男性の欲望（あるいは、その抑圧）をなぞるだけ、それを増幅させるだけで終わっている。『野蛮の熱帯』のティアニーさんは、大鹿の『野蛮人』をコンラッドの『闇の奥』（*Heart of Darkness*, 1902）と比較する実験を試みておられるが、「ネイティヴになる」（going native）という欲望を幇助する存在として「ネイティヴ女性」が必要とされるという図式は、ラフカディオ・ハーンの例など多くの「民族誌家」の例にもあてはまり、陳腐と言えば陳腐。しかし、そもそもそういった陳腐な「ネイティヴ化」のプロセスを抜きにした「雑種化」など、この惑星上では存在しえないのだ。たとえばブラジルのような国では、そのようにして「ネイティヴ化」や「アフリカ化」が進行していった。一部の「民族誌家」がこうした欲望に「自制」的なのは、「ネイティヴらしさ」をどこまでも客観的に見定めようという気持ちが強いせいなのだろう。「ネイティヴな存在」は時代とともに段階的に「文明人」への「開化」をとげる。ところがその「反作用」ででもあるかのように、「文明人」の「ネイティヴ化」もまたときとして「ドラマティック」に演じられてゆく。

大鹿の『野蛮人』を「陳腐」だとただ言ってのけるのは簡単だが、それはある意味で「元型」的な「ネイティヴ化」の話なのだと思う。『闇の奥』が描いた「クルツ」の「ネイティヴ化」は『野蛮人』のそれほど牧歌的ではないし、何より『闇の奥』は、クルツに会うことを使命としてコンゴ川を遡るマーロウをあくまでも「民族誌家」の位置に置きつづけるという二重構造を用いることで、独特の批評性を生みだしている。

他方、『帝国日本の英文学』(人文書院、二〇〇六年)の齋藤一さんは、『闇の奥』の中野好夫訳(一九四〇年)が同時代の新聞報道や「台湾もの」(一一二ページ)との間テクスト的な文脈のなかで訳出され、また読まれた可能性を想起させる考察をそこで試みておられ、きわめて興味深い思いをもって読んだ記憶がある。

それでは、「西洋植民地主義批判として受容しつつ日本植民地主義を暗に肯定することを求められていたはず」の『闇の奥』が「日本植民地主義批判」（一〇八ページ）として読まれえた可能性はあるのか、ないのか。

そもそも『闇の奥』が「植民地主義批判」たりえていたのかどうかという問題そのものが大問題なのだが、ましてや大鹿卓の『野蛮人』に「植民地主義批判」という格子をあてはめても空しい気がする。それは一種の「喜劇」なのだ。

「蕃人」の格好をして「蕃人」たちの輪のなかに躍り出た田沢が「勢あまって草のなかにドッと倒れ」、そんな彼を取り巻いた「蕃人」らがつくった「人垣」（三四〇ページ）のなかで、自分を「檻に入れられた野獣のように」感じ、「右往左往」（三四一ページ）するラストシーンは、まさに滑稽以外の何ものでもない。

あくまでも「文明人のネイティヴ化＝野獣化」という欲望の形式、それがそこでは戯画的な形で素描されている。私としては、そうした欲望の「陳腐さ」こそがこの作品の命だと思っている。そして一部の「民族誌家」が「禁欲的」であろうとして身を削るのは、そうした「陳腐さ＝滑稽さ」を自分から遠ざけようとするためであるような気がする。

火曜日

「文明」の側に属する宗主国系男性の「ネイティヴ化」にあたっては、「ネイティヴ女性」の存在が重要な鍵を握っている。男女の「和合」が「文明」と「野蛮」の「調和」を生みだすというわけだ。すると、結果的に「野蛮」の側に属する男性は徹底的な「去勢化」を施される。要するに男性中心主義的な「文明」は、「ネイティヴ女性」をことさらに争点化するのだ。

それでは「文明」の側に属する宗主国系の女は、そういった構図のなかでいかなる位置を占めるのか？

去る二月に亡くなられた津島佑子さん（一九四七―二〇一六年）が、台湾に通いつめながら書きあげられた『あまりに野蛮な』（全二巻、講談社、二〇〇八年）は、一九三〇年代、学者である夫の台北赴任に伴って台湾に渡った女性を主人公のひとり（もうひとりは現代に生きるその姪っ子）に据えている。台湾では「霧社事件」（一九三〇年）の余韻がとりわけ内地人の心を蝕み、「内なる野蛮」（＝欲望）に呼応する「外なる野蛮」として、日本の植民地支配を脅かしつづけていた。そんな政治的な空間のなかに置かれた「内地人女性」はつねに「内地人男性」の庇護を必要としているが、その暴君的な支配（ご都合主義的な「エロ学」の強要）には閉口させられっぱなしだ。産児制限についてもなかなか夫婦の意見は一致しない。

「――いつも、コンドームつけさせられるのは、うんざりだ。〔…〕

――キモ・ブェ・ギャン？〔…〕

――そうさ、キモ・ブェ・ギャンだ。キモ・チャンになりたいのに、だいなしになる。〔…〕

野菜や果物をよく買う店の本島人のチャボランが教えてくれた言葉だった。台湾語に日本語の「気持」が少し形を変えて入りこみ、そんな表現が今は一般的に使われているということだった。」

（上巻、二一七ページ）

主人公の美世（＝ミーチャ）はこんなふうに覚えたての台湾語を交えながら台湾気分を味わい、夫をからかうのだが、結局は「台湾語を使われるとその気になれなくなるから、やめてよ」（同前）とダメ出しをされ、会話が続かない。

二〇一〇年七月の植民地文化学会のメイン企画だった「フォーラム　植民地主義と女性」において、ゲストの津島さんは「植民地の問題というのは男女問題とアナロジーになっているというのがクセモノで、エロスの問題につながってるんじゃないかと思います。この小説も植民地の問題を扱っているんですが、そのため、ものすごくしつこく夫婦のいとなみを書き込んでいるんです」（『植民地文化研究』第十号、二〇一一年、七ページ）とおっしゃった。

「文明人男女」の夫婦生活は、どこまでいっても男の独りよがりに終わり、女性の側は「乱暴すぎる」（上巻、二一九ページ）とたしなめられるか、「冷感症」（下巻、一二二ページ）だと愛想をつかされるかそのどちらかで、そうした男からの一方的な難クセは女性をシラケさせるばかりだ。

思えば、昼日中の「内地人社会」のなかでもぎすぎすした人間関係しか実現できず、本島人（ときとして琉球人）の家政婦との関係も一触即発の危なっかしいものだ。

そういったなかで『あまりに野蛮な』の主人公は、悲劇の英雄であった「霧社事件」の首謀者、モーナ・ルーダオ（一八八〇―一九三〇年）に性的に惹かれる自分を否定できなくなっていく。

日本に一時帰国中の美世は、モーナ・ルーダオの「なつかしい名前を聞」くと「まるで昔の恋人のうわさに接したかのよう」で、「タイホクでの〔…〕時間が、モーナという名前から台湾の雨のようによみがえってくる」（下巻、五七ページ）のである。

「内地人女性」にとっての植民地台湾は、内地人同士の監視社会のなかで性生活すらが活力源とはならず、体を疲弊させ、むしろ「ネイティヴ男性」(=モーナ・ルーダオ)に心の支えを見出すしかないという袋小路そのものだった。

カーレン・ブリクセンの『アフリカ農場』(*Den afrikanske Farm*, 1937)、マルグリット・デュラスの『太平洋の防波堤』(*Un barrage contre le Pacifique*, 1950)、ジーン・リースの『サルガッソーの広い海』(*Wide Sargasso Sea*, 1966)——これら西洋植民地主義が生みだした女性文学の最前線を覗き見るまでもなく、宗主国系女性の「現地人化」(going native)は、男たちのそれとはまったく異なった径路をたどって独自の植民地主義批判(+男性中心主義批判)の可能性を探りつづける。

おそらく、すでに植民地喪失以前から真杉静枝や坂口䙥子ら女性作家が着手していたにちがいない作業を、津島さんは二一世紀文学という枠組みのなかでさらに批判的に継承されたのだと思う。モーナ・ルーダオから実父や、流産させた子、早逝させた子まで、さまざまな死者とともに主人公が「どんぶらこっこ、どんぶらこ」(下巻、三四八ページ)と潮をなして海を渡る小説のエンディングは絶頂感がみなぎる。それこそシャマン・ラポガンばりの「海洋文学」が始まろうとするかのようだ。

木曜日

前便で名前をあげた坂口䙥子(一九一四—二〇〇七年)の台湾滞在期間は、一九四〇年から四六年という五年あまりでけっして長くはなかったが、そもそも「蕃人」については関心が深かったとみえ、また戦争末期には蕃地への疎開経験もあって、その「蕃地もの」はこれまでもあちこちで注目を集めてきた。

『植民地を読む――「贋」日本人たちの肖像』（法政大学出版局、二〇一六年）の星名宏修さんも、同書の「第四章」では帝国の日本の周縁部に生じた「混血児」の問題を扱い、内地日本人巡査と蕃人女性のあいだに生まれた「混血児」の結婚問題を描いた『時計草』（初出一九四二年）を重要な作品としてとりあげている。「蕃地女性」との雑婚の結果生じた「混血児」は、「内地人女性」と結婚するか「蕃人女性」と結婚するかで悩むのだが、女性作家、坂口䙥子は「蕃人の血が入った混血児」との結婚を欲望する「内地女性」の声を以下のように記している――「貴方の前進なさることは、高砂族の方と血縁を深めるだけが道ではございません。高砂族の文化を、日本の伝統に少しでも近寄らせ高めるのも前進ではないでせうか。」（一一八ページから再引用）

「蕃人男性」との結婚を夢見るわけではないものの、「混血児」との結婚を決意する「内地女性」の物語を「内地女性」が小説として書いたということ。台湾時代の坂口の作風は、「内地人の血」と「蕃人の血」をどう交わらせるかにおもな関心があったのである。

しかしその坂口は、戦後に引き揚げてきたあとも引きつづき「蕃地もの」を量産する。なかでも評価が高いのは第四十四回芥川賞候補作にもなった「蕃婦ロポウの話」（初出一九六〇年）で、これは『コレクション戦争×文学18　帝国日本と台湾・南方』（集英社、二〇一二年）にも拾われている。

一九七〇年代以降、「からゆきさん」や「元従軍慰安婦」などへの聞き取りが進められるようになり、そこで浮上してきたような「女の語り」の問題系（＝サバルタン問題）を見透かしたかのような語り口はいま読んでも新鮮だし、坂口自身が十数年前の「霧社事件」の記憶を口碑に聴き取った「部外者」であったがゆえに、その距離感がかえって物語を「真実の語り」ではなく「何度も語り直されてきた語り」として提示できている。

「蕃婦」として生きてきた「ハツエ」という女性に対して粘り強く、ときには茶化し、ときにはおだてすかしながら、「日本語・台湾・タイヤル語をごっちゃにして〔…〕早口でせっせとしゃべる」(四一六ページ)のをなんとか最後まで話させるのだ。

話はしばしば脱線するが、私はかつて『嵐が丘』(*Wuthering Heights*, 1847)における「家政婦の語り」を仔細に論じた「エレン・ディーンの亡霊」(『耳の悦楽』紀伊國屋書店、二〇〇四年、所収)なる論文のなかで、無教養な女性がかならずしも「わたくし語り」ではなく「近しい人間の生涯に関する語り」において本領を発揮することに目を向けた。ただ、『嵐が丘』の語り部はロックウッドという独身青年に向かって話すので、女が女から聴きだす語り(山崎朋子や森崎和江や川田文子や「ゆき女聞き書き」の石牟礼道子など)が醸しだすような凄みは欠いており、むしろ若い独身青年を「からかう口調」こそがその語りの特徴にもなっている。しかし、これに対して「蕃婦ロポウの話」における「女が女から聴きだす語り」の味わいは、えも言われず格別である。

雑誌『社会文学』二十三号(日本社会文学会、二〇〇六年)に掲載された李文茹《リウェンジュ》さんの論文「ジェンダーから見た台湾「原住民」の記憶と表象――霧社事件を中心に」は、「モーナ・ルダオの英雄性」を軸にして、えてして男性中心に語られがちな「霧社事件」という名の「大きな物語」に対置された「小さな物語」としての「蕃婦ロポウの話」に注目している。それは「男性中心的な歴史記述からの逸脱」（一〇七ページ）をもくろむ「「彼女」の霧社事件」（一〇四ページ）の物語であるというわけである。

霧社事件で夫を亡くし、フヌケのようになりながらも、蕃社を出て移住地へと連行されていく途中、内地人の巡査と恋に落ち、最後は崖から身を投げて心中を果たす。そんなロポウ（「男のなさけをうけておれば、肌はあのように白く輝くものかのオ」）をふり返りながら語るハツエもまた、夫を「高砂義勇隊」にとられて孤独に耐えている――「婿どのが戻ってきて、オレの体に露をしたたらせてくれたら、オレもみごと返花《かえりばな》さかせるかのオ、おぼつかないのオ」（『コレクション戦争×文学18』四一九ページ）

李さんも指摘されているように、この小説では「近代的市民社会で隠すべきだと思われる性に関する部分の強調によって「蕃女」のプリミティヴな一面」が「際立たせ」られているだけでなく、そうすることで「山地で問題となった日本人男性によるセクシュアルな暴力が〔…〕矮小化」（前掲『社会文学』一〇七ページ）されてしまっているというキライがある。しかし、そうした歯に衣を着せないあからさまな「ハツエ」の語り口を、一方では見下しながら、しかしけっして耳をふさぐわけではなく、むしろ喜々としてそれに耳を傾け、まさに「蕃女のセクシュアリティ」をむさぼるようにして「追体験」しようとする「内地女性」。その性的衝動とはなんだったのか。

「からゆきさん」であれ「元従軍慰安婦」であれの「語り」に耳を傾ける者は、男であれ女であれ自分自身のセクシャリティをもって、それにぶつかってゆくしかない。男の場合にはそれが「ポルノグラフィック」なものに陥りがちだし、男に向かって過去の性体験を語る女性はそうした男たちの好色な耳を意識しないではおれないだろうから、おのずと節操を保とうとするのだが、女から女への語りのなかには、そうした「遠慮」が消え去る瞬間が訪れることがある。そこに裸のつきあいが生まれるのだ。

「蕃婦ロポウの話」は、「内地女性」と「蕃人女性」のあいだで、たがいがたがいに牽制を加えつつも、その「遠慮が消え去る瞬間」をこそ描いた小説なのである。

そういえば、いまから二十年近く前、くぼたのぞみさんが訳されたイザベル・フォンセーカの『立ったまま埋めてくれ（*Bury Me Standing*）』（青土社、一九九八年）の書評を書かせてもらい、そこでは「ジプシー女性」に肉薄するフォンセーカの女性的身体に対する「羨望」を書かないではおれない自分がいた。論文「エレン・ディーンの亡霊」を「思想」（一九九八年三月号）に書くことになったのも、ちょうど同じ時期だった。

ちなみに坂口さんは熊本出身で、引揚げ後も熊本の八代で小説を書きつづけられた――「好きなことだけを書き、好きなことだけをして生きてきました。それはいつも、目の前に大きな夢を掲げつづけたからできたこと。八代の女は、強いんですよ」とのこと。

月曜日

ところで、名古屋の出版社「あるむ」から昨年刊行された胡淑雯《フーシューウェン》（一九七〇年―）の『太陽の血は黒い（太陽的血是黑的）』（二〇一一年、三須祐介訳、二〇一五年）は、すでに『植民地文化研究』の十一号（二〇一二年）と十二号（二〇一三年）に抄訳が載せられていて、その全訳の到来を私はずっと待ちわびていたのだが、ＬＧＢＴにも目配りを聞かせた若者の性風俗の描き方はまさに最先端の味わいを漂わせ、台湾社会の活気を味わうにもうってつけの本である。しかし、それは同時に、作者である胡淑雯よりも一、二世代ほど前の、要するに登場人物の祖父の時代の記憶にいつしか縛られる台湾の若者の歴史感覚を描いた作品としても秀逸なのだ。

以下に、同小説の抄訳が最初に載った『植民地文化研究』十一号に三須さんが寄せられた解説から作品の要約を引いておく。私が四苦八苦して書くよりははるかに簡にして要を得た要約になっているから。

「『太陽の血は黒い』の語り手「私」は二四歳の哲学を専攻する大学院生である。自由を求めて家を飛び出し、同級生の「小海《シャオハイ》」の家に寄宿するようになる。「小海」は特権階級の出身で祖父は国民党の高官であり、五〇年代の左翼運動を鎮圧した当事者であること、「私」の外祖父は政治犯として十五年服役したあと社会の底辺に生きるようになったこと、政治犯の娘（つまり「私」の母親）は父親不在の幼年期に性的暴力を被り、貧しさゆえに教育をまともに受けられず半文盲になり劣等感が高じて精神疾患を患うようになったこと、などが次第に明かされてゆく。」（二四九ページ）

前に紹介した蘇偉貞の『沈黙の島』も同様だが、『太陽の血は黒い』においても、もはや作家自身が「本省人」か「外省人」か、その「いずれであるか」はほとんど問われなくなってきている。異質であった過去をもつ人々が世代交代をくり返すうちに、「台湾人」（それも「非＝台湾人」になる可能性にも開かれた「台湾人」）へと変貌をとげてゆく。民族的アイデンティティも性的アイデンティティも、「ゆらぎ」を楽しみつつある、そんな「生」を言祝ぐような場として「文学」が作用している。台湾文学を遠目からみているとそういう気がするのだ。そしてそうした「台湾人」はつねに数々の亀裂を孕んでいる。「原住民族」か「移住民族」か。「日帝支配を経験した漢民族」か「抗日戦争や国共内戦を経験した上で、遅れてやってきた漢民族」か。

しかし、『太陽の血は黒い』を読みながら驚かざるをえなかったのは、そこには『変身』（*Die Verwandlung*, 1915）や『欲望という名の電車』（*A Streetcar Named Desire*, 1947）や『ロリータ』（*Lolita*, 1955）への目くばせと同じくらい台湾文学への目くばせ（白先勇《バイシェンヨン》の『孽子』など）もまたあちこちに見てとれることだ。

文学というのは過去に書かれた文学の堆積の上に書かれるものであって、文学を読む者はそうした「サブテクスト」へとおのずと誘われてゆく。

台湾の風俗小説、歴史小説とも、また「中国語で書かれた世界文学」としても読めるこの作品は全訳されてから一年以上になるが、もっともっと読まれていいと思う。「外国文学」がそこそこ読まれるなかで韓国や台湾や中国、さらにはその他のアジアの文学に対する関心がいまいち高まっていかないのは残念だ。

歴史に対するこだわりは振り払えないことを重々わかってはいても、それを直視できないねじ曲がった日本人を描いて、どこがどう間違ったか世界的な名声を得ている村上春樹に比べて、基本的にアジアの文学は歴史にどう向きあうかにこそ文学の可能性を賭けた野心作を次々に生みだしている。

そういえば津島佑子さんが生前、日本の作家より、むしろアジアの作家との交流を通して創作のための力をもらおうとされていた理由もそのあたりにあったような気がする。

水曜日

テネシー・ウィリアムズ（一九一一―八三年）の『欲望という名の電車』にはじめて映画（エリア・カザン監督作品、一九五一年）で触れたのはずいぶんむかしのことになるが、そのころはウィリアムズがゲイだったことも知らなかったし、主人公が若くして失った「夫」がゲイだったという衝撃的な過去を知ることもないいまま何かにとりつかれるかのようなヴィヴィアン・リー（一九一三―六七年）と、そんな彼女を苛むマーロン・ブランド（一九二四―二〇〇四年）に圧倒された記憶だけがある。

しかしその物語の背景には、南北戦争と奴隷制廃止に伴う南部の農園主層の没落や頽廃、ルイジアナがフランス領であった過去に対する郷愁、マーロン・ブランドが演じたような新移民（ポーランド系移民）らの台頭、といった歴史が横たわっていた。いまであれば、そういった背景まで十分に理解できると思っている。

前便で紹介した胡淑雯さんの『太陽の血は黒い』は、欧米の古典をパロディ化するユーモアが効果的にちりばめられている作品だが、なかでも『欲望という名の電車』が薬味としてみごとに効いている。

じつは『植民地文化研究』第十四号（二〇一五年）に、訳者の三須さんが「胡淑雯『太陽の血は黒い』試論」を寄せておられ、そこに同作品が『欲望という名の電車』をどのようにして作中に組みこんでいるかをていねいに論じておられる。

「この作品は、小説『太陽』の中で何度となく引用されるだけではない。登場人物たちがこれを「読解」していく行為を通じて、物語は推進していくのである。この戯曲そして映画が選ばれたのにはさまざまな理由があろう。そのいくつかを列挙してみると、①ブランチの精神耗弱と精神崩壊、及びそれを決定的にしたスタンリーの性的暴行、②台湾現代史との奇妙な符合、③同性愛という表象（ブランチが唯一愛したといえるアランと作家のテネシー・ウィリアムズも同性愛者）、④ブランチを象徴する「白さ」、となるだろうか。」（二〇五ページ）

①や③の主題は、『太陽の血は黒い』の全体を覆う主題のひとつになっているし、それは②で言われているように「二二八事件」や、その後の「白色テロ」がもたらしたトラウマ的経験とも密接に関わっている。そしてブランチの④「白さ」（Blancheとはフランス語で「白い女」）は、皮肉なことに国民党主導の「赤狩り」（Red purge）に関わってしまうというのが三須さんの読みだ。

少し整理しておこうと思うが、『欲望という名の電車』は多言語都市ニューオーリンズを彩る性的な倒錯を描いた小説だ。はたして『太陽の血は黒い』が「多言語都市・台北」を描いたとまでいえる作品かどうかまではわからないが、ここ三ヵ月、私が台湾に絡めて書いてきたことをふり返れば、『太陽の血は黒い』であれ『沈黙の島』であれが多言語性を主題化した小説であることは明らかだろう。そしてそうした文化的な葛藤が同時に「政治化」されもした土地としてのルイジアナと台湾との類似性。

『太陽の血は黒い』の主人公、李文心《リウエンシン》とボーイフレンドの小海は現代の若者だし、「國語＝普通話」で会話しあっているにちがいない（小海は「へたくそな台湾語」しか操れない――一二七ページ）のだが、

「白色テロ」の犠牲者となって収容所送りになった李文心の外祖父らは「国語をうまく書けないと〔…〕日本語で書き継いだ」（八四ページ）――そんな世代に属していた。

台湾の、とくに本省人は「国語読み」と「方言読み」（閩南語《ビンナン》や客家語《ハッカ》、原住民語など）を使い分ける複数言語使用者で、それはルイジアナの元農園主たちと同じなのだ。「ブランチ・デュボイス」は、そもそもは「ブランシュ・デュボワ」であった。

私は新潮文庫の小田島雄志訳も含めて『欲望という名の電車』の日本語訳は間違っていると思っている。スタンリーが主人公を「ブランチ」と大声で呼びつけるのはいいとして、妹のステラはときとして往年をふり返って姉を「ブランシュ」と呼んでもおかしくない。そういう言語のはざまで居場所を失ったのがブランシュ＝ブランチであり、そうした「名前のゆらぎ」のなかにあることこそが『欲望という名の電車』の危うさにつながっているのだ。そして胡淑雯の『太陽の血は黒い』もまた、そうしたさまざまな「ゆらぎ」（ジェンダーのゆらぎを含む）を描きとろうとした現代小説だと言える。

月曜日

台湾の蔡英文総統（一九五六年―）は台湾南部の出身だが、父方の祖父は客家系、祖母は原住民族のパイワンなのだという。これは台湾ではよく知られる事実であるようだ。

パイワンからはリカラッ・アウー（一九六九年―）という作家が生まれているので、台湾文学に少しでも親しんだ人間に「パイワン」という部族名は案外身近なのだが、リカラッ・アウーさんの父親は外省人で、一九六〇年代になるとそうした男たちに家庭を持たせようと「おおぜいの仲人や仲買人が原住民部落に入りこみ」、こうして「母は〔…〕軍人村に入った」ということのようだ（『台湾原住民文学選2　故郷に生きる』魚住悦子編訳、草風館、二〇〇三年、一六ページ）。しかし、リカラッ・アウーさんが育った軍人村（＝「眷村」）に原住民の妻は彼女の母ともうひとりだけで、ふたりは他の女たちから蔑まれ、「『山地人』というだけで〔…〕村の外へひきずりだされ、こっぴどく殴られた」（一八ページ）りもしたというし、娘自身がそれを目にしていた。また、娘は娘で「『山地人の子どもは人を食べるんだってよ」というデマ」（一七ページ）に悩まされながら育った。

こうした過去をふり返りながら、リカラッ・アウーさんは原住民系フェミニストとしての深い認識に到達する——「原住民であるわたしは、以前からずっと、台湾には民族差別があるとかたく信じてきた。〔…〕わたしは、女性として、つねづね、社会に広く存在する女性差別を深く実感している。しかし、同性のあいだにも差別があることを忘れていた。〔…〕母のような弱者のグループや少数派のなかの弱いグループが、社会の変化や外来文化の衝撃から受ける差別を軽く見ていた。彼女たちは、それまで属していたエスニックグループ（原文「族群」）における地位を失うだけでなく、別のエスニックグループからも民族差別をうけ、同じエスニックグループのなかでは女性差別をうけ、別のエスニックグループの同性からは階級差別も受ける。原住民女性は、民族差別、性差別、階級差別の三重の圧迫を受けているのだ。」（一八—一九ページ）

これこそ、ポストコロニアル・フェミニズムの基本ともいうべき認識だ。

「まさかこれを「文明」だと言うわけにはいかないだろう。」——まさしく。

ちなみにリカラッ・アウーのお母さんは、夫に先立たれた後は「部落にもどって、祖母といっしょに住むよう」になられたとのことだ（一九ページ）。

金曜日

胡淑雯さんの『太陽の血は黒い』は『欲望という名の電車』をはじめ、数々の「古典」を引き合いに出す語りからなっている作品で、比較文学的にみてもきわめて興味深い作品なのだが、「欧米の古典をパロディ化するユーモアが効果的にちりばめられている」と書いた前便は撤回すべきかなと思うようになった。最後の「後記」はべつにして十八のパートからなる同小説は現代台湾の『ユリシーズ』ではないか。ふとそんなふうに思えてきたのだ。

べつに胡淑雯さんがジョイスを意識されているだろうというような根拠のない邪推を書いているのではない。この小説は全体として一九五〇年代の台湾における「赤狩り＝白色テロ」をふり返ろうとしているし、主人公も一九八五年生まれの大学院生と固定されているが、しかし各断片の自由度が半端ではない。ジョイスの『ユリシーズ』（*Ulysses*, 1922）を連想したのは、いまのところそれだけの理由だ。

しかし、一九〇四年六月十六日のダブリンというたった一日の物語ではないにしても、二〇一〇年前後の台北での数日を語るだけで戦後台湾の七十年にも及んだ歴史を「おさらい」してしまう仕掛けの絶妙さは『ユリシーズ』をさえ凌ぐように思わせる。

たとえばこの小説には政治的マイノリティ、性的マイノリティ、「強烈に個性的な存在」が次々に登場するが、「10　マンション・バー」に出てくる「苗木《ミャオムー》という若者」ひとりをとってみても、ほんの一瞬登場するだけの脇役ではあるが、印象に残る。「黒いプラスチック・フレームの眼鏡を掛け、垢抜けた個性的な美しさ」を持った「女の子」の「スッピン」の顔を「パソコンのデスクトップ」に飾っている「苗木」は言う――「彼女は今年卒業して、いまはバックパッカーとしてひとりでオーストラリアに二ヶ月間のワーキングホリデーに行ってるんだ」（二二五―二二六ページ）と。その「苗木」自身は「肌は浅黒く、母親はパイワン族で、父親は湖南人」で、彼は「自分のことを「湖南パイワン族」と呼び、ジャズとブルースを愛している。いわく原住民の血がたぎってくるのだそうだ」（二二五ページ）とか。

たった一ページのあいだに印象的な若い男女の姿が順番に浮かびあがる。そうした人間の描き方が絶妙なのだ。『ユリシーズ』よりも『ダブリナーズ』（*Dubliners*, 1914）に味わいは近いというべきか。読み進めるごとに、愛すべき台湾人の若者の数がひとりずつ増えていくような気がするのである。

水曜日

前便でとりあげたリカラッ・アウーさんがもうひとりの台湾原住民作家、ワリス・ノカン（一九六一年―）さんのパートナーだと知ったのはかなりむかしだったと思うが、しかし、ワリスさんの「外省人の父」と題された文章に登場する「巨人の岳父」なる「外省人」がリカラッ・アウーさんのお父さんだとは気づかないで読み進めた時期があったことはたしかだ。あとからふたりの関係を知って、なるほどと思った鮮明な記憶がある。

ワリスさんのエッセイ「外省人の父」はふたりの「父」を扱っているものだが、ひとりは「紅《ホン》爸爸《パーパー》」の名前で知られていたタイヤル人集落に住んでいた独身の外省人男性で、ことあるごとに「お前の老父はもうすぐ大陸へ帰るぞ！」と叫びつづけていた彼が、結局は「大陸の里帰りに間に合わ」ず、台中県の山岳部で一生を終える（『台湾原住民文学選3　永遠の山地』中村ふじゑほか訳、草風館、二〇〇三年、一一〇ページ）。この男性はワリスさんにとって「唯一の「乾爹《カンティエ》〔漢文化の中にある「代父」のようなもの〕」」（一〇八ページ）だったのだという。

そしてもうひとりの「外省人の父」は、要するにリカラッ・アウーのお父様なのだが、「とても背の高い大男」で、「飛びぬけて迫力があ」ったという（一一一ページ）。だが、じつはこの「岳父」は、台湾と大陸のあいだの通信が自由になると、「夜になるといつも懐中電灯の明かりのもとで男泣き」をするようになったというのである。「対岸で若き日に夫婦だった女房から〔…〕手紙が届いた」のだ。ところが、これがパイワン族出身の妻にばれ、ふたりは「大げんか」になったというのである。そのお父さんはこう言ったという――「何十年もお前といっしょにやってきたのに、大陸の女房と手紙を交換するだけで焼きもちをやくのか……」（一一三ページ）

大陸との関係が解禁になった時代は、台湾の「眷村文化」が過去のものとなる時代にもあたったわけだが、こんな愁嘆場が「眷村」のあちこちで発生したのかもしれない。

しかし、このワリス・ノカンの「岳父」に関しては、後にリカラッ・アウーが次のような思い出を語っているのを読んだ。

リカラッ・アウーは高校を出て間もなくにワリス・ノカンに出会い、「原住民意識」にもめざめるようになるのだが、そういうこともあって、ふたりは「パイワン族の伝統にのっとった結婚式をすることにした」のだ。

ところが、それを「両親に告げたとき、父はその場でわたしを平手打ちにした」というのである。そして彼女はこう書いている――「結婚式は、わたしを生れ育った家から他家へ嫁がせただけでなく、父の属する安徽〔省〕の高家から完全に引き離したのだった。」（『台湾原住民文学選8　原住民文化・文学言説集I』下村作次郎ほか編訳、草風館、二〇〇六年、二七七ページ）

夫婦別姓が一般的な文化にあっては娘はどこまでも父親の付属物であるはずなのだが、彼女の場合は、嫁いだその日に二重に父を棄てたようなものだった。

土曜日

『台湾女性史入門』（台湾女性史入門編纂委員会編、人文書院、二〇〇八年）を読んでいてふと驚いたものに「パイワンの少女オタイ」（山本芳美）というコラム記事があった。

一八七一年、琉球人を乗せた船が台湾の南部に漂着し、乗組員のうち五十四名が殺害されるという事件があった。当時、琉球は琉球王国を名乗っていたが、この事件に対して報復措置を講ずることのできない同国に対して、日本はこれを座視できないと判断し、琉球王国を琉球藩に格下げ、そして一八七四年には西郷従道に「台湾出兵」を命じるにいたった。当時の台湾は清国領であったから、その後日清両国の関係は急速に悪化するわけだが、この出兵の副産物のひとつが、「パイワンの少女オタイ」であったというわけだ。

その東京滞在は半年程度であったというが、「日本語や礼儀」から始めて「習字や読書」まで（二三三ページ）手習いが試みられたようだが、結局、彼女は台湾に返されたのだという。

そして「パイワン人の村に伝わる話では、二〇歳に達する前にオタイは精神的な病となり孤独死し」たとのこと（同前）。

後に一九〇三年、大阪で開かれた博覧会に設置された「人類館」が物議を醸した話は有名だが、オタイは「陳列」されたわけではないとしてもペットのように「愛玩」され、蕃人洗脳の「試験台」にされ、そのうえで「野生」に返された。そして、その半年間の経験は、彼女の人生には役立たず、むしろトラウマばかりを残してしまったようだ。「パイワン人の伝統的な倫理観から〔…〕「集落の外の男と交わった」とみられた可能性がある」（同前）と、山本さんは書いている。

日曜日

『台湾女性史入門』には、同書が編まれるにいたった経緯が次のように記されている。そもそも関西中国女性史研究会の編で『中国女性史入門』（人文書院、二〇〇五年）が編まれる段階で、台湾女性をいっしょに扱うという案が一度は検討されたらしいのだが、「まったく異なる近代史を歩んできた台湾女性を中国女性史の一部として論じることに強い違和感」（二三九ページ）を禁じえなかったのだという。たしかに台湾では、漢民族が移住してくる以前から住んでいた原住民族の存在が可視的だし、五十年間の日本統治という経験、共産主義体制におけるそれとは異なる（ある意味ではそれに対抗するような）女性解放の歴史などを考えると「一つの中国」などと言ってはいられなかったということのようだ。

国連が用いているジェンダー・エンパワーメント指数でみても、日本や韓国はむろんのこと、中国や香港をも差し置いてアジアでの一位を占めている台湾（二〇〇三年の数値で十九位相当）ではいったい何が起こりつつあるのか。『中国女性史入門』の続編として『台湾女性史入門』を編むにあたっては、台湾現代史に対する強い知的好奇心が働いたようである。

ただ通読してみて、ひとつだけ残念なのは『台湾女性史入門』の編集方針として「日本統治期の日本人女性については除外」（三ページ）という選択がなされているということだ。あえてそう書かれている以上、それをも含めるという選択肢が一度は考慮されたということであるはずだ。実際、李香蘭（山口淑子）が台湾原住民女性を演じた映画『サヨンの鐘』（一九四三年）についてコラムが設けられている（二三五―二三七ページ）し、「日本統治期の女性文芸」には辜顔碧霞（一九一四―二〇〇〇年）のような台湾人女性日本語作家の名前に交じって坂口䙥子（一九一四―二〇〇七年）に関する言及もある（一四七ページ）。同項目は陳建忠さんの中文原稿を黄英哲さんが日本語訳された形になっているのだが、台湾人のバランス感覚からすると、「日本統治期の女性文芸」なる項目はきわめて重要だし、その項目を立てる以上は「在台日本人女性」を「除外」してはならなかったはずなのだ。たとえ五十年間にすぎなかったとはいえ、また領台初期には日本人女性の渡航は限定的であったとはいえ、それでも「帝国の女」として台湾に渡り、日本の支配に関与しつつ、しかし家父長制との熾烈な闘争を強いられもした「内地人女性」の経験は、「台湾女性史」の一コマとして「除外」どころか、きちんとていねいにフォローするという選択肢がありえたはずなのである。

それこそ津島佑子さんが『あまりに野蛮な』に描きあげた「ミーチャ」のようなヒロイン（内地人教師の妻でありながら、万引きを働いて現地日本人社会から締めだされ、精神的にも肉体的にも崩壊していった女性）を生んだのは帝国日本の歴史の一部としての台湾統治であったはずなのだ（『あまりに野蛮な』には、主人公の「ミーチャ」が打ち解けようとして、しかしなかなか打ち解けられないでいた「本島人」の家政婦も複数登場する。こういった特徴も含めて、同小説は「遅れてきた日本語による台湾文学」としても第一級の作品だ）。

『台湾女性史入門』のなかに一〇ページでもいいから「日本統治期の日本女性」という項目でページが割かれていたら、同書はいっそう記念碑的な出版物になっていた気がする。日本人研究者の発案から生まれた本であったればこそ、「日本統治期の日本人女性については除外」という種類の遠慮は不要であったと思う。

同書の刊行と『あまりに野蛮な』の刊行が同じ二〇〇八年であったというのは、皮肉というか奇遇というか、ある意味相互補完的なもののようにも思える。

水曜日

『あまりに野蛮な』は、一九三〇年代に四年間、人妻として台湾で暮らした女性（＝ミーチャ）と、その面影を求めて現代の台湾を旅する、その姪にあたる五十代の独身女性（＝リーリー）が交互にヒロインをつとめる形で構成された「女性文学」で、ミーチャの夫はあくまでも「客体」であり、手紙の「宛先」にすぎないし、基本的に男にはほとんど光があてられない構造なのである。代わりに、伝聞でしかその存在を知ることのない叔母に思いを馳せ、「台湾の山にあこがれつづけていた」その「タマシイを、ここまで運んであげたい」（講談社、下巻、九九ページ）と真夏の台湾南部まで足を延ばしたリーリーは、屏東県の山岳部で「百歳！」（同、九三ページ）だというパイワン族の老婆と日本語を使って親しく語らい、昔話に耳を傾けることになる。そして幻の猛獣、雲豹（パイワン語では「リクジャウ」）の毛皮に手を触れるという貴重な経験を味わわせてもらいもするのである。民族をこえ、世代をこえて女から女へと語り継がれる記憶、伝説の重み。そのパイワンの老婆（＝ムトクトクさん）とリーリーの叔母のミーチャは同じ世代（二十世紀初頭の生まれ）だという設定なのだ。

しかし、そんな小説のなかで、とても誠実な印象をみなぎらせている男性がひとりだけ登場する。屏東県にある「台湾原住民族文化園区」で知り合い、そしてひとり旅のリーリーを気遣って、パイワン族の集落まで追いかけてきてくれた四十代の妻子ある男性（最初の妻には死なれ、その後夫に逃げられた古い女友だちと再婚して、その連れ子と三人で暮らしているという）だ。不慮の事故で亡くなったという最初の妻は妊娠中であったといい、要するに子をも一度に喪った過去をもつ彼（＝ヤンさん）の身の上話は、妻子ある男性と一子を設けながらも交通事故でその子を喪い、その後ずっと東京でひとり暮らしを続けてきたリーリーの胸に重たく響くのだ。そして小型バイクの後部座席にまたがり、「ヤンさんの腰に両手でしがみつい」て炎天下の台湾南部の山道を疾走するリーリー（下巻、一七七ページ）。「ヤンさんの火照った背中に頬をつけて、軽く眼をつむる」リーリー（同、一七八ページ）。ヤンさんは、ぎこちなくはあるが日本語の話せる客家系の台湾人だ。

頭がくらくらするような灼熱の太陽の下で、太陽がふたつ天空に浮かんでいる暑さのなかを「体力に自信のある若者たちが、二つめの太陽を退治しに行く」（同、二四七ページ）というような原住民の伝説をふり返りながら、ふたりは「死者のタマシイ」とのいつ終わるとも知れない交流に身をゆだねる――「アー、わたしの頭、とてもヘンになっているようです。……わたしの死んだ前の妻もここに来ているような気がします。／ええ、わたしの子どもも、わたしのおばも、きっと、もうすぐ……。」（同、二四八ページ）

それぞれにとってかけがえのない死霊に、それぞれつきまとわれながら残りの人生を生きていくしかない男女の物語。このふたりが恋愛関係、肉体関係を結ぶことになるか否かを小説は表向きは語らないが、五十代の女性のセクシャリティが淡くも濃厚にも描かれていて、その加減が絶妙である。夫の性欲に弄ばれながら心身を崩壊されていった叔母（＝ミーチャ）のセクシャリティとの対比も印象的だ。

女性文学を前にすると気後れしたり、過剰に身構えたりすることの多い文学者人生を歩んできた。私はそんな男だが、若い女性の性的衝動よりも年配の女性のそれのほうが確実に腑に落ちる気がする。『あまりに野蛮な』の主人公ふたりのなかでミーチャのセクシャリティは痛ましすぎて読むのがつらく、逆にリーリーのそれはあたかも自分のそれのように身近に、そして切実に感じてしまう。

土曜日

『あまりに野蛮な』には、主人公の女性（＝リーリー）が台湾南部の旅行中に知り合った台湾人の男性（＝ヤンさん）から「台湾人従軍慰安婦」をめぐる耳の痛い昔話を聞かされるシーンがある。

「わたしは〔新竹県の〕竹東で生まれました。〔…〕竹東からもっと山奥に、むかし、日本軍の訓練所がありました。そこはサイシャットという「原住民」が住むところ、今は温泉のホテルがある。……日本軍がいなくなってから、わたしの母はこの話を友人の家で聞いた」（下巻、三〇一ページ）と、四十代はじめの台湾人男性が、「日本人のあなたに話したいことがありました」（同、三〇〇ページ）と意を決して語りかけてくる。

「その家のおばさんは軍の命令で、山の訓練所に行きました。兵隊さんの服の世話が仕事でした。……日本の兵隊が五百人、それとも六百人、いた。そこからもっと山の奥で、「原住民」の「高砂義勇隊」が訓練を受けていたそうです。……アー、そこには、ほかの土地の女性たちもいた。「原住民」の女性もいた。夜、竹の小屋に、日本の兵隊たちが来た。それがかのじょたちの仕事だった。……アー、まだ十五歳、十六歳の女性たち。まだ子どもですね。かのじょたちは逃げることできない。昼間、泣いていた。いつも泣いていた。」（同、三〇二ページ）

しかし、『あまりに野蛮な』のなかでふたりのヒロインに妊娠ばかりか流産や幼な子の死を経験させた、津島佑子が思い起こそうとする「従軍慰安婦」の記憶は、たんなる「膣」の搾取の物語では終わらない――「かのじょたち、妊娠する。アカンボ、流れる。また、仕事する。……アー、アカンボは流れないときもある。おなか、大きくなる。生まれて、すぐに死ぬ。」（同、三〇二―三〇三ページ）

「従軍慰安婦」は「膣」だけでなく、「子宮」（さらには「乳房」）を「酷使＝濫用」されたのだ。しかもそれは戦時に限られた話ではなく、家父長制支配のつづく社会のなかでは同じような「膣」と「子宮」の「酷使＝濫用」が日常化していたし、いまだってそうした状態が過去のものだとは言いきれない。

『植民地文化研究』第十号（二〇一一年）に収録されている講演「「台湾」を書く」のなかで、津島さんは『あまりに野蛮な』でとりあげた昭和初期の「産児制限」について、こんなふうな補足説明を施されている――「当時のコンドームはゴワゴワして使い心地が悪かったので男は使うのをいやがる、それで女は妊娠する、男は「うるさいなあ」と思う、というふうに夫婦仲はどんどん壊れていってしまう。避妊の問題もそうだし、親になって家庭を作っていく問題もそうだし、国としての制度の問題もそう」（七ページ）だというのである。

国家も社会も個々の男も、女性の「膣」と「子宮」を身勝手に「酷使＝濫用」するばかりだということ。夫婦関係から（公娼制度を経て）従軍慰安婦制度まで、この（女性の性奴隷化を引き起こす）男性中心主義は「地続き」だということを津島さんは必死で訴えようとされたのである――「みんなが力を貸しあって協力して作っていかなければいけないことのはずなのに」（同前）と高い理想を掲げながら。

しかも、他方で女に子どもを孕ませながら、しかし自分では責任をとろうとしない男。そうした男が無責任に残した娘の育て親となる道を選んだヤンさんの言葉であればこそ次の言葉は重い――「はじめ、あなたが日本人だから、この話をしたいと思いました。でも今はべつの気持です。……アー、これは父親の話ですね。父親、いろいろ。……日本の兵隊は台湾で父親になった。子どもの

顔を知らない父親、知りたくない父親……。」（『あまりにも野蛮な』下巻、三〇四―三〇五ページ）

日本人男性の身勝手さをめぐる話であれば、原住民女性を現地妻にしてひとり日本に帰国していった日本人巡査の話ほか数々のバージョンがある。女の「膣」だけを利用したつもりの男が女の「子宮」や「乳房」をまで冒すことになるかもしれないという想像力を働かせないまま、結果的に子どもの生死にまつわる喜怒哀楽のすべてを女性におしつけてしまうという家父長制の暴力性が、植民地においてはいっそう強化されてしまった。

Ⅳ

暴れるテラピアの筋肉に触れる

1　台湾チンナマー

「戦災で焦土の中に残るサツマイモを食べつくし、ソテツの実や茎にデンプン（炭水化物）を求め、家畜皆無の状況で食脂の代用にモービル（エンジンオイル）をてんぷら油にして食べた時代にタンパク資源（アフリカマイマイ）だけは豊富にあった。」――『沖縄の帰化動物』（沖縄出版、一九九七年）をみるとこんなふうにある。「アフリカマイマイは沖縄住民を餓死から救った」というのである。

同書に従えば、アフリカマイマイは「一九三二年（昭和七）一月台湾総督府技師の下条馬一博士がシンガポールから台湾に移入したものをもとに田沢震吾が「食用かたつむり白藤種」として販売し台湾全土に普及した一九三二年以降に、台湾経由で沖縄に入った」という。現地で「台湾チンナマー」の名が一般的なのもこういった移入経路によると考えられる。

そもそも「殻長一八〇㎜をこす」というこの大型カタツムリの「原産地は東アフリカで、食用、薬用として一八〇〇年頃モーリシャス島に持ち込まれたのに始まり、一八四七年にはカルカッタ、一九〇〇（明治三十三）年にはセイロン、一九一一（明治四十四）年にはシンガポール、一九二〇年代にはジャワ、ボルネオまで広がり、一九三〇年代にはグァム島、ハワイ、台湾諸島、沖縄、小笠原などの熱帯太平洋地域の殆どの島で繁殖するようになった」という。

沖縄の世界経済への接合は、日本の他府県や旧植民地地域に限らず、後にアジア太平洋戦争で戦場となる東南アジアや太平洋島嶼地域への出稼ぎや南北アメリカ大陸への移民・「殖民」など労働力としての人口流出を促したが、逆に外からの派遣・駐留要員の受け入れや資本投下、物資や食材の流入をもそれが意味したことは言うまでもない。とりわけ食糧欠乏時代の非常食として移入されたアフリカマイマイは、植民地主義経済がもたらした地球規模での飢餓と貧困のシンボルであった。沖縄史に限定するなら、それはいわゆる「ソテツ地獄」の時代を想起させるシンボルのひとつだったと言いかえられる。

しかし、アフリカマイマイが沖縄住民を飢餓から救った背景にはさらに複雑な推移があった――「移入後の一〇年頃（一九四四）までは飼育下にあって山野に逃逸し帰化している状況はみられなかった」のが、「沖縄戦（一九四五）を境に、逃げ出したアフリカマイマイはわずか五―六年の間に爆発的増殖をなし」たというのである。つまり、食用として養殖されていたアフリカマイマイが沖縄戦のあいだにいつしか養殖場の柵を破り、野生化していった。そして食糧難の時代に人々を餓死から救った後も帰化種としてたくましく生き延びたアフリカマイマイは、こんど食糧事情が安定してくると、しだいに「害虫」として疎んじられることになる――「アフリカマイマイは農作物〔…〕への被害が大きな問題になり、駆除を目的に市町村役場で住民から買い上げ」さえしたという。おまけに「好酸性脳脊髄膜炎の病原体の寄主である広東住血線虫が〔…〕寄生すること」が判明して以降は、たんなる「害虫」の域をこえて「病害虫」の指定を受けるのである。

ニンゲン社会のグローバル化は、ニンゲンの移動ばかりか動植物に対してもディアスポラを強いた。海底を遅々として這うしかなかったナマコが食材として中国の市場をにぎわせるべく広範な交易ネットワークの上を移動していった経路については、『ナマコの眼』（鶴見良行）という古典的な名著があるが、ナマコは自然状態を生きながら、いきなり捕獲され、はらわたを抜かれ、茹でられ燻され、ホシナマコに加工されて、結局は商品の形をとって旅に出たのである。しかし、アフリカマイマイは商品ではなく食用動物として、文字どおりディアスポラ（生活圏の移動）を強いられたのだ。しかも当初は養殖動物として隔離され、家畜のように飼われていたのが、野生化したとたん、こんどは撲滅・駆除の対象とされる。ニンゲンの歴史に翻弄され、ほとんどニンゲンの歴史とよりあわさるような歴史経験を強いられたアフリカマイマイは、「ソテツ地獄」時代のシンボルであるばかりか奴隷売買や奴隷搾取、あるいは奴隷解放後の人種主義的差別といった「汚辱の世界史」全体の写像であるかのようにみえる。アフリカマイマイはグローバルな食卓経済の一隅を担うことによって、ニンゲンとのあいだで同じひとつの歴史を分有することになったのである。

人権思想の定着と動物愛護運動の高揚が歴史的に平行現象であったように、ニンゲンによるニンゲンの搾取と動物の使役とは人類史のなかで軌を一にしている。擬人法とは階級分化と動物の家畜化とが同一現象の表と裏であることに対するニンゲン的な洞察の産物であった。それはけっして過剰な想像力の行使ではない。想像力が働くまえにニンゲンはアフリカマイマイのように扱われ、アフリカマイマイはニンゲンのようにすでに扱われていたのだ。生態系保全の名のもとに外来種の根絶を叫ぶ環境主義と移民排斥的なナショナリズムとが結託する現代神話を準備してきたのも、要するに太古以来のニンゲンの擬人法なのである。

2　沖縄女工哀史

「群蝶の木」（初出二〇〇〇年）は沖縄戦で日本軍の慰安婦として徴用され、戦後も米兵の慰安に従事を余儀なくされた沖縄女性の晩年を描く多声的な小説だ。これは『水滴』『魂込め《まぶいぐみ》』につづく目取真《めどるま》俊の第三作品集（朝日新聞社、二〇〇一年）の表題作でもある。

アジア太平洋戦争の末期、那覇の遊廓から沖縄本島北部の部落に連れてこられたゴゼイは日本人将校を客にとらされた。同じ旅館で朝鮮人の慰安婦は下級兵の性欲処理をまかされていた。そんななか、ゴゼイは旅館で小間使いをしていた男（昭正）と恋をした。沖縄戦末期に男は行方不明となったが、将校に付き添う形で洞窟《がま》から洞窟《がま》へと脱走していったゴゼイは、戦争を生き延び、米軍占領初期にはこんどは収容所で米兵相手の慰安婦業に駆りだされた。その後、空瓶や残飯の回収をしながら食いつないできた彼女は、結局は「どれだけ住もうと、自分のような女が部落の一員として認められるはずなどない」（二〇一ページ）と思い知る。

「群蝶の木」では、さらに劇中劇のようにして「沖縄女工哀史」という沖縄芝居のあらすじが紹介される。神奈川の紡績工場に出稼ぎにいった少女が同じ工場で働く「地元の男」にだまされて妊娠するのだが、それが理由で会社を解雇され、沖縄に舞い戻ってきた。ところが親兄弟から門前払いを食らった女性チルーは、赤ん坊を寺の前に捨て、とうとう「遊女に身を落とす」のだが、この母と子が沖縄戦末期、同じ壕で一夜を明かすことになった。なのにふたりはたがいの血のつながりに気づかない。翌朝、息子は「寝ているチルーの髪を撫で、一度そう口にしてみたかった「おっかあ」という言葉をつぶやいて、米軍の戦車に体当たりするために手榴弾を手にして壕を出ていく」。一方、チルーは夜をともにした青年がわが子だとは考えもせず、「自分が捨てた息子の名前を呼びながら剃刀で首を切って自害してしまう」(一八四ページ)。

じつは豊年祭の催しの一環でこの芝居が上演されている最中、老いさらばえたゴゼイが悪臭を放つ半裸の格好で客席に乱入し、観客からとりおさえられるのだが、チルーとゴゼイ、ふたりの沖縄女性の人生のあいだで共振する部分は少なくなかっただろう。

目取真俊の徹底した倫理性は、外からも内からも犠牲者として表象されがちな沖縄人の戦争体験・戦後体験をあらためて蒸し返すなかで、彼ら彼女ら自身の加害者性・差別者性をことさらに問いつめようとするところに顕著である。ゴゼイもチルーも地域社会のなかでは被差別者の位置にある。しかし、そんなゴゼイですらが森のなかを将校とともに逃げ惑うなかでは、民衆を見殺しにする傍観者性＝黙殺者性から逃れられなかった。チルーは子捨ての過去から救われることがなかった。しかもそうした慙愧の念が彼女らの心を蝕めば蝕んだだけ、彼女らは地域の共同性から落ちこぼれてゆくのである。
「友軍」として外からやってきた日本兵士や解放者としてあらわれた米兵、そうした外来者にはやすやすとくみしかれ、しっぽをふってしまう民衆が、「慰安婦」や「出戻り」としてやってきた女たちには血も涙もない差別者としてふるまう。この沖縄人の二重性を目取真俊は徹底して問題化するのである。

じつは一九六〇年代、沖縄本島の北部にパイン工場が林立した時代に季節労働者として台湾から移入された「女工」を本格的に問題化してみせたのも目取真俊だった。
「魚群記」(初出一九八四年)の主人公は、沖縄本島を流れる川の河口でテラピア釣りに熱中している小学生のなかのひとりだ。川べりには父と兄が経営に関わっているパイン工場があり、少年はそこへ出稼ぎに来ていた台湾人女工のひとりに恋心を抱くのだが、その欲望が行き場もなく鬱屈していくという話である。

テラピアの原産地はアフリカ大陸東北部だが、今日では東南アジアや台湾にも移植されて広く分布しており、沖縄には「一九五四年に台湾から移入され〔…〕食用魚として各地に放流された」。しかし「増えはじめた頃は、釣って食べることもあったが、生活排水や畜舎排水などが流れ込むところに多いので、汚いところに住む魚というイメージが強く、ほとんどが利用されていない」のが現状だという(前掲『沖縄の帰化動物』)。

アフリカマイマイが戦中戦後の沖縄を象徴する帰化動物であったとすれば、テラピアは要するに戦後沖縄の復興(=振興)期、そして「日本復帰」前後を象徴する帰化動物のひとつであったといえそうだ。目取真俊は「魚群記」ではこのテラピアをパイン工場の台湾人女工の記憶と並置した。

東アジア地域でパイン産業が最初に定着したのは日本統治下の台湾で、南西諸島には一九三〇年代に八重山地域で試験的な栽培や缶詰生産が始まったにすぎなかった。しかもそれは台湾系の実業家や技術者の尽力によるところが大きく、沖縄本島にパイン産業が根づくのは「パインアップル振興法」（一九六〇年）以降であった。しかし、パイン工場に働く現地女性労働者が未熟であったうえに人件費がかさむという理由から、この方面ですでに実績がある上に低賃金で使える台湾人女工を迎えるようになるのがちょうど一九六〇年代半ばであった。そして沖縄の「日本復帰」と「日中国交回復」（一九七二年）を機に彼女たちの姿は忽然として消える（林発『沖縄パイン産業史』沖縄パイン産業史刊行会、一九八四年）。

パインアップル振興法に希望を託した沖縄の事業者たち。林立するパイン工場から熱湯や裁断屑が流れだす排水孔の周囲にたむろするテラピア。そのテラピアをめあてにやってくる少年たち。一方、パイン工場に季節労働者としてやってくる台湾人女工の群れ。その女性たちを「台湾女《タイワンイナグ》」と呼んで見下しながら、植民地主義時代の台湾人差別の遺制をかって女子寮のまわりを徘徊し、女の気を引こうとする沖縄の男たち。「魚群記」の設定はこうしたパイン工場の設立がひきおこした連鎖反応的状況であり、目取真が「魚群」の名で呼ぶのは、工場の排水管の周りに集まるテラピアにかぎらない。台湾人女性や、沖縄の少年や男たちのすべてがここでは「魚群」である。

米軍基地の周囲にたむろする沖縄の男女に光を当てる風俗小説の系譜は、大城立裕や東峰夫ら、戦後沖縄文学の主流を構成してきた。しかし、「魚群記」の目取真は、基地から慎重に距離をとりつづけ、沖縄の男たちや少年が構造上加害者や差別者や搾取者の位置に立つパイン工場のほうを風俗小説の舞台に選んだ。少年時代に植えつけられた「台湾女《タイワンイナグ》」に対する軽蔑的感情を思い起こす過程こそが、彼には「沖縄が被害者や被差別者一辺倒ではなく、加害者や差別者でもあることを気づかせるきっかけ」になったと、後に目取真俊はふり返ることになる。

台湾や中国、朝鮮をはじめ、アジア諸国に対する日本の植民地支配や侵略戦争の責任について論議になるとき、戦後生まれの私たちに何の責任があるのか、という意見が出てくる。しかし、直接的な加害責任がないからといって、日本が行なった植民地支配と侵略戦争の歴史、その責任について考えなくてもいい、ということにはならない。なぜなら、歴史は過去から現在へと脈々とつながっているのであり、植民地支配の時代に作られたアジア諸国への差別意識は、今も私たちのなかに生々しく受け継がれているからだ。（「台湾への旅」、『琉球新報』二〇〇〇年九月二日）

「台湾への旅」と題された記事は、「魚群記」に対する十六年目の補注といった形をとっている。琉球処分以前の「非武思想」に依りかかりながら、近現代の沖縄民衆をひたすら「被害者」として表象することによって日本政府やアメリカ政府に対して異議申立てをおこなうという大田昌秀らの平和主義路線に対抗する、目取真俊によるこれはオルタナティヴの提示だとも理解できる。加害者性から目を逸らすのではなく、加害者性を見つめなおすことを回路のなかに組みこんだ全面的糾弾という方法の模索と言ってもいい。「魚群記」から「群蝶の木」まで、目取真俊の姿勢はこの路線で首尾一貫している。
こうした加害者性の様態は沖縄民衆固有のものではむろんない。戦争責任として、軍規の枠組みにおいてすら問われ、裁かれるべき加害者性は、武装して外から沖縄に到来した外来者たちによってまずは引き受けられるべきものであるはずだ。しかし目取真俊は、外来者たちの加害者性をあくまで後景に追いやりながら、依怙地なまでに沖縄人の加害者性を前景化する。

3　筋肉の反駁

一九九九年六月の「朝日新聞」夕刊に掲載された「希望」という一文で、目取真俊は「米兵の幼児」を誘拐殺人したうえで自決するという attack and suicide を「いまここ」での選択肢のひとつとして提示したかにみえる。しかし、「魚群記」の作者が擬人法の悪夢を断つための方策として構想したのが、この奇襲策たったひとつであったはずはない。

僕が放つ矢の鋭い針先がその標的を貫く。しなやかに跳ねまわる魚の眼球から僕は針を抜きとって、ぽつりと空いた傷口の上に小さな指先をあてる。冷たい感触と抵抗する生命の確かな弾力が、僕の指先に集中した神経繊毛の戦きと興奮を一挙に駆き立て、やがて静かな陶酔に変えてゆく。／〔…〕そして、指先の円運動がしだいに速度を増し、やがて一つの点に収斂されて傷口の中へ消える時、白い陽の照りつける川辺に立ちつくしている僕は既にもうそこには居ないのだ。

ただ焼けつくような指先の感覚だけがそこに取り残され、僕が再びそこに戻った時に何か啓示的な残光を放っている。（「魚群記」、『沖縄文学全集』第九巻、図書刊行会、一九九〇年、五八ページ）

テラピアの眼球に指先を埋めこませていくニンゲンの筋肉は、テラピアの筋肉の反駁を掻きだしては、それをテラピアの体内におしかえし、次第、筋肉の陶酔のなかに「僕《ワレ》」を見失っていく。ニンゲンが動物化され、動物がニンゲン化されていく状況のなかで、ひたすら他者の筋肉から何かを学ぼうとすること。

目取真俊は「魚群記」以降もテラピアをたびたび小説のなかに登場させている。時代が下るとともに沖縄本島河川部のテラピアは工場排水に冒され、「背びれや胸びれが溶けて血がにじみ、背骨がSの字に曲がったり、体の一部が膨れたり」して不吉さを漂わせるようになる。そんな「公害魚」そのものと化しているテラピアを、それでも少年はつかまえないではいられない。「魚の暴れる感触を腕に感じてみたい」という衝動からどうしても逃れられないというのである（「ブラジルおじいの酒」、『魂込め』朝日新聞社、一九九九年、五五―五六ページ）。

かつて野良猫を捕えてきては解体作業にふけり、「次第にあらわになってゆく猫の内皮の、半透明な真珠母の美しさには、いやらしさがみじんもなかった」との述懐をもらす十三歳の少年を造形した『午後の曳航』の三島由紀夫は、こうした少年たちの衝動の「政治化」を急務として考えるようになった。ひょっとしたら目取真俊にもそういった焦りがとりついたのかもしれない。

しかし、「水滴」では沖縄戦の生き残りである中年男（＝徳正）の足を疼かせる水塊を描く目取真俊、「魂込め《まぶいぐみ》」では同じく男(幸太郎)の体内に巣喰うアーマン(=オオヤドカリ)を描く目取真俊がこだわろうとするのは、ニンゲンの筋肉にはねかえってこようとする他者の反駁——他者が「暴れる感触」——であって、猫の死骸の「半透明な真珠母の美しさ」などではない。他者との格闘に「魂《まぶい》」を落としながら、それでも筋肉を用いた思考にすがりつく人間たちの探究——目取真俊がねばり強くとりくもうとしているのは、ぶつかりあう筋肉を通した歴史の探究である。これは三島由紀夫ではなく、アルジェリア戦争のただなか精神科医としてフランス人あるいはアルジェリア人患者の顫える筋肉に正面から向かいあおうとしたフランツ・ファノンの仕事にこそなぞらえるべきではないだろうか。

アルジェリア解放戦争のなかで「民族文化」のなんであるかを自問自答しながら、フランツ・ファノンは、生成途上のものとしての「民族文化」以外はそれとして認めようとしなかった。そのひそみに倣うなら、島歌であれチャンプルーであれ、沖縄空手であれカチャーシーであれ、それらを「沖縄文化」の名で呼ぶのは時期尚早だと言うしかないだろう。また、そうであるかぎり真の「沖縄人」なるものもいまだ産声をあげていないと考えるべきだろう。つまり、いまだ形をあらわしてすらいない「沖縄文化」の萌芽をさぐりあてるためにこそ、目取真俊はニンゲンであれ動物であれ、その歪められ撓められた筋肉にこだわりつづけているのである。

これは苦痛に満ちた〔…〕戦闘であり、そこでは必然的に筋肉が概念にとって代わらねばならなかったのだ。(『地に呪われたる者』鈴木道彦、浦野衣子訳、みすず書房、みすずライブラリー版一九九六年、

二一三ページ）

圧倒的な暴力を前にして、そこから脱け出そうとするとき、ニンゲンであれテラピアであれ、生き物は筋肉に大きな負荷をかけることになる。フランツ・ファノンを援用しながら冨山一郎が「身構える筋肉」に目を凝らすとき（『暴力の予感』岩波書店、二〇〇二年）、その筋肉は「暴力の予感」にふるえているだけではない。筋肉は新しい「民族文化」が誕生する予感にもまた硬直しつつふるえているのだ。

目取真俊が沖縄人の加害者性にこだわるのも「沖縄人」の原罪性に思考の原点を据えなおそうというもくろみからでは断じてない。そこでは「民族文化」に形を与えることが問題なのだ。沖縄の現状に「反吐が出る」と言いながら「米兵の幼児」の首をひねりつぶす男の決死の行動が一方にあれば、レイピストを前にした女たちのあらがいもそこにはあるだろう。生きとし生けるものの身体の裏側に棲みつく死者たちの暴動をただこらえるだけの瀕死の身体もあるはずだ。これら植民地主義の暴力のなかで捻じ曲げられ、歪められた筋肉の物語。そうした筋肉の反駁（ファノンは筋肉の収縮を「筋肉の反駁」contradiction musculaire と呼ぶ）から目を背けるかぎり、できあいの「沖縄文化」の残骸をしかそこには見出すことができないだろう。そして筋肉を収縮することは誰にでもできることだが、筋肉の反駁に体をあずけ、耳を傾けることができるのは、他者の筋肉に触れる者だけである。

目取真俊に（そして沖縄を手がかりにしながら世界の修復に向かおうとしている私たちに）課せられてい

るのは、たんなる歴史記述ではない。来るべき「沖縄文化」に少しでも輪郭を与えるという作業なのである。

＊　初出は『複数の沖縄』（西成彦、原毅彦編、人文書院、二〇〇三年）で、同書の序文も兼ねた一文である。

島尾敏雄のポーランド

1

「世界史は人類に対して、しばしば「ポーランド人」であることを強いてきた。〔…〕故郷に対するノスタルジーに縛られている人間、異郷の地できびしい疎外を経験させられていると感じる人間、徒党を組む同胞たちに翻弄されてしまう自分に苛立つ人間、そうした人々は誰もがいくらかは「ポーランド人」なのである」――かつて私はこんなふうに書いたことがある（「さまよえるポーランド文学」、宮島直機編『もっと知りたいポーランド』弘文堂、一九九二年、二七三ページ）。

ポーランドを知り、ポーランドに触れ、その歴史を体感するということは私たちの内側の〈ポーランド人性〉を発見することを意味する。そしてとりわけ戦争体験を契機としてポーランドに触れようとするものは、この〈ポーランド人〉への同化に逆らうわけにはいくまい。

『夢のかげを求めて』は、一九六七年の秋に島尾敏雄が試みたソ連・東欧旅行の記憶を書きついだものだが、そこには万人にとっての鏡である〈ポーランド〉がいくつもの実像を伴って描かれている。ワルシャワ・ゲットー蜂起の時代を描いたアンジェイエフスキの『聖週間』を読みながらふくらみかけたイメージが、現実のワルシャワでその地区に足を踏み入れたとたん、しぼんでいってしまう。しかし、その島尾の記憶のなかで、こんどは関東大震災後の「横浜の郊外の原っぱの様子など」があざやかに甦る。

尋常科にあがって間もなかった私は、母親のためにその枯茎を束にしかついで帰ったのだった。貝殻に似たかたい実をつけたへんな草。湿地には芹が生え、それらのいたるところから鼈甲飴のようにとけてよじれたガラスのかたまりや、人間のものかもわからぬ骨のかけらを拾うことができたのだった。(『島尾敏雄全集』第9巻、晶文社、一九八二年、七七ページ)

このとき島尾は、横浜の日本人であった幼児期の記憶によってポーランドの戦後風景を見届けてしまう。ドイツ軍による占領時代のワルシャワには不在であった島尾にも、ゲットー蜂起は目の前の光景となる。このあと島尾は、万霊節の晩、恒例の墓参につめかけるカトリック教徒の群れのなかに入りまじりながら、自由な歴史的想像力に身をまかせる。

町の或る場所に人々がにぎやかになだれこんで行くあわただしい気配に私は刺激され、ドイツ軍のゲットーの攻撃開始を避けようとしてかひきつけられてかわれながらわからぬままに人々の流れにまきこまれて行くような戦慄を感じていたが、その私の背後には、夜目にも広々と位置を占めて横たわる廃墟らしい建物を含んだ原っぱが展開していて、そこはまぎれもない、ワルシャワ・ゲットーの壁の中そのものの場所。私の想像も及ばない、人々の群れの異様な光景がこころみられていた場所だったのだ。(八〇―八一ページ)

「想像も及ばない」場所と出来事をそれでも想像する力。戦後数十年間のポーランドは、まさに人類のこの僭越なまでの想像力を強いる場所であった。

島尾のポーランド旅行は彼の〈日本人〉性再発見の場所でもあったわけだ。

たとえばランズマンのドキュメンタリー映画『ショア』を観る日本人は、その〈ユダヤ人〉にも〈ドイツ人〉にも〈ポーランド人〉にも、さらにはランズマンという名の〈フランス人〉のなかにも〈日本人〉を見出すだろうし、そうしないかぎり観た意味がない。『夢のかげを求めて』がもっとも率直に語っているのは、こうした戦争を介した経験と記憶の共有の可能性をめぐる夢だ。

2

しかし、島尾の場合には、もうひとつポーランドにひきつけられる理由があった。横浜からナホトカに向かう船のなかで読みふけったというソヴィエト作家ボゴモーロフの『ゾーシャ』がそれだ。戦争末期、西進を続けていたソヴィエト軍の青年将校が駐留中のポーランドの村でひとりの少女に出会い、強くひきつけられるのだが、口も利けないまま村を去ることになる。

この純愛ものが島尾の心をとらえた理由は、島尾の愛読者になら一目瞭然である。太平洋戦争時代の奄美・沖縄と戦争末期のポーランドとは歴史的背景が酷似している。強いて言うなら、最後に日本軍は沖縄を放棄し、ソヴィエト軍はベルリン陥落までドイツ軍を追いつめることができたこと。また占領時代のポーランドでは、『ゾーシャ』の描いた純愛とともに『灰とダイヤモンド』におけるような反共的な抵抗運動に関わったポーランド青年の愛と死もまた生きられていたこと。そういった細部がふたつの戦時下の両地域を分かっているだけだ。ただ島尾はそういった細かな差異にはいたって無頓着であり、彼はもっぱらヤポネシア群島の戦争がもたらしたみずからの愛の物語と、解放軍兵士と現地女性のあいだの愛とを重ねあわせることに熱中するのだ。

「はまべのうた」から「ロング・ロング・アゴウ」まで。島尾は奇跡的にも戦争によって奪い去られずにすんだ愛の証言者として生きた。おそらくこのことがなければ、島尾はポーランドが「好き」とは言えなかっただろう。

「あの国が経験した歴史的環境が好きなのだ」（三七ページ）——それは長い隣国の政治的・文化的影響のもとで民族的固有性を最初から保証されることのなかった歴史的環境であるだけではない。「異種の民族の血の混淆の中でつちかわれて行く自我のかたどりへの執心」（七九ページ）——島尾は、その「異種の民族の血の混淆の中でつちかわれて行く自我」と出会い、その像のなかに自身の

「自我」を投影するロマンチックなエキゾティシズムを実際の結婚生活として生き、それをさらに「ヤポネシア論」にまでつなげていった作家だ。そしてこの「かたどりへの執心」は「日本では淡い」のだが、ポーランドではそれが可能ではなかろうかと彼は考えた。

この国の度かさなる国境の移動は、まるで自分の場所を見つけるための作業にそっくりだと考えたのだったか。ときにその領域を広げすぎたかと思うと全く居場所を失ったかの如くそのかげを失い、錯誤をかさねて二枚あわせのガラスの領域図を右にずらせ左に移ししているうち、現在の立場にようやく焦点があった様子なのだが、それがこのまま動かずにすむとも思えない。もともと自分はなにものなのかと、遡行を試みてもその確かなみなもとなどわかるはずもないが、しかし私が私以外のなにものでもないことは、それらの作業のあいだにいよいよ色濃くわき立ってくるようなのだ。しかし自分のなかに含みもつ混沌の地下道はどこにつづいているのか定かでないことがむしろ私の日々を支えている、というようなことなのか。(同前)

戦前・戦中・戦後にかけての島尾の自己発見の旅の全体のなかに、この二度目のポーランド旅行が位置づけられている。

しかもその自己発見の作業においては、「血」の問題は避けて通れない部分なのだ。島尾のなかにある「血」——そして島尾のなかで騒ぎだした「血」がその果てにさらに混じっていこうとしている他者の「血」。

レイプを介してであれ純愛を介してであれ、男と女が「血」と「血」を混ぜあわせながら、雑種化の歴史的過程に関与することなしに「ヤポネシア」も「ポーランド」もありうるはずがなかったという確信。またその未来もないという憶測。

島尾独特の史観がここにある。

3

しかしポーランドでの島尾は、べつに異性愛に「自我」の未来を賭けていたわけではない。出発以前から、島尾は日本語の堪能なポーランド人と親しく交際していたらしく、ポーランドに行ってからも、彼は在ワルシャワの日本人やワルシャワ大学で日本語を学ぶ学生たちと関わることで極端な孤独を免れていた。

冷戦期を通じ、ポーランドと日本のあいだには学術的な人材の往来がさかんで、そうした蓄積に島尾のポーランド体験は基礎を置いている。異なる政治・経済的基盤の上で歴史を進めてきた戦後の両国の関係を植民地主義的関係と呼ぶのは無謀なことかもしれないが、少なくとも日本語を学ぶポーランド人は機会さえあれば日本人との接触を求め、逆にポーランドに関心を抱く日本人は、そうした日本通のポーランド人を媒介とすることによってポーランドでの滞在上の不都合を避ける。この相互依存関係が両国の文化交流に果たした役割の大きさはけっして無視できない。

つまり、島尾は日本に留学中のポーランド人を媒介にしてポーランドに対する夢をふくらませ、ポーランドではその留学生の実家をまで訪ねて、その日常的な家庭生活の内部を観察するのである。

私はそのとき中島敦の「マリヤン」を思い出さずにはおれなかった。日本統治下のミクロネシアの島で日本人と見るや近づいてくるマリヤンは、土方久功《ひさかつ》を通じて紹介された中島敦の前でも好奇心を隠さない。「マリヤン」を書く中島敦は、そういったミクロネシアの女性の「カナカ的」なたくましさと人懐こさを淡々と書き記すだけで終わり、異性愛に踏みこむロマン主義から巧みに身を遠ざけているが、植民地主義の周縁部でたがいの知的好奇心によって異性同士が結びつくことはめずらしいことではなかったはずだ。

島尾の東欧紀行には、きわめて淡いものではあるが、この種の知的オリエンタリズムが霞のようにたちこめている。トゥウシチ行きで置いてきぼりをくって島尾の跡を追いかけてきたアンナというポーランド女性の「マッテマッテ」が妙に真に迫っているのは、そこにどこか植民地主義的な悲恋の残滓がからみついていくからだ——と思えてならないのである。

植民地主義の歴史過程を生き、その記憶を書きとめながら、日本文学は戦後まで生き延びた。そのなかで、かつての植民地地域の辺境で死の一歩手前まで踏みこみ、それでも土地の異性との関わりの甘さをも生きた島尾は、その体験を解読格子に用いることではるか遠くポーランドを訪れ、その異郷の地でのアイデンティティの揺れと、非日本人が用いる日本語の危うさが及ぼすせつなさのあいだに身を置きながら、その浮遊感を通して彼の歴史、そして植民地主義日本の歴史をふり返ったのだった。

モスクワの空港で、「喧嘩腰」(五八〇ページ)の日本人の日本語を久々に聞いた島尾の旅の終わりは、ひとつの戦後、引揚げの始まりであった。

＊初出は『ユリイカ』一九九八年八月号「特集　島尾敏雄」。

女たちのへどもど

『ディクテ』と題された多言語テクストは、人間の身体から発せられた言葉を忠実に書きとるというより、言葉が人間の咽喉、その口元からこぼれでる瞬間を現在形で再現する多面的な言語実験からなっている。そこでは教室や教会で同語反復や追唱を命じる教師や司祭の声が遠くで鳴り響いているし、言葉を国民に授け、植えつけ、結果的にその言葉を国民の総意にまで増幅させてみせる植民地官僚や独裁者（dictator）の声もまた「あてこする」かのように匂わされている。植民地統治下であろうが亡命・移住地でマイノリティ身分にあろうが、人は判じ物の言語をしか行使できず、話すべき言葉はなかなか咽喉から外へは吐き出されていかない。ほとんど発話以前のノイズとしてしか了解されない気怯れ。『ディクテ』が密着を試みているのは、このような「へどもど」する女たちの身体性にほかならない。

独裁者《ディクテータ》から口移しで伝え（dicter）られた言葉の繰り返しを命じられた女（diseuse）。「語り部（storyteller）」や「発言者（speaker）」の呼称には値しない女《ディズーズ》。命じられるがままに答えたにしても、声はかすれ、罅《ひび》が入る。そしてその身体から滲みだした鮮血や体液のような声には、かならずや教師＝司祭＝独裁者《ディクテータ》の期待を裏切る抵抗のノイズが宿る。正しく分節化され、句読点で区切って発話されるべきところを、つい「へどもど」してしまう女たちの戦い方のさまざま。『ディクテ』が読む者を圧倒するのは、女たちの「発話」よりは「へどもど」をこそ書きとろうとするテレサ・ハッキョン・チャのその執念である。

　女たちの語る力を文学的に横領する試みは、文学の起源にまで遡ることのできる一個の伝統である。女たちがみずから筆をとって書き、自分で書けない女たちには語らせ、あるいはその語りを可能なかぎり、語る言葉に忠実に書きとめて、アーカイヴ化するといった試みも、いままさにさかんだと言えるだろう。しかし、発話以前につまずいてしまう人びとの「へどもど」に接近しようとする『ディクテ』の企てはきわめて挑戦的だ。

*

　テレサは、「へどもど」する女たちへと接近するための方法としていくつかの文字テクストを下敷きに用いている。

　テレサの母ヒョンスン・フォーが娘時代に書き綴った「日誌（journal）」（一八一ページ）がひとつ。「日誌」には、かつて満洲国で初等学校教員をしていた若い韓人女性の非日常ともいうべき日常が書きこまれていたと考えられる。他者を読者として想定しない「日記」というより、肉親のあいだで回覧できる日を夢見て書かれたにちがいないそれは、後年娘に差しだされ、娘は母が自分と同じ**「バイリンガル〔…〕トライリンガル」**（四五ページ）であった若き日へと思いを馳せる。

> あなたのクラスには五〇名の子供たち。彼らは自分たちの名前を朝鮮語で告げるが、日本語でどう呼ばれるかについても話すことができなければならない。彼らがあまりにも幼くて日本語を話すことができないためにあなたはまず朝鮮語で彼らに話しかけるのだ。（四九ページ）

「日誌」をあいだに置くことによって母と娘のあいだに時代をこえた対話が生まれる。あたかもその対話の残響のように、『ディクテ』の何ヵ所かは、娘である話者が母とともに時間と記憶を分有しながらその過去をなぞるかのように二人称体で書かれている。

母の「日誌」は主として韓語で書かれていたはずだ。日中は宗主国の言語（日本語）に押し潰され、「へどもど」しそうになりながら、しかし夜になって、がぜん息を吹き返す韓語は、十八歳の「あなた」を力強く支えたはずである。もちろん、「日誌」の韓語にも、宗主国の言語や満洲の地域言語の圧力は陰に陽に刻まれているだろう。それがいかに「隠れ家」（四六ページ）であったとしても、母語話者はいつ非母語話者によって陰謀の匂いを嗅ぎとられないともかぎらない。周囲では非母語の罵声や嘲笑や酔言が耳を圧するほどで、耳を塞ぎたくても独裁者《ディクテータ》の命令に従わなければ命とりである。よろけるのをなんとか持ちこたえるようにして書かれた「日誌」という歴史的なテクストは、『ディクテ』にとっては下敷きである以上にテレサがめざすエクリチュールの祖型だったのかもしれない。

韓語で母が書き溜めたテクストは、思い出のつまった「アルバム」、あるいは娘によって演奏されるために紐解かれた古い「楽譜」のようなものであった。ふたりのやりとりは韓語から英語、英語から韓語へと気ままにコードスイッチされながら、時代をこえて続けられていく。言語と言語、時代と時代の境をたゆたう母と娘のあいだの親密な時間は、若かった日の母の絶望的な孤独を埋めあわせるかのようだ。「日誌」はこのような神話的な時間の到来に向けた処方箋なのだった。「日誌」を書いた日の母親は、よもやこのテクストをバイブルのように広げながら、娘とともに英語混じりでデュエットすることになろうとは思ってもいなかったことだろう。

『ディクテ』にはいくつもの言語が嵌めこまれている。縦書のハングルで書かれた碑文、テレサの父の直筆（一八一ページ）だという「女、男」や「父、母」などの楷書、東洋医学で用いられる解剖図といった図版類はもとより、各パートを象徴的にあらわすローマナイズされた女神たちのギリシャ名、典礼ラテン語、フランス語の口述筆記例やマラルメばりの詩作（英訳つき）まで。英語を基調としているものの、各所に外国語が散りばめられている。若き日の母を包囲していた言語環境をめぐる自由自在な天球儀《マッピング》づくりというべきだろうか。

東アジア思想の根幹をなす漢字文化。植民地主義的な国家宗教の言語として導入された「教育勅語」などの和製仮名混じり漢文。「君が代」などの古代日本語。漢字とカタカナひらがなをアクロバチックに使いこなさなければならない近代言文一致体の書きとり。「国語」の「作文」。

テレサは「日誌」が書かれた当時の言語環境を復元しようという野心にとりつかれたかのように、

すのである。

コリアン・アメリカンの「ポリグロット性」を「日誌」に対抗して演出し、隅々にまで粉飾をこら

「言おうとすることの苦痛」と「言わないことの苦痛」(四ページ)——言語によって引き起こされた二重の責め苦は、多言語使用者においてはさらに重層化する。「A語で言おうとする苦痛」「B語で言おうとする苦痛」から「何語でも言わないことの苦痛」まで。言語自体にはなんの恨みもないかもしれない。しかし、特定の場で特定の言語使用を強制される苦しみは、試され、視姦され、裁かれ、処刑される痛みにも等しい。『ディクテ』というテクストがフランス語教室での筆記訓練や教会での公教要理、空港の出入国審査や通関、合衆国市民権を得るための宣誓、受話器を手にとった人間のとまどいや失語、拷問や採血の場面などを次々に描くのは、咽喉が塞がって話すことも黙ることも果たしえない私たち誰しもの「へどもど」と、満洲国の一韓人女性の「へどもど」のあいだに連絡をつけるための言語的な掘削工事とでもいうべきものだ。

とはいっても母から娘への言葉と経験の伝達と翻訳は、それこそ病院での看護師による「採血」のように他者からの収奪かもしれないし(六四ページ)、宛先人不在のために代理として手紙を受けとり、見も知らぬ差出人に返事を書かなければならなくなった女性が陥るような当惑や含羞《はにかみ》を含んだものであるかもしれない(一四二ページ)。しかし、『ディクテ』の源泉のひとつが満洲で「へどもど」した母のつまずきに満ちた「日誌」と、その「日誌」を介した母と娘のあいだの会話や絶句にあったことはまちがいない。

＊

ところで『ディクテ』では、かならずしも女たちの「へどもど」に向かいあおうとするわけでもない男たちの言葉に（とくに「クリオ　歴史」のパートで）少なからぬスペースが割かれている。アイルランド系の旅行者、マッケンジーの『コリアの悲劇』がそれだが、なかでも同書の付録部分から引かれた「ルーズヴェルト大統領への請願書」に対する扱いは誰が見ても過剰に思える。

「請願書」は、大韓民国の初代大統領、李承晩《イスンマン》（Syngman Rhee）が一九〇五年七月十二日、ホノルル在住の韓人牧師、尹炳求《ユンピョング》（P. K. Yoon）との連名で起草したとされるいわくつきの文書だ。

間島に生まれ、韓半島の解放後に祖国に返り咲いたものの、一九六二年、家族とともにふたたび故郷を棄てることになったテレサの母が幾重もの「亡命」に運命をあずけた韓人であったように、李承晩もまた「光復」後の大韓民国で政治指導者であった十五年間を除いて、九十年の人生の大半を半島の外で過ごした流亡の人であった（李朝時代の名家に生まれながらも、アメリカ人宣教師の手によって近代的な教育を受けた結果、大韓帝国時代には獄舎をさえ経験。釈放後は世界を股にかけて西洋列強に民族の大義を説くスポークスマンとして奮闘。そして一九六〇年に大統領の椅子を逐われると、ふたたび国外脱出。一九六五年にハワイで客死）。

テレサの一家は李承晩が敷いた独裁体制（dictatorship）に対して総じて批判的であったらしいが、『ディクテ』のなかに「請願書」が全文引かれていることにはそれなりの理由がある。テレサは「請願書」の全文を引用するにあたって、そこにみられる親米ナショナリズムの修辞を完膚なきまでにこきおろしているからだ。

大衆にアッピールするために、情報を固定し、口当たりよく、ありふれた世俗的なものにするというやり方では、彼ら自身に敵対する陰謀者の方法を超えることはできない。どんなに彼らの表現の提示が魅惑的であろうと。その応答は、消極的なかたちで起こりえるとしても、予想通りに遂行されるものとしてあらかじめコード化されている。無回答しか実現できないよう骨抜きにされ、吸収され、一方向的な通信（照合）に甘んじることになる。（三二―三三ページ）

外交という名の陰謀に同じく陰謀で対抗しようとした李承晩らのもくろみは、当座は「無回答」という冷淡な仕打ちでしか報われなかったが、合衆国の「従順なる従僕（obedient servants）」（三六ページ）であることを高らかに宣言した李承晩の作戦はめぐりめぐって解放後の韓半島ではみごとに効を奏したのだった。「ハワイの領土に存在する八〇〇〇名の朝鮮人」や「我が一二〇〇万同胞」（三四ページ）を引き合いに出す愛国主義者の口調は、それこそテレサの周囲で「アメリカン・マイノリティ」が権利要求や文学表現を進めるときにも一度はかならず通過しなければならない通過点のようなものであったろう。しかし、テレサはこういった語り口に対する絶望を書きつけたうえでなければ『ディクテ』を書くことができなかった。

それだけではない。李承晩らの「請願書」には、極端なまでの三人称代名詞（she）の濫用という特徴がある。英語において「船舶」や「国家」が「彼女」で言いかえられることはよく知られているが、「請願書」はこの英語的な流儀にあまりにも忠実であろうとするあまり、日露戦争時の日本政府の不誠実を「彼女が〔中略〕約束を守らない」（三五ページ）と擬人化したのだった。そこではむろん、邪悪な「彼女」から守らなければならないもうひとりの「彼女＝朝鮮人民衆」のこともまた想定されていただろう。しかし、テレサは「**彼女**が**彼女**に対立する（SHE opposes Her）」（八七ページ）といった対立を演出する愛国主義的な男たちの修辞をまるごと糾弾するのである。

> 民主主義を採用すると主張しながらむしろ彼女自身の彼女に継続的な屈折作用をもたらすしかない機構を停止しよう。メルポメネ、分断の名前／言葉／記憶をこの口から祓い清めるだけでよい／一つをまるごと口から発し、彼女、と一度で言ってみること、まさにこの行為によって、一度で言える彼女、彼女こそは分離して言う必要のない名前。（八九ページ）

これは「民族」としての「彼女」のあいだに「分断」をもたらすような暴力に対する批判に終わらない。政治抗争の比喩の中で濫用される「彼女」に「屈折作用（refraction）」を及ぼす「機構（machine）」への呪詛である。

柳寛順《ユグァンスン》に始まって、ジャンヌ・ダルクやテレーズ・マルタン、ヒョンスン・フォーら有名無名の女たちを、テレサが『ディクテ』のなかに呼び寄せ、来るべき「合唱舞踏」（一五三ページ）にむけて言葉を紡ぐのは、まさに「彼女」という英単語に女性の分割不可能な身体性を回復させるためなのである。

女を大文字の集合的な「彼女」へと肥大させ、「彼女」と「彼女」のあいだの衝突や対立を演出する男たちの画策に対しては、そのような政治機構は「停止（arrest）」しようとまで言う。女ひとりひとりの「へどもど」を抑圧するどころか、それを物言わぬ一枚岩の「彼女」へと封じこめ、しかもその「彼女」が物言わぬ抽象的概念であるのをこれさいわいと一方的にその「保護者」そして「代弁者」を自任する独裁者《ディクテータ》。『ディクテ』は、独裁者《ディクテータ》の保護下から女のひとりひとりを奪還するための企てなのだ。政治言語内部での「彼女」という代名詞の誤用を改めるために。

だからこそ、「韓人《コリアン》によって英語で書かれたテキスト」という「請願書」との同質性が保証されてしまう範疇に『ディクテ』を収めるやり方は誤りなのだ。「コリアン・アメリカン」にかぎらず、合衆国のマイノリティのあいだからは、「ハワイの領土に在住する八〇〇〇名の朝鮮人」や「我が一二〇〇万同胞」を引き合いに出しながら、「保護者」や「代弁者」を任ずる独裁者《ディクテータ》たちがこれからも次々に姿をあらわしてくるだろう。「エスニック・マイノリティの文学」の範疇に括られる文学にとって「へどもど」する人々の声や身体は、権利要求のための隠された切り札だからだ。『ディクテ』が抗っているのは、たんに独裁者《ディクテータ》たちに対してばかりではない。「大統領閣下」の前で「忠誠」を誓う親米ナショナリストの英語使用に対してもまた、テレサは異議を申し立てる。「母語」（韓語）を用いつつ「養父を自任する独裁者《ディクテータ》の国」の言語に抗った母とは異なり、テレサは「養父の国」の言語で、確信犯的に「へど／ども／もど」してみせるのだ。

■『ディクテ』からの引用は、池内靖子訳（青土社、二〇〇三年）を基本的には用い、適宜、文字やフォントを調整し、また原著の英字を補うなどした――Theresa Hak Kyung Cha, *Dictée*, University of California Press, 2001.

＊　初出は『異郷の身体――テレサ・ハッキョン・チャをめぐって』池内靖子、西成彦編、人文書院、二〇〇六年。

後藤明生の〈朝鮮〉

『石をもて追わるる如く』（一九四九年）――石川啄木からの借用なのだが、「一少女の北鮮脱出の手記」という副題を付された一冊の手記は、たとえばこう題されていた。(1) これにかぎらず戦後、比較的早い時期にはこのように被害者性を強調した手記類があいついで刊行された。みずから筆をとることで記憶と回想の主人たろうとする野心的な試みである。引揚者については、ほかにも一九五一年から二年にかけて日本の外務省がおこなったアンケート、『朝鮮終戦の記録』（一九六四年）の著者、森田芳夫氏による聴き取りなど各方面で粘り強い調査が進められたし、地域単位のコミュニティや学校同窓会などの集まりでも、引揚者たちの記憶は言語化され、たがいの記憶を照らしあわせる形で記憶の共有化がはかられていったことだろう。一九七〇年前後にあいついで引揚げ経験にもとづく文学創造に着手することになる作家たちは、そうした膨大な証言の山を意識しつつ、ひとりひとりが独自のスタイルを築きあげていかなければならなかった。

植民地朝鮮の平安北道、新義州生まれの作家、古山高麗雄（一九二〇—二〇〇二年）は、十八歳で植民地を去り、出征先の南方で敗戦を迎えることになったが、生まれ故郷へのこだわりは後の『小さな市街図』（一九七一年）に実を結ぶことになる。「この作品を書くにあたって、関東、関西、中部、北陸、東北の各地に赴き、新義州から引き揚げて来られた方々に話を伺いました(2)」と単行本の「あとがき」にある。新義州に思い入れをもつ中年男がかつての植民地日本人居留地区の地図作成を計画し、新義州出身者親睦会の名簿を頼りに協力依頼を送りつけるという大枠だが、おそらく調査旅行の成果なのだろう、依頼書を受けとった女性のひとりの返信そのものではなく（それは素っ気ないものだ）、依頼書に触発された当該女性の私的な回復をどっしりと中心に据えて全体が構成されている。古山は、夫を戦争で亡くし未亡人として引き揚げてきたその女性に次のような思いを語らせている。

団結しやがって、と言われるほど引揚者は団結しているでしょうか。引揚者というのは、すぐ引揚の話や朝鮮満洲の話をするので、はた目からはそう見えるかも知れない。はた目にはそれが目ざわりなこともあるんでしょうね。新義州にいたとき、内地人は〔…〕同じことを言っていた。朝鮮人というやつは、すぐ団結する……けれども朝鮮人には、内地人のやつはすぐ団結する、と見えたのだと思う。あれだって、両方ともどこか心細がっていて、知らず識らず身を寄せ合っていたということだ(3)。

植民地帝国日本の「内地」から「外地」への進出が断続的な民族移動であったとすれば、これに対する竹篦《しっぺ》返しとしての引揚げは、それこそ「民族大移動」(4)の様相を呈した。ただ、えてしてディアスポラがそういうものであるように、その当事者の経験に対する非当事者の無関心がディアスポラ当事者を孤立させる要因になった。引揚者が固まりやすいのは、植民地時代の結束の固さの延長でもあれば、帰国後の孤立を耐え忍ぶなかでの相互慰撫の意味あいも強かっただろう。マイノリティを孤立させているのはマジョリティである自分たちであるにもかかわらず、マジョリティはとかくマイノリティの団結を煙たがる。そうこうするうちに引揚者は高齢化が進み、その記憶は社会のなかでいっそう周縁化されていくことになるのだった。朝鮮時代の日常と引揚げ後の日常は、断絶していそうで案外身を寄せあおうとするところでつながっていたかもしれない。

三十八度線以北の朝鮮で敗戦のときを迎えた内地籍の日本人については「軍人二七万一千、居留民五〇万」という数字が残っている。(5)古山は、そんな五十万居留民ひとりひとりの引揚げ体験そのものにもましてその後の生に光をあてる。ここでとりあげようと思う後藤明生の場合も同じである。

後藤明生(一九三二―一九九年)は、植民地朝鮮の咸鏡南道永興の生まれである。敗戦後、家族で雑貨商を営んでいた生家を追われて専売局の煙草倉庫を使った日本人収容所に集結させられ、秋にいったん列車に乗せられて南下するものの、三十八度線をこえるまでにはいたらず、安辺近隣の山村(花山里)の温突《オンドル》部屋に身を寄せて越冬。そこで失った父と祖母を土葬することになるが、残った家族は翌年五月に徒歩で三十八度線ごえを果たし、福岡県朝倉郡に引き揚げてきている。(6)

その後、作家としてデビューした後藤がみずからの朝鮮時代をふり返り、引揚げ体験を作品化することになるのは、「無名中尉の息子」（一九六七年）あるいは「一通の長い母親からの手紙」（一九七〇年）のあたりからである。

同じころ、文壇ではサハリン生まれの在日二世、李恢成（一九三五年―）が、東京でひとり立ちして家庭を営む主人公が兄弟姉妹の住む北海道と連絡をとりながら、サハリン島西海岸の港町真岡（現在のホルムスク）で過ごした少年時代をふり返る『またふたたびの道』（一九六九年）で衝撃的な文壇登場を果たした。さらに、敗戦直前に生まれ故郷の植民地大連に戻り、敗戦そして敗戦後の大連を経験した清岡卓行（一九二二―二〇〇六年）の『アカシアの大連』（一九七〇年）も同時代の旧植民地文学として忘れてはならないだろう。

他方、李恢成の華々しいデビューが引き金をひくことになったのだろう、一九七一年の雑誌「文藝」五月号は、戦前の朝鮮人日本語作家金史良を特集して李恢成にエッセイを書かせ、さらに安岡章太郎・金達寿・金時鐘による鼎談「文学と民族」を掲載している(7)。後藤はこの特集に触発されてエッセイ「私の内なる朝鮮問題」を書き、日本人引揚者としての自身の立場を見定めることになる。鼎談のなかで日本人作家を代表してふたりの朝鮮人作家・詩人に対峙している安岡章太郎への違和感を、後藤は次のように表明している。

安岡章太郎氏は、われわれは朝鮮に住みながら朝鮮人を知らず、また朝鮮語を知らず、何か重大なあるものを失ったのだ、と語っているが、おそらくここで安岡氏とわたしとの相違は、鞭打っていた日本人がやがて鞭打たれることになった敗戦による逆転を、考えに入れるか入れないかではあるまいか、と考えられる(8)。

「敗戦による逆転」へのこだわりは、後藤明生と朝鮮の関係を考えるときにきわめて重要である。彼はその一点からしか朝鮮を描こうとはしなかった、とすら言えるほどだ。以下、後藤明生の「内なる朝鮮」をめぐる悪戦苦闘ぶりをみていこうと思うが、後藤は一九七〇年当時の小さな「旧植民地ブーム」「朝鮮ブーム」に背中を押されながら敗戦経験というみずからの原点を見据え、植民地崩壊の生き証人としての立場を自分の流儀で引き受けるようになっていくのである。

1　記憶の客体から主体へ　「一通の長い母親からの手紙」

妻の妊娠・出産にあけくれる家庭生活のなか、引揚げ途上の山村で血を吐いて亡くなった父親の思い出に捌け口を与えた「無名中尉の息子」は、とつぜん朝鮮時代の父の記憶が甦るという比較的単純な形をとっているが、「一通の長い母親からの手紙」になると、植民地での記憶を掘り下げるに際して気後れを隠せない自分自身が強調されるようになる。

記憶力の極度に減退した状態を健忘症というわけであるが、男はその一種だろうか？　このことばはどことなく滑稽だ。健やかに忘れ去る症状。それとも男の場合はアルコール性の痴呆症だろうか(9)？

「八年前」に母親から長文の手紙を受けとったのを長いあいだ措きっぱなしだった主人公が、おもむろに大学ノートを開いて、それを書き写しはじめる。そのうち主人公は母の手紙が巷《ちまた》に出まわるような「手記」でも「回想」でもなく生々しい「記憶」そのもの、それも「現在の男がほぼ完全に失いかけている〈記憶〉そのもの[10]」だと感じるようになる。

そこで主人公の「男」が気に病むのは、彼自身の記憶よりは、母親の記憶のなかに自分が呑みこまれてしまっているという得体の知れない感覚である。出世作「関係」（一九六二年）以来、自己と他者が相互に干渉しあい、その関係性のなかでしか人が自分ではありえないさまを描くスタイルを着実に身につけつつあった後藤は、母親から受けとった手紙のなかに自分を見出して、「あたかも蛇に呑み込まれたあひるの卵のように、すっぽりと〈母親の中に記憶されてしまった男[11]〉」としての居心地の悪さをおぼえるのである。

母親が手紙のなかで「お前」として言及する息子は、手紙を書き写すうちに失われかけていた記憶の再活性化に徐々に立ち会うことになる。北朝鮮の山村の小学校で「鐘たたき」に任ぜられた時代を脳裡に甦らせた主人公は、日本人にとってかつてもいまも唱歌「蛍の光」以外ではありえない歌が解放直後の朝鮮では朝鮮語の愛国歌として歌われていた事実に思いいたる。「まだ朝鮮文字を読める小学生は一人もいなかった[12]」ため、その愛国歌は「ザラ紙に青いインクで印刷され」ており、「漢字と仮名でふつうに書かれ」（「東海の水は白頭山より流れ出て……」）た脇に「トンゲムル　ペットウサネ　マルコタルトゥロー」と「片仮名で朝鮮語の読み方が附されていた」のだという[13]。

「男」には敗戦前の小学校時代、朝鮮人の「鐘たたき」をからかって遊んだ前科があった。ところが因果応報、敗戦後はその「男」が朝鮮人小学校の「鐘たたき」に任ぜられる。それどころか「パンマンモック、トンマンサンヌ、イリボンヌドラー!」＝「飯を喰って、糞をたれるばかりの日本人野郎共[14]」と朝鮮語で野次られる運命にあったのである(じつは、この歌もまた「東京は日本のキャピタルで」で始まる内地発祥の流行歌、パイノパイ節の替え歌だった)。

長い母親からの手紙をきっかけに、「母親の中に記憶されてしまった男」は、母親の記憶の余白を埋め、これに「〈註〉をほどこす[15]」形式で対抗的に健忘症との戯れ方をおぼえてゆく。

後藤が引揚げ体験を描くのは、引揚げ体験そのものの再現のためではない。むしろ、他者によって記憶されてしまった人間がみずからの記憶に没入していくその反射的なプロセスに対する関心が何よりも強く執筆の動機にあった。もし母親からの手紙がなければ健忘症に甘んじるだけだったはずの記憶がいつのまにか騒ぎはじめている、そういった不測の事態を前にした人間のあわてようにこそ、後藤の関心は向かっている。決然と引揚げ経験を語る主体としてふるまう書き手との差異を強調するかのような後藤明生の気後れ、作家的と呼ぶよりほかないその身ぶりは、その後の後藤の「朝鮮もの」のなかでさまざまに変奏されてゆく。

2　方法としての「挾み撃ち」

後藤明生の代表作のひとつである書き下ろし中篇『挾み撃ち』(一九七三年)は、「一通の長い母親からの手紙」と多くのエピソードを共有しているものの、はるかに入り組んだ構造をもっている。

主人公の「私」は、十九歳で上京したときに身を包んでいた旧陸軍歩兵のカーキ色の外套をめぐる健忘症との戦いを開始する。「わたし」はもはや他者によって記憶されていることに苦しむわけではない。主人公はゴーゴリの『外套』を引き合いに出しつつ、外套をめぐる主人公の悪戦苦闘を「記憶の迷路めぐり」もしくは「記憶地獄の遍路」[16]と名づけさえするのだが、その「わたし」が記憶をあやつれない健忘症を抱えこみながら、あくまでも「迷路めぐり」の主体としての自分を引き受けようとするところから、この小説は始まる。

「早起きは三文の得」——夜行性の習性をもつ主人公だが、ある日、世間の人並みに早起きをして首都圏をさまようなかから、出来事に「挾み撃ち」をかける積極的な行動主体としての役割を引き受ける。そして上京当時の自分自身の過去に測鉛を下ろす主人公の歩行実験が、いつしか敗戦時の朝鮮での経験への肉薄を促すかっこうになるのである。

「挾み撃ち」という意味ありげなタイトルは、過去のある時点で主人公に到来した出来事と現在のあいだにひとりの人間が「挾み撃ち」になった状態を指すものであるとも説明することができよう。「昭和七年にわたしが生まれてから生きながらえて来たこの四十年の間というもの、とつぜんであることが最早や当然のことのようになっている」[17]現実にうちのめされながら、それでも心身の健康の証であるかのような健忘症に身をあずけ、主人公は過去との「とつぜん」の遭遇を夢見て一日を費やすのである。

中公文庫版の解説のなかで大橋健三郎は、「わたしが知らないうちにとつぜん何かが終ったのであり、そして今度は早くも、わたしが知らないうちにとつぜん何かがはじまっていた」[18]という主人公の感慨をふまえつつ、次のように言い切っている。エッセイ「私の内なる朝鮮問題」（一九七一年）の後藤を強く意識した解釈だろう。

> 挾み撃ちを言いだせば、「とつぜん」起った過去の出来事そのものが、かつてから刻々に「わたし」を挾み撃ちにしてきたと言っていい。その最も決定的な直接的な原因は、言うまでもなく、当時元山中学一年生だった少年の「わたし」にとって、まったく「とつぜん」の出来事であった日本敗戦にほかならない[19]。

どんなに「とつぜん」のことのように思い出されようとも「必然」であったにちがいない敗戦、そして「蛍の光」や「パイノパイ節」の日本語から朝鮮語への計ったような切り替わりを、それでも「とつぜん」としてしか把握できない人間がいる。主人公がまだまだ幼かったせいもあるだろう。しかし案外、それが人間というものなのだ。そのような人間が過去ともう一度向きあおうというときには、やっぱり「とつぜん」という僥倖に頼るしかない。そんな「記憶地獄」との戯れが『挾み撃ち』という小説の全篇を形づくっている。

『挾み撃ち』がおもに語るのは、上京時にまとっていたカーキ色の外套の行方をめぐる謎解きと捜索についてだが、「とつぜん」のように行方不明となった過去の断片との戦いという意味では、これもまた敗戦経験・引揚げ経験に肉薄しようとしていた作家自身の格闘の産物である。もちろん、後藤はことさら敗戦経験・引揚げ経験を語るためにこうした「方法」を編みだしたわけではないだろう。「記憶地獄」は引揚者に固有のものではない。しかし、後藤が敗戦前後の生と戯れるなかで「記憶」という「地獄」を目のあたりにしたことだけは確かなようである。そして、再訪かなわぬ北朝鮮への「遍路」の代わりを、『挾み撃ち』では主人公の住まう首都圏での失われた外套（の記憶）をめぐる「迷宮めぐり」が果たすことになったのである。

3　方法としての「夢かたり」

雑誌『海』への連載という形で書き継がれた『夢かたり』（一九七五―七六年）の第一回は、夏目漱石の『夢十夜』を強く意識した導入部から、いきなり主人公（「わたし」）の夢へと移行する。北朝鮮時代の小学校の同級生との夢のなかでの再会。そしてかつて母親の手紙に「〈註〉をほどこす」ところから「一通の長い母親からの手紙」を書きはじめたのに倣うかのように、自分の夢に「註」をほどこす流れのなかで第一回は締めくくられている。

いったい膨大な過去の経験を記憶として集積するアーカイヴの番人としての「わたし」と、そうしたアーカイヴの深みから泡のように湧きあがってくる断片の組み合わせからなる夢に「註」をほどこす主体としての「わたし」との関係はどうなっているのだろうか？　「わたし」にできることと言えば記憶の泡立ちを活性化しながら泡のひとつひとつに解釈を加え、自身の過去をめぐる知識の総体量を増やしていくことくらいしかない。『夢かたり』で後藤が試みているのは、永興時代の旧友や隣人との内地日本での再会を組織し、他者の記憶を動員しながら、みずからの封印された記憶に対して意識の表層への浮上を促すこと、そしていま東京郊外の団地に暮らしてゆくなかで突発的に浮上してくる過去に目を光らせていること、その程度である。『挾み撃ち』でカーキ色の外套をめぐって主人公が試みた企てを、直接朝鮮時代の記憶の見究めに向けてあてはめたのだと言ってもよい。

そんな『夢かたり』のなかで印象的なのは、日本人と朝鮮人が一定の棲み分けをはかりながら、しかしお互いを意識しあっていた永興という小都市のありのままの姿を断片的にでも甦らせようという作者の意図である。

朝鮮人の老婆が経営する玩具屋で「オマケキャラメル」の籤《くじ》引きに禁断の喜びを感じていた少年にとって英雄にさえみえた朝鮮人小学生の思い出。芥川龍之介の『鼻』に出てくる禅智内供さながらの大きな鼻をもつ謎のアボヂの思い出。「ナオナラ」の名で呼ばれていた同じく謎の朝鮮人女性の思い出。商店を営んでいた自宅に雇われていた朝鮮人から朝鮮の遊びを教わった思い出。市内の留置所に数珠つなぎにされて連行されてきた朝鮮人政治犯九人の思い出。戦後に引き揚げた内地人同士であれば再会の機会がなくはないが、いまとなっては記憶の底に住まうだけの朝鮮人の姿が芋づる式によみがえってくる。べつに中西伊之助の『不逞鮮人』(一九二二年)や『赭土に芽ぐむもの』(一九二二年)、湯浅克衞の『カンナニ』(一九三五年)や『棗』(一九三七年)、同年代で言えば小林勝の『蹄の割れたもの』(一九六九年)にみられるような日本人と朝鮮人の濃厚な交流やすれ違いが描かれるわけではない。しょせんは十歳前後の少年の記憶に沈殿していった小都市の日常風景にすぎない。しかし、敗戦によって記憶の底に追いやられてしまった朝鮮人の存在は、過去と戯れようとするときには強い存在感を持って浮上してくるのである。

連載中の山場のひとつは、「煙」と題された第五回目である。夜を徹して三十八度線突破をはかった夜明けごろ、人家の煙を目のあたりにして胸を撫で下ろしたという日の記憶へとたどりつくのに、連載は不寝番をしながら深夜放送に耳を傾け、朝鮮語放送の女性アナウンサーの単語をひとつひとつ書きとる場面から始まっている。そして朝鮮人の子どもたちの遊びに憧れた内地人少年のむかしがふり返られ、朝鮮人たちの訛りの強い日本語が断片的に甦る。「カミサマニ、タテマツル、チョコマンナ、ノーソクハ、アリマセンカ?」[20]——「チョコマン」は朝鮮語の「小さい」で、「ノーソク」は「蠟燭」の朝鮮訛りだ。主人公はかつてバイリンガルとまではいかないまでも、朝鮮語がもっとわかったはずだった。ところが、いまでは朝鮮語の歌がときに口をついて出るくらいで、なまくらな耳はまったくいうことをきかない。ラジオの前にへばりついていた主人公は、不寝番の最中に思わずふたつの朝鮮語放送のあいだで凍りつく。北と南の朝鮮語放送に区別がつかないのである。「果してこれは南か北か。北か南か」[21]——二種類の朝鮮語放送のはざまで、主人公はとつぜん三十八度線ごえを脳裡に甦らせる。「朝鮮語の達者な中学生」であった当時の主人公が、朝鮮人集落を求めて偵察を命じられる。「果してこれは南か北か。北か南か」——その主人公の眼前にあらわれたのが「大きなポプラの木」であり、「低い藁屋根」であり、「煙」だったのである。

単行本化された『夢かたり』の「後記」のなかで、後藤は次のように書いている。

もちろん、現在からみて過去が夢だというのではない。また反対に、過去からみて現在が夢というのでもない。この小説でわたしが考えてみたのは、過去から現在へ向う時間と、現在から過去へ向う時間の複合だった。その両者が二色刷りになった、時間そのものである。

「夢かたり」というのは、そういう二色刷りの時間を書くのに、わたしが考えてみた一つの方法だった。[22]

「方法」としての「挾み撃ち」が、ここでは「夢かたり」という「方法」へ変形と進化をとげている。ふたつの時間の複合こそが「夢」であり、「夢かたり」はその複合を作品化するための「方法」だったというわけだ。『夢かたり』が通常の「手記」や「回想」と異なるとすれば、現在と過去のあいだを往還する双方向的な時間に表現を与えるためには、過去をふり返る現在を固定することも過去の時間の流れを客観的・固定的に語ることも断念しなければならないという信念が、作品に一貫しているからだ。

4 「行き帰り」あるいはふたつの中心

『夢かたり』の続篇として、一九七六年から七七年にかけて同じく『海』に発表された二編からなる『行き帰り』は、草加市の団地から習志野のアパートに越してきた作家のなんの変哲もない家族と猫のいる日常の記述から始まる。

パート一の話題の中心は、福岡県朝倉郡恵蘇宿で青年時代を送った父親のことである。主人公自身も引揚げ前から現在まで同じ恵蘇宿に本籍を置きつづけている（少年時代から本籍名を耳に焼きつけてきた主人公には、その本籍地は「ヨソンシュク」という音とともにしか甦らない）が、故郷と言えば永興以外には考えられない。植民地二世の実感とはそういったものなのだろう。朝鮮半島に本籍を有しながらもサハリンで生まれ育った李恢成が郷里の町での記憶に縛られているのもおそらくは同じことだ。彼らの父親の世代にとって、本籍地は文字どおりの故郷であっただろう。しかし、二世である彼らにとっては戸籍上の本籍地と記憶上の故郷が二重化されている。そして大学受験のために上京して以降、首都圏を転々としながら、どこへ旅に出ようと主人公が帰り着くのは現在地なのだが、彼らは記憶上の故郷に、ときとして、それこそあらぬ瞬間瞬間に空想裡の帰郷を果たすのである。

自分が本当に帰る場所は永興なのだと、わたしはいまだにどこかでそう考えているらしいのである。〔…〕／しかし、どこかへ出かけたわたしは、必ず習志野へ帰って来た。わたしが帰って来る場所は、永興でもなければ、父や祖父や曽祖父が生まれたヨソンシュクでもない。いまわたしが家族のものと共に暮している、この習志野でしかないのである。[23]

後藤が植民地生まれの二世としての自分を逃れようのない宿命を背負わされたものとしてはっきりと思い描くようになるのは、この『行き帰り』においてである。

続いてパート二は、植民地朝鮮の記憶を共有するふたりの引揚者との対話・対面を描くことからできあがっている。主人公が週刊誌に書いた永興の思い出に関するエッセイを読んだ小学校時代の旧友の妹から手紙が舞いこむ。

> 高卒で市内の銀行に勤めたのですが、あの通りの変人ですので、うまくゆかず、四、五年で退職、それ以来無職で母と暮しております。人間失格とでもいいますか、ほとんど口をきかず、勝手気ままに何やらわけのわからない学問？をして、一日じゅう正坐をして時を過しています。[24]

かと思えば、同じく週刊誌の記事を読んだらしい広島の男から、いきなり電話がかかってくる。面識もない相手を前にして、永興時代の思い出を脈絡もなく話しかけてくる男のノスタルジーには、主人公と共通するところが少なくない。

> ほいじゃが、ほんとに人間の故郷に対する気持いうもんは、どういうんですか、特に永興みたいに行かれん故郷を持った気持いうもんは、どういえばええんですかのう[25]

かたやひきこもりの旧友、かたや饒舌に永興時代の思い出を垂れ流しにして語りかけてくる見も知らぬ男、そのふたりを二個の中心に据えて、後藤は「楕円」を描くように[26]『行き帰り』のパート二をまとめている。生まれ故郷の植民地で敗戦のときを迎え、苛酷な引揚げと戦後を生きてきた人間の二類型を対置することで、後藤は引揚者の語りをモノローグたらしめず、対話、それもときとしては言葉を介さないすれ違いの物語として成立させたのだった。

後藤明生は、いくつもの「楕円」を描くためにたゆみなく中心の二重化を企てる。植民地生まれの二世が生きなければならない二中心性。引揚者が陥りがちな饒舌さと寡黙さの二中心性。「無名中尉の息子」や「一通の長い母親からの手紙」以降、後藤が引揚者小説のあり方をめぐる試行錯誤のなかで書きあげた作品群は、結果的にそれぞれが独自の「方法」の練りあげを要するものであった。素材を提供しているのは後藤自身の永興体験であり、同じ体験を共有（というより分有）する家族や友人・隣人との再会や対話にほかならないのだが、後藤はそれをあるときは記憶論、バイリンガリズム論、またあるときはディアスポラ論、ナラティヴ論として加工したうえで作品に仕上げたのである。

5　脱植民地化時代の宗主国文学

清岡卓行の『アカシアの大連』には、大連育ちの引揚者である主人公が、アルジェリア独立戦争に関するラジオ報道に旧植民地への郷愁を呼び覚まされる印象的な場面がある。(27) 植民地の独立が何を意味するのか身をもってそれを追体験できるのは、植民地で敗戦を経験した彼らに特有の感性だろう。しかし、そうした郷愁に輪郭が与えられるのは、引揚げ後の「嘘のような日常(28)」においてなのである。そして一般の日本人にとって遠い世界の出来事でしかないことが、彼らにはおそろしく身近な出来事として感じられる。

清岡や後藤の戦後小説が「回想」の形式を採用しつつ、何がなんでも同時代小説として書かれねばならなかったのは、まさに戦後の時間のなかに割りこんでくる植民地時代の時間、引揚げ期の時間の「とつぜん」の到来に表現を与えようとしたからであろう。清岡にとっての大連、後藤にとっての永興は、戦後日本のなかに飛び地を設けている。日本は一九四五年八月に植民地を失ったが、旧植民地は飛び地となって引揚げ日本人の心のなかに「故郷」として到来することになったのである。後藤たちのような日本人にとって、植民地の内地人や現地人はつねに心の隣人でありつづけ、しかもどこまでも他人の顔をして、彼らの記憶のなかでうごめいている。

この種の文学は、日本と同じく敗戦国として東プロイセンをはじめとするかつての「生活圏《レーベンスラウム》」を失った戦後ドイツ人の文学や脱植民地化の二十世紀を生きることになった旧植民地出身の西洋人の文学にも相似形を見出すことができるだろう。その意味で、後藤明生の朝鮮はギュンター・グラスのダンツィヒであり、カミュのアルジェリアであったというわけである。後藤は、金達寿や金時鐘、あるいは李恢成や金鶴泳らの同時代の作風にみずからのスタイルを対置しながら、植民地生まれの内地人作家ならではの「朝鮮もの」の可能性を独自に追求したのだった。

注
(1) 赤尾彰子『石をもて追わるる如く――一少女の北鮮脱出の手記』書肆ユリイカ、一九四九年。「石をもて追はるるごとくふるさとを出でしかなしみ消ゆる時なし」――しかし、渋民村を去って北海道に渡った石川啄木と言えども、植民地育ちが将来経験することになる棄郷・失郷にまで思いを馳せることはなかっただろう。
(2) 古山高麗雄『小さな市街図』河出書房新社、一九七二年、二三七ページ。
(3) 同書、八二ページ。
(4) 森田芳夫『朝鮮終戦の記録』巖南堂書店、一九六四年、二一九ページ。
(5) 前掲『朝鮮終戦の記録』所収の穂積真六郎による「序」、四ページ。
(6)『関係　他四編』(旺文社文庫、一九七五年)に収められた「自筆年譜」に加え、いくつかの自伝的色彩の強い小説作品の記述を参考にした。
(7)「文藝」一九七一年五月号。
(8)「文學界」一九七一年七月号、一九ページ。
(9) 前掲『関係　他四編』一四ページ。
(10) 同書、一三ページ。
(11) 同書、一八ページ。
(12) 大韓民国の国歌は、一八九六年に作詞され、スコットランド民謡「オールド・ラング・サイン」のメロディに乗せて歌われるようになった愛国歌がもとである。日本統治時代には、朝鮮ナショナリズムを鼓舞するおそれがあったと同時に、「蛍の光」とメロディを同じくしていたために表向き歌うことは禁じられていたようだ。朝鮮半島の解放後は広く歌われるようになっていたことが後藤の作品からもわかるが、三十八度線以南では、これを国歌として選定するうえで「蛍の光」とメロディを共有することは回避され、初代大統領李承晩は、一九四八年の大統領令をもって安益泰作曲の管弦楽曲「韓国幻想曲」のメロディを用いることとした。
(13) 前掲『関係　他四編』四一ページ。
(14) 同書、四七ページ。
(15) 同書、三〇ページ。
(16)『挾み撃ち』集英社文庫、一九七七年、三五ページ。
(17) 同書、一五八ページ。

(18) 同書、一五六―一五七ページ。
(19) 同書、二五〇ページ。
(20) 『夢かたり』中公文庫、一九七八年、一一六ページ。
(21) 同書、一二八ページ。
(22) 同書、三七三ページ。
(23) 『行き帰り』中公文庫、一九八〇年、二三一ページ。
(24) 同書、一一九ページ。
(25) 同書、一九八ページ。
(26) 同書、二三一ページ。なお後藤明生が小説の方法として「楕円」の形象を重視するようになった背景には、武田泰淳の『司馬遷』との出会いがあったという。これについては『円と楕円の世界』(河出書房新社、一九七二年)などを参照のこと。
(27) 「彼はふと、アルジェリアで生まれ、そこで育ったにちがいない多くのフランス人の子弟のことを連想し、ふしぎな親しみを覚えたのであった」(『アカシアの大連』、『清岡卓行大連小説全集』上巻、日本文芸社、一九九二年、七〇ページ)。
(28) 一九七七年、父親の三十三回忌を軸にして書かれた連作はこのように題されている(季刊『文体』に連載、一九七七―七八年)。

＊ 初出は『韓流百年の日本語文学』木村一信、崔在喆編、人文書院、二〇〇九年。

V

外地巡礼　外地日本語文学の諸問題

1　外地の日本語文学と異言語

「外地の日本語文学」とは、日本語使用者が非日本語との不断の接触・隣接関係を生きるなかから成立した文学のことと、ここではこのように定義しよう。

作者にとって日本語が母語もしくは母国語であろうと、上から押しつけられた「国家語」にすぎなかろうと、そこは問わない。かりに登場人物が日本語以外をいっさい話すことがなかったとしても、外地を舞台とするかぎり作品は上記の条件から自由ではありえない。それどころか内地を舞台にした場合でも、外地経験を背景にもつ登場人物をひとりでも登場させたときから、その文学は「外地の日本語文学」としての諸特徴を引き受けることになる。

このような設定は、とどのつまり鷗外や漱石をはじめとするいわゆる「洋行作家」の諸作品をまで同じ範疇に収めて考えることを私たちに要請する。しかし、これを逸脱だとも焦点の拡散だとも考えないようにしたい。

たとえば『舞姫』（一八九〇年）は、異国の言語に深く通じたインテリ日本人が現地女性との同棲関係を生きる小説として、「外地の日本語文学」の特徴を湯淺克衞の『カンナニ』（一九三五／四六年）と同様に有している。それればかりか太田豊太郎が船内で手記を書きあげた場所が当時の仏領インドシナ最大の港湾都市サイゴンであった点を重視して、これがインドシナを舞台とした最初の日本語文学でもあったことに私たちはもっと注意してよいはずである。帰国途上の太田豊太郎自身は、なるほど植民地都市の空気を嗅ぐことがなかった。しかし、日本に向けた航海に先立って積載される石炭の匂い、石炭を積みこむ港湾労働者の多種多様な声とともに（戦いながら）、その手記は書かれたことになっている。しかも『舞姫』の舞台となったベルリンは、一九世紀になって急成長したドイツ都市である。中世以来、東方に強い野心を抱きつづけたドイツ人は、ポーランド分割以降いっそう多方向的な触手を東方へと伸ばし、とくにベルリンは東方からの移住民の流入とともに国際都市としての性格を急速に強めはじめたのだった。エリスの一家もそうした移住者であった可能性が高く、広大な後背地を東方に有したベルリンの零細民をクロースアップした鷗外の手法は、中欧に君臨する新帝国における自然主義文学の特徴のひとつである「外地文学」の形を日本語でなぞったものであるとさえ言えるのである。近代が国民国家の全盛期であったことは同じ近代が大都市の無国籍化を招来したことと表裏一体をなし、とくにドイツではこれがのちにナチス人種主義の台頭を促すことになる。そしてアジアの諸都市、満洲や上海、ミクロネシアを含む旧南洋地域など大日本帝国の周縁部についても同じことがそっくりあてはまるのだった。

「外地の日本語文学」は大日本帝国の野望を担った帝国主義的な文学としての側面を持つが、他方では「内地の日本語文学」の限界をこえ、その外部へとはみだしていこうというエキゾティシズムの動きに乗じつつ、「外地」なるもの、「帝国の周縁部」なるものの表象にとりつかれた日本語文学の一様態としてもまたこれをきちんととらえなおす必要がある。

中島敦の『マリヤン』（一九四二年）では「痛ましい」という言葉が濫発される。カナカ女性マリヤンの洋装や、その彼女の本棚に何気なく並べられたピエール・ロティの文庫本、西洋植民地主義と日本植民地主義のもたらした怪異が主人公の心には「痛ましさ」として映るというしくみなのだが、近代化に付随した諸現象が「外地」においては帝国主義＝植民地主義のもたらした帰結として徹頭徹尾再解釈されていく。大日本帝国が北海道を皮切りに「外地」を創出し、アジア地域におけるヘゲモニー支配を拡張していった時期、かりにその作品がどのような立場と信条によって書かれたものであろうとも、それが少しでも「外地的なもの」に対する言及をおこなった時点で、その作品は帝国主義＝植民地主義の現実と向きあわざるをえなくなる。大日本帝国の歴史は、日本語文学に対して「外地の日本語文学」であることを強く要請し、奨励したのだ。

そのとき「外地の日本語文学」を読む私たちが最低限心がけるべきことがらは、作品の背後に、まずは日本語ではない異言語の響きを確実に聴きとるようにすることである。『舞姫』を読む者は、かりにドイツ語を解さずとも家族の窮状を訴えるエリス、太田豊太郎の厚情に応えるエリス、同じ豊太郎の裏切りを難詰するエリスの声を場面場面で思い浮かべずにはおれないだろう。太田豊太郎が発したエリート日本人のドイツ語やフランス語とともに。

そのときは、『マリヤン』を読む者もまた、英語を学び、かつ日本語を話すマリヤンが、たとえばアッパッパ姿で労働奉仕のさいちゅう、島民女性仲間とのあいだでは日本語ではなくカナカ語でささやきあうもうひとつの側面を持ちあわせていることをみないではおれないだろう。しかも、その姿を覗き見る主人公を意識してか無意識にか「ヨイショ」と一声みずからに号令をかけるマリヤンの二重性、三重性。こうしたすべてに「痛ましい」という形容詞が違和感なくはりついてしまう環境を描きながら、中島敦はまさに近代世界の傷口に指を這わせたのである。

2　外地日本人群像

ところで、「外地の日本語文学」に欠かせない構成要素として、異言語の影や帝国主義の爪痕と並んで重要なものに「外地日本人」の存在がある。素性は「内地に籍を置く内地人」でも、外地経験が長く、ほとんど内地とのつながりが断たれてしまった者もそこには含まれる。「外地生まれの日本人」が日本以外の国籍を持つことは国籍法上、生地主義を採用するアメリカ大陸に移住した移民二世たちを除けば、敗戦まできわめて稀だった。

しかし、何がしかのかたちで外地との関わりを経験した内地人は、内地人の規格からかぎりなく逸脱してゆく。海外発展とは、内地日本人の海外進出ばかりではなく内地日本人の発展や変質（さらには変節）を引き起こすものなのである。このことは大航海時代以降の西洋文学を一望しても容易に認められることである。ロビンソン・クルーソーは清教徒としてのみずからに固執しつづけるが、祖国に戻ってからはほとんど浦島太郎状態である。無人島での三十年は彼に対して不可逆的な変化を加えた。こうしたヨーロッパ人の変質を描いた文学として極北に位置するのは『オルメイヤーの阿房宮』（一八九五年）や『闇の奥』（一九〇二年）のコンラッドだということになるが、デフォーからコンラッドにいたるあいだに近代英語文学が示した大きな一歩は、それぞれ変質途上にある外地ヨーロッパ人同士がたがいに自分を映しあいながら、帝国主義時代のヨーロッパ人の危うさにこそ言葉を与えていこうとするモダニスト的なスタイルの獲得であった。

長い鎖国から開放された日本では、エリートや軍人に始まり、「からゆきさん」を含む各種労働者、移民・入植者までさまざまな海外進出者が内地をあとにした。こうした進取の気性に富む内地日本人の暗躍ぶりは、まさに「外地の日本語文学」の好んで描くところとなった。「外地の日本語文学」と言えば「外地らしさ」の象徴である非日本人の存在やその土地ならではの風物を描くことに特徴があるかのように思われがちだ。森鷗外の『舞姫』ひとつをとっても、そこではベルリン市街地の風景とエリスの存在が異国情緒の核をなすかのように感じてしまう場合が多いのである。しかし、『舞姫』の最後で呪われろ！とでもいわんばかりに名前のあがる相沢謙吉は、それこそ豊太郎と二人で一対をなす海外在住日本人エリートの典型ではないだろうか。森鷗外滞在中のドイツでは少なからぬ日本人エリートが青春を謳歌し、異国ならではの性生活に打ち興じていた。『舞姫』は日本人留学生とドイツ人女性の恋のめばえと破綻の物語であるが、それは国外での単身・独身生活を運命として選びとった内地日本人の欲望とそのつまずきの物語なのである。太田豊太郎は同じ日本人仲間の影響や感化からけっして自由でなかった。

明治の半ば以降、内地作家は取材を兼ねた海外渡航を頻繁におこなうようになる。中西伊之助の朝鮮、佐藤春夫の台湾、横光利一の上海、前述した中島敦のミクロネシア。これらを「外地の日本語文学」としてひとくくりにしながら読むときに忘れてならないのは、話者や主人公の位置に置かれた海外進出日本人の姿ばかりではない。その目を通して観察される多種多様な同胞たちもまたそうである。『緒土に芽ぐむもの』(一九二二年)の中西伊之助は、『異邦人』(一九四二年)のカミュを先取りするかのように、植民地の宗主国人と現地人に等分の関心(カミュの場合には無関心?)を示しながら、最後には監獄のなかで同じ中立性を維持しつづける。あるいは『霧社』(一九二五年)の佐藤春夫は、元日本人巡査の血を受けた混血児や日本人倶楽部にたむろする日本人群像に接するにふさわしい距離のとり方に悩む。『上海』(一九二八―三一年)の横光利一になると、亡命ロシア人の男女や中国人活動家に張りあわせようとでもするかのように「肉体の占めてゐる空間は、絶へず日本の領土となつて流れてゐる」とうそぶく日本人男性や、その男たちの自己陶酔をある意味で相対化してしまう「トルコ風呂」の日本人女性に決定的な役割を与えようとする。パラオ滞在中の中島敦の場合にも、ミクロネシア経験の長い画家、土方久功の存在が新参者の主人公の存在を浮き彫りにするうえできわめて重要だ。要するにコンラッドの『闇の奥』を指標にとるなら、「外地の日本文学」はマーロウを語るだけではけっして終わらず、作品それぞれのクルツを登場させないことには初志を貫徹できないのだ。この傾向が強まったとき、「外地の日本語文学」はときとして「外地日本人」以外の外地的な諸要素をほとんど背景へと追いやってしまうことさえある。アフリカ小説として読む『闇の奥』があまりにもヨーロッパ中心的に見えてしまうのと同じことが、しばしば「外地の日本語文学」にも生じるのである。

しかし帝国主義の尖兵を務めた内地日本人は、かりに兵士でなかろうとも身を挺し、外地的環境に身を晒しながら、数々のゆらぎへと身を任せながら戦ったという意味では兵士に等しかった。そして外地で見出される同胞は、彼らにとって明日はわが身にほかならず、後発の進出者は先発の進出者の存在のなかに外地での戦いの過酷さを嗅ぎとり、眩暈をおぼえるような経験を重ねながら、「外地日本人」としての風貌や胆力を徐々に身につけるのである。

一九三六年、ブエノスアイレスで開催された国際PENクラブ大会に出席すべく神戸をあとにした島崎藤村は、同船のブラジル移民・パラグアイ移民、シンガポールや南アフリカ在住日本人、さらには南米の日本人などとの交渉をふり返りながら、その旅行記に『巡礼』という題名を与えた。明治以降の海外渡航日本人にとって、旅とは異郷体験であるばかりではなかった。それは同じ道程を歩んだ先達の後塵を拝する巡礼者のまさに追体験だったと言うべきなのかもしれない。「外地日本人」の生態を現地に足を踏み入れて至近距離から観察するという知的営為。紀行文ばかりがそうなのではない。「外地の日本語文学」は、どこまでも「外地日本人」を描かずにはおれなかったという点においてことごとく巡礼者の文学だった。

3　外地喪失

第二次世界大戦での敗戦が日本語文学に及ぼした影響は量り知れない。戦前の日本では内地と外地が連続体として日本語文学に土壌を提供していたのだが、戦後になると、外地は内地において回想される以外に足場をもたない抽象的な「異郷」と化した。外地の記憶は戦後日本（旧内地）を亡霊のように徘徊し、空間の隙間やニッチにひっそりとおさまる以外にない、いわば異物となったのである。しかも、かつて外地と呼ばれた地域の大半は朝鮮半島内戦や中国革命、ソ連による領土回復によって旧内地人の記憶なるものをいっそう過去へと追いやったばかりでなく、日々の報道が古傷のうえにできた瘡蓋《かさぶた》を剝ぐかのような拷問で引揚者の心を悩ませたのだった。戦地経験を描いた大岡昇平の『野火』（一九五一年）ばかりでなく、内地で銃後と焦土を経験した日本人と外地での記憶にすがりつくようにして生き延びた引揚者・復員者とがともに同じ時空を生きることの困難さを描いた阿部昭の『司令の休暇』（一九七一年）や後藤明生の『夢かたり』（一九七六年）など、外地との清算過程を描く戦後日本語文学の系譜は見逃せない。植民地朝鮮で書かれた『カンナニ』のような作品を、戦後日本人は朝鮮人との和解や共生の夢と困難を描くためではなく、そうした夢の実現不可能性を再確認するために書いた。これらをさしあたり「外地喪失の文学」と呼ぶとしよう。

第二次世界大戦後のドイツで似通った現象が生まれたことは容易に想像がつくだろう。『ブリキの太鼓』（一九五九年）で知られるギュンター・グラスは一貫してこの立場を背負って生きた作家である。ルーマニア生まれのユダヤ系ドイツ人で、ホロコーストを生き延びて、戦後はパリで詩作を続けたパウル・ツェラーンまで含めると、戦後ドイツ文学における「外地喪失」の主題は「ホロコースト後」というもうひとつの重荷までまとめて背負うことになったのだとも言える。

そして第二次世界大戦後、戦勝国もまた広大な植民地を放棄することになったヨーロッパでは英語圏・フランス語圏からも少なからぬ「外地喪失の文学」が生みだされることになった。アルベール・カミュやマルグリット・デュラスにとって祖国解放後の時間は、旧植民地からの追放が決定的なものとなる重苦しい時間の連鎖だった。こうした系譜は、他方で植民地出身者が戦後も旧宗主国の言語で書きつづけることで新しいポストコロニアル文学の可能性を切り拓いたために、えてして背景に追いやられがちなのだが、第二次世界大戦後という世界史的な時間を考えたときに、日本語で書かれた「外地喪失の文学」は、旧西洋植民地出身者の文学と同じ尺度で測られる必要がある。長い長い植民地文学の伝統は、脱植民地化のプロセスのなかで「外地喪失の文学」と「脱植民地化の文学」へと分岐していったのである。

日本語文学の場合にも同じ見取り図をあてはめる必要がある。内地人引揚者・復員者の文学が前者であるとすれば、朝鮮半島や台湾出身の日本語作家たちは後者に含まれる。

しかし、これまで「外地」の範囲がどこまでかをあえて限定せずに筆を進めてきたのだが、はたして戦前の「外地」は敗戦を契機として内地日本人によって放棄された地域だけであっただろうか？明治初期の併合後も長いあいだ「内地」の外部に置かれてきた旧蝦夷地や旧琉球王国地域は、戦後日本領であることの国際的な追認や米軍占領から日本への返還などを経て「外地性」を否認されることになるのだが、このこと自体はこれからもなお歴史的に再審に付されるべきことがらだろう。

そしてもうひとつ忘れてならないのが、南北アメリカの日本人移住地である。出稼ぎであれ擬装的亡命であれ、南北アメリカに移り住んだ日本人の大半は「内地に籍を置く外地日本人」に準じる存在としてみずからを理解していた。彼ら彼女らの身元を預かるのが台湾総督府や朝鮮総督府、あるいは樺太庁や南洋庁、満洲国などではなく、日本国在外公館であったという違いは、当の日本人にはそれほど大きなものではなかった。アメリカ大陸の日本人がアジア諸地域の日本人とは異なる籠の鳥であると思い知らされるのは、真珠湾攻撃（一九四一年十二月七日——アメリカ時間）以降である。しかも国際社会における枢軸国の孤立後、さらには日本の敗戦後も、現地日本人のほとんどは「外地日本人」としての自覚を失うことなく現地に残留することになるのである。

なぜこのようなことを蒸し返すかというと、「外地の日本語文学」を考えるとき、私たちは概して一九四五年八月十五日（日本時間）以降を度外視する傾向にあるからだ。日本統治・日本軍占領地域としての「外地」は、たしかにこの日付を境にして失われた。しかしアメリカ大陸の日本語文学は、戦後もまた「外地」的な特質を失わないまま微妙に形を変え、それでも残存したのである。それればかりかサンフランシスコ講和条約締結後、ふたたび日本人の渡航が活発化したアメリカ大陸では、戦前的な「外地の日本語文学」の遺産を部分的に継承しながら、戦後になってからも日本語による表現活動が一定の存在感を示しながら生き延びた。

「失われなかった外地」としてのアメリカ大陸——最後にふり返っておきたいのがこれである。

4　ブラジルと日本語文学

日本語使用者が非日本語との不断の接触・隣接関係を生きるなかから成立した文学——「外地の

日本語文学」として本論の冒頭で私が示した定義は、南北アメリカの日本人移住地の文学を考えるとき、そっくりそのままあてはまる。ここではブラジルの日本語文学に対象を絞って移住地文学の外地文学性を考えておくことにする。

ブラジルの日本人移住地が活発な日本文学の拠点として急成長をとげるのは、一九二〇年代に入ってからである。初期の担い手は移民政策に乗った農業移住者ばかりでなく、大連や上海あるいはバタビアやシンガポールを転々としたタイプの流浪ジャーナリストや旅人であったが、しだいに入植経験者層へと裾野は広がった。そこへ一九三〇年には作家の卵であった石川達三が移民監督として、そして六年後には今度は老大家、島崎藤村がPENクラブ大会の帰りに現地を訪問することになる。生活圏は異なろうとも近代日本の刻印をほどこされた同士である日本人の同質性なるものと、これと対をなす内地日本人と外地日本人とのあいだの差異をめぐる二重の確認作業。渡伯作家の執筆スタイルは、他の「外地の日本語文学」のスタイルをほとんど踏襲している。後に慰問や大東亜共栄圏の文化政策の担い手として戦地へと徴用された作家たちのそれとも大きな差はない。

じつは石川達三や島崎藤村の背後に追いやられて、当時も戦後も日本国内ではほとんど顧みられることのない移民作家の日本語文学もまた、こうした「外地の日本語文学」のスタイルから大きく外れることはないのである。黎明期の移民作家は移住後の経験を写しとるリアリズムを重視したが、現地ブラジル人に対する羨望や差別的なまなざし、同じ日本人でも在外公館や移民会社関係者に対する依存や反発、先輩移住者に対する同じく依存や反発などブラジル移民をとりまいた環境は、アジア地域の「外地」の場合と変わらなかった。強いて言えば日本語しか話せない自分に対するもどかしさがことあるごとに強調されて、それが特徴的なくらいである。そしてブラジル社会への同化が進めば進んだだけ、その同化方向の多様性が、ブラジル日本人が同胞を見る目の多様化をあおるかたちとなる。とくに第二次世界大戦期のブラジルで愛国主義者と同化主義者の亀裂が日本人社会を真っ二つに引き裂いてからは、自分と他者とのあいだの距離を測る習性が、どの「外地」と比べてもブラジルなど南米地域では極端なかたちで日本人ひとりひとりのなかに染みついたのであった。さまざまな日本人クルツの存在に脅え、憤り、魅せられる。戦後へと引き継がれたブラジルの日本語文学（コロニア文学）は、アジアの「外地」では志なかばで放棄された外地日本人の相互慰撫、ないしは相互監視の網の目を描きだす文学ならではの可能性を、地球の裏側でひそかに追求しつづけることになった。

ブラジルの日本人社会で恋すべき異性を見出すことはさほど困難なことではなかった。ベルリンの太田豊太郎がエリスに魅せられたように、現地人異性にとりつかれる日本人男性もめずらしくはない。しかし雑婚を阻止しようとする圧力は日本人社会のなかから間断なく及んでくる。南米の太田豊太郎は、ときとしてブラジル人と幸福な家庭生活を送りもするが、南米のエリスを見殺しにしたり見放したりすることも少なくない。そういった日本人同胞の逡巡に対して、ブラジルの日本語文学はただならぬ関心を抱きつづけた。それはブラジル日本人のひとりひとりが人生の各段階で突きつけられる自己決定権行使の諸相に、ことさらな関心を示すマイノリティ文学そのものの宿命であるといってもよいだろう。そこにお手本などない。登場人物の日本人は範例の列のなかでたえず溺れつづける。

そしてこうして戦前から戦後へと生き延びた「コロニア文学」と並走する形で、戦後の日本人作家もまたブラジルへと「巡礼」を試みることになった。高木俊朗、角田房子、大城立裕、船戸与一など彼ら彼女らは異世界に巻きこまれるようにして、ブラジル日本人のあいだをたらいまわしにされ、あたかも突然変異を起こした日本人の進化形をそこに見出したかのような驚きとともに、その迷宮体験を文学へと置きかえることに熱中した。

戦後日本人作家がブラジルを舞台にした小説を書く場合、それを純然たるエキゾティシズムだけで構成しさることは一見容易にみえた。しかし、いったんブラジル日本人を登場させたとたん、小説は「外地の日本語文学」に絡めとられてしまったのである。

「外地の日本語文学」という問題を過去に封じこめることなく、今日的な問題としてあらためて引き受けること。私はそれを一方では『舞姫』を現代文学として読みなおすことの可能性として示したかった。

じつはサンパウロに滞在した二〇〇二年、私は現地の国際交流基金の要請に応えて講演をおこなった。日本人の移民体験と太田豊太郎の留学体験は明治以降の日本人の海外経験を考えるさい、えてして対極的な姿としてとらえられがちだが、そんなことはない。サイゴンの港で手記を書き終えた彼は、あのあと心を翻してドイツに戻り、エリスとともにブラジルへと移り住んだかもしれないという話をしたのである。日本人のブラジル移民が軌道に乗るよりも先立って一九世紀、ブラジルに大挙して訪れた移民と言えばドイツ系であり、イタリア系だった。とくにエリスがそうであったようなドイツの零細民にとって、ブラジルは夢溢れる新天地だった。このことをふまえて『舞姫』

のありえたかもしれない後日譚を私なりに語ってみせたのだが、そのときの原稿をお読みくださったアルゼンチンの日系人の方から、あなたの夢想は夢想ではなく、ほんとうにそういう例があったのだと札幌農学校出身の農学者、伊藤清藏さんという具体例をあげていただいた。はたしてこの伊藤清藏博士は、ドイツ留学中に信頼を築きあげたドイツ人女性とともにアルゼンチンに渡り、ドイツ人としての特権を利用して広大な土地を手に入れた後、ペルーやブラジルから流れ着いた日本人脱耕者などを受け入れてアルゼンチンで成功した現地日本人社会の伝説的英雄のひとりだ。一九三六年、ブエノスアイレスを訪れた島崎藤村は、この伊藤清藏（I博士）との会見の模様を『巡礼』のなかに書きとめている。

「外地の日本語文学」は、けっして過去に封じこめられるものではない。ヨーロッパ人が地球のどこでもそうであるように、世界のどこへ行っても日本人は、分身としての、もうひとりの日本人を見出すことになる。あきれるほど日本人は世界に散らばっている。彼ら彼女らはかならずしも内地の日本人には似ていない。しかし、たとえばサンパウロ市内を歩いていればただの日本人が日系ブラジル人と簡単に誤認される。それほど傍目にはそっくりなのだ。日本植民地主義の半世紀あまりは、こうした外地体験を私たちに与えないままアジア地域ではあっさりと幕を下ろしたのだが、外地とはそもそもこのような場所のことなのだ。私はサンパウロでそのことを思った。

「外地の日本語文学」に対する私たちの関心はけっして「戦後処理」の一部ではない。変質した同胞という他者を見るまなざしを獲得するうえで、外地という場所はいまなお選ばれた土地である。戦前の内地人作家が外地に惹きつけられたのもたんなる異国趣味ではなかったと思う。内地日本人に秘められた可能性の大きさを測りたいとき、外地ほどうってつけの驚異に満ちた場所はなかったのではないだろうか。

戦後六十年を過ぎて、いつのまにか日本人にとっての外地は地球のすみずみにまで拓けている。内地日本人であったはずの人間がいつのまにか日本人であることをやめてしまうような境域が。

＊　初出は、『〈外地〉日本語文学論』神谷忠孝、木村一信編、世界思想社、二〇〇七年。

ブラジル日本語文学のゆくえ

「外地」などという言葉はいまや死語かもしれない。現在、海外で活躍する日本人は少なくないが、それは「外国」でビジネスや援助活動や平和維持にたずさわっているのであって、日本の国威発揚のために奮闘しているわけではない。しかし敗戦前の日本では、台湾・朝鮮のような植民地や満洲国のような傀儡国家は言うに及ばず、南方進出日本人はジャワやシンガポールにおいてさえ日本語メディアを普及させ、来るべき「大東亜共栄圏」の夢を思い描いていた。日本語で書かれる文学はいやましに裾野を広げ、日本語教育が進んだ台湾・朝鮮では、内地出身者はもとより、現地人のあいだにさえ日本語を用いた文学表現に自民族の未来を賭する者があらわれた。これらを総称して「外地の日本語文学」と呼ぶ。そしてそうした多様な日本語文学は一九四五年の八月、たちまちのうちに露と消えたかのように思われている。その片鱗をとどめ、系譜を受け継ぐのはせいぜい復員者や引揚者の文学、もしくは戦後も日本に残った旧植民地出身者（いわゆる「在日」）の文学くらいだ。ブラジル日本人の文学がいま注目に値するとすれば、こうした近代日本語文学の歴史のなかできわめて例外的なカテゴリーに属するという意味においてである。

今年〔二〇〇八年〕は第一回ブラジル移民の八百人弱が船出をして百年目にあたる。一九〇八年の笠戸丸移民以降、真珠湾攻撃によって移住事業がとだえる一九四一年までを第一波とし、戦後日本復興後の一九五三年以降、南米への組織的な移住事業が再開された十数年を第二波とするふたつの大きな波が、この百年間に総数二十五万人もの日本人をブラジルへと送りだした。

戦前の移住者たちは基本的にブラジルに日本人社会を移植しようと奮闘した。一九二〇年代になるとサンパウロを中心に日本語メディアがお目見えし、日本語文芸も根を下ろして、サンパウロを舞台にした日本語文学は上海や大連を舞台にしたそれと同じエキゾティシズムを売りにするようになった。他方、開拓地での艱難辛苦を描いた泥臭い作風は、北海道開拓から満洲移民までの苦難を描いたリアリズムをおおよそなぞっていたと言ってよい。要するに、それは「外地の日本語文学」の一部だった。ブラジルの日本人のなかには「大東亜戦争」に勝利した後に日本軍制圧下の南方への再移住を夢見ていたものが少なくなかった。日本の敗戦による「外地喪失」を信じられないと考えた「勝ち組」の運動が求心力を持ったのも、ブラジルの日本人があくまでも「外地の日本人」として自分を理解していた証拠である。

これに対して戦後ブラジルの日本語文学は、日本の敗戦を正面から受けとめて、帰国でも再移住でもなくブラジル定住を選択した人々の開きなおりを共通の基盤に据えることで再出発した。第二次世界大戦中、敵性言語である日本語はブラジルでは使用が禁止された。そうした弾圧の時代を乗りこえて再出発したブラジルの日本語文学は、ブラジルをもはや「外地」とはみなさなかった。彼らは「日本人」ではなく「ブラジルの日系人」としてみずからを再定義し、その社会を「コロニア」と呼ぶようになる。一世のほとんどはいまだ日本国籍を保有したままであったが、ブラジル国籍をもつ二世・三世はブラジル社会への同化・定着を急いでいた。「コロニア」の一世は子どもたちを「日本人」として育てることを断念せざるをえず、せめて日本語を授けることで「ブラジルの日本人」としての成長を期待するしかなかったが、それも多くの場合空しい期待に終わった。こうした事態は戦前の植民地ではありえないことだった。旧植民地では日本人（内地人）の子どもは当然のことのように日本人（植民地生まれの内地人）として育った。ところがブラジルの二世・三世は、どう転んでも「ブラジル人」以外ではなかった。日本国籍を持つマイノリティの親に育てられたという生育歴が子どもたちの記憶裡に染みつくだけだ。そうしたなかで、「コロニア文学」はおもに一世たちのブラジルでの再出発を支える形で成長をとげた。新天地ブラジルでの涙ぐましい適応への努力を描き、ブラジル社会への違和感を書きつけるタイプが一方の極にあったとすれば、ブラジル社会への適応を進めていくなかで日本人として生まれ育ったはずの人々が時代とともに逸脱・変容していくさまを描く文学がその対極に位置した。

「コロニア文学」の最盛期は、同じタイトルをもつ文芸雑誌が同人誌形式で刊行された一九六六年から一九七七年にかけてであった（三十二号で終刊）。戦前移民の生き残りと戦後移民の文学好きが競いあうように作品を提供した。戦後移民は日本の戦後文学の影響も強く受けていたし、ブラジルでの生活歴が長いわけではなかったが、彼ら彼女らは戦後復興期の日本をあとにしてブラジルに来ることを選んだ時点で「日本人」であることに見切りをつけたような開きなおりを、古くからの「コロニア」メンバーとはまた違った形で心の支えにしていた。それはともに「もうひとつの日本語文学」の可能性に賭ける文学であったといってもいい。

戦後、東京を中心とする内地の文壇に一極集中する傾向にある日本語文学の現状をみているとすっかり忘れてしまいそうになるのだが、少なくとも戦前・戦中の日本語文芸は、植民地や占領地など拠点を広域に分散させていた。そうした拠点が失われた結果、最後に残ったのがかつての日本人移住地、なかでもサンパウロなのだった。

すでに戦前からブラジルは、日本語文学の選ばれた舞台のひとつだった。石川達三の『蒼氓《そうぼう》』は第一回芥川賞の受賞作となったほどである。戦後になってからも、ブラジルを訪問した日本人作家はコロニア日本人の存在に圧倒され、ブラジルを舞台にした小説をしばしば自分でも手がけた。北杜夫の『輝ける碧き空の下で』や船戸与一の『山猫の夏』などが代表だ。海外を舞台にすることで異国情緒を漂わせながら、そこに生きる謎の日本人・日系人の姿は、ふしぎに心を打つ。こうした仕掛けを娯楽的な日本文学はとくに積極的に採用する。しかし、こうした日本文壇における「ブラジルもの」の流通をよそに、現地ブラジルのコロニア作家たちはほとんど知られないまま年老い、消えていこうとしている。

たとえば現在の熊本県宇城市に位置する松橋町南豊崎出身のコロニア作家、衣川《ころもがわ》笙《しょう》之介《のすけ》という作家をどなたかご存知だろうか？　芥川龍之介を意識したのだろう。これはペンネームで本名は林田法人。一九二四年の生まれで、十歳のときに家族とともに移住。入植地の現地学校に入学するが、夜、父親から日本語の読み書きを教わったのだという。二十歳から自動車修理工場で板金工などをして働き、一九八〇年代に入ってから詩や小説を手がけ、作品集を刊行（『南十字星の影絵』など）。独特の作風を持ち、ブラジル渡航前の少年時代を扱った「木もれ日」には熊本弁がちりばめられ、移住者の脳裏に刻みこまれた故郷の光景が幻のように甦る。「オリビア」ではサンパウロで民間治療師をする日本人の活躍が描かれ、ブラジルでいまでも根強い呪術や民間医療に取材した作品の多いことがその大きな特徴だった。一九九〇年代、サンパウロでもっとも有望視されたコロニア作家のひとりである。

「コロニア文学」はいま文字どおり老境に入っている。戦前移民は天寿をまっとうし、戦後移民の一世も高齢化しつつある。二世以降で日本語を操れるのは日本に留学経験のある一部の人々に限られ、一九二五年、サントス生まれの二世作家、山里アウグストさんは例外中の例外だ。戦後間もなくに日本に留学された山里さんは、幼いころ自宅に集まってこられていた沖縄系初期移民の方々の思い出話を下敷きにして、長編『東から来た民』を書き、『七人の出稼ぎ』では日本語のままならない三世・四世・五世の出稼ぎ経験を描いて孤軍奮闘している。

　このような現状をみるにつけ、「もうひとつの日本語文学」として細々と生き延びてきたブラジルの日本語文学が後継者不足の状態にあることは否定できない。将来性があるとすれば、ポルトガル語を使った日系人作家が日本人移民の過去をふり返るような形がそれだろう。北米ではすでに日系の英語文学が一定の地位を確保している。ブラジルでもここ十年、多文化主義的な傾向が台頭し、東欧ユダヤ系や中東系あるいはアフリカ系マイノリティの歴史を掘り起こそうとする文学が話題を提供するようになっている。いずれ私たちはポルトガル語で書かれた日系人の文学に翻訳を通じて触れる時代を迎えることになるのだろう。

しかし、現時点で私が思うのは次のことである。かつて「大東亜共栄圏」を夢見ていた戦前の日本文壇は、日本語文学の担い手をかならずしも内地日本人ばかりとは想定しなかった。台湾には台湾、朝鮮には朝鮮、満洲には満洲、南方には南方の日本語文学が生まれる未来を展望していたのである。「外地の日本語文学」が「内地の日本語文学」を圧倒するかもしれない未来を前向きに志向していた。たとえば英語文学は、いま英国や北米やオセアニアに限らずアフリカやカリブ海地域やアジアの地でも百花繚乱、華々しく開花している。フランス語圏でも同じようなことが起こっている。考えてみれば日本の場合も敗戦ショックのためにその命脈が断ち切られたかのようにみえただけだったのだ。日本人として生まれたはずの人間が新天地で新しい人生とアイデンティティを開拓しはじめる、その粘り強い歩みは海外移住地の文学のなかで粘り強く主題化された。

ブラジル移民百年を迎えるこの年に、忘れ去られたブラジル日本人の足跡について思いを馳せることは有意義だろう。次の百年を考えるためにも。

＊ 初出は『ブラジル移民百年記念／移民文学展』熊本近代文学館、二〇〇八年。

外地の日本語文学

ブラジルの日本語文学拠点を視野に入れて

1

明治以降の日本語文学の勢力圏の拡大、拠点の分散を考えるうえで、いま「外地」概念の再定義の必要を強く感じている。

ひとつには、北海道や沖縄など明治維新以降に日本に併合された地域の文学をどのようにとらえるかという問題がある。台湾、南樺太、朝鮮半島、満洲の日本語文学を「外地の日本語文学」の名で総称するとき、それならこれを「旧日本植民地の日本語文学」と呼びあらためても大差ないだろう。[1]これらの土地では、内地籍の日本人ばかりでなく非日本語を母語とする現地人の参入に期待を寄せる「植民地」ならではの未来がオプティミスティックに展望されていた。そしてそこでの非日本人は自分自身の言語で文学を立ちあげるか、植民地主義宗主国の言語（日本語＝国語）による表現に活路を見出すかという選択肢の前に立たされ、まさにそれこそが「内地」ではない「植民地」の特性なのだった。しかし、だとした場合、北海道や沖縄（旧蝦夷地と旧琉球王国）を「外地」もしくは「植民地」の名で呼ばない理由は、これらの地域が戦後も日本領にとどまり、内地人居住者に引揚げが促されないまま日本語の一言語支配が日に日に進行しているという点以外に何もないことになる。少なくともこれらの地域では、先住民族の日本語文学への参入か民族語による表現か、という選択肢がいまでも生きている。(2) この現状を考慮したとき、私には「外地の日本語文学」を「日本語使用者が非日本語との不断の接触・隣接関係を生きるなかから成立した文学」と定義する以外の方法が考えられないのである。(3) 北海道におけるアイヌ語、沖縄における琉球語がまだまだその威信を失ってはいないことを、ここでは強調しておきたい。

それからもうひとつ、明治元年のハワイ移民以降、日本人が外国人として移り住むことになった「移住地」のことがどうしても気にかかる。アメリカ合衆国で移民法による日本人移民受け入れ停止措置がとられる一九二四年の前夜、カリフォルニアの日本語文学を支えた理論家の翁久允は、「これからの在米日本人は移民としての生活をきりあげて、移住民としての生活に入る時代である。そして二十世紀の中葉を過ぎたら、私達は、私達の子弟から世界的な言葉――英語をもつて物語を書く人々を得るのであらう。彼らの時代が来るまでに私達はその中継として、日本民族の伝統の下に、他国で受けた神経の痛々しさを告白してゆくのである」と書いた。(4) この予言は日米開戦後、在米日本人に強いられた苛酷な運命を経てまさに的中することになるのである。しかし、アメリカ合衆国における受け入れ停止によっていっそう移民送出に拍車がかかった南米（とくにブラジル）では、

「移住地文学」が第二次世界大戦期の沈黙をくぐりぬけて、戦後にも移民が再開されたこともあり、結果として今日まで生き延びることになった。

たとえば、こうした「移住地の日本語文学」を百年の単位で考えるときに、「移住地」を「外地」と呼ばない判断をただ下すだけならたやすい。「移住地」において日本人は名実ともにマイノリティであり、一世はいいとしても二世以降にまで日本語文学が継承される可能性はきわめて低い。翁の言葉を借りるなら、「移住地の日本語文学」はどこまでいっても「中継」にすぎないのである。植民地支配が続くかぎり生き延びることが予想され、非日本語話者のあいだにさえその担い手の登場が待望された「植民地＝外地の日本語文学」と「移住地の日本語文学」のあいだには、未来への展望の有無という点で決定的な違いがあった。日本の統治が及んだか及ばなかったかの差は大きく、「移住地」はどこまでいっても「外国」に点在する「日本の飛び地」であって、「外地」ではなかった。たとえばそのように考えることはできるからだ。

しかし、「日本語使用者が非日本語との不断の接触・隣接関係を生きるなかから成立した文学」という範疇でとらえたとき、「移住地文学」は「植民地文学」とは呼べないまでも、少なくとも「外地文学」のうちに含めて考えることが可能だろう。「俺も行くから君も行け／狭い日本にゃ住み飽いた」(「馬賊の歌」一九二二年)と歌われ、こうした歌に煽られた日本人の逃避衝動は日本人の海外移住の通奏低音であったはずである。そうした移住者が「非日本語との不断の接触・隣接関係を生きるなか」で日本語による文学創造に表現の可能性を見出した。それはエキゾティシズムの力を武器にして内地の文壇に新風を吹きこもうという大いなる野心のあらわれであったが、これは日本語文学の新しい拠点形成に関わる一大プロジェクトでもあったのである。

「移住地」の日本人の大半は戦後も現地に残留し、いわゆる「植民地」の日本人のように総引揚げを前提とされることはなかった。このことが意味するのは、アジア地域の日本統治もしくは占領地域においては立ち消えた「外地の日本語文学」の発展可能性（また北米では「世界的な言葉——英語をもって物語を書く人々」の台頭によっていずれはとってかわられる「外地の日本語文学」の可能性）が、ブラジルなどの南米では移民一世の文学として少なくとも生き延びたということである。

「外地」を「植民地」や「占領地」に限定することによって、そこでの文学活動の総体を日本の敗戦によって命脈を絶たれた過去のなかに都合よく封じこめてしまうのではなく、むしろありえたかもしれない日本語文学のオルタナティヴな可能性を問いなおすために、北海道や沖縄のような内地とは決定的に異なる「前史」をもつ土地に注目すること。そしていまなお日本語による表現活動が生き延びている「移住地」にもしっかり光をあてること。「外地の日本語文学」を考える際に、私はこのふたつの課題を引き受けようと思っている。

2

異なる歴史を生きてきた主体として自分たちを再定義する試みとして、一九五〇年代のブラジルに誕生した特有の観念に「コロニア」がある。同人誌『コロニア文学』の発刊（一九六六—七七年）はこの観念が定着したあらわれだが、一九〇八年の笠戸丸移民からちょうど半世紀を経た一九五八年に編まれた『コロニア五十年の歩み』には次のようにあった。

あの戦争という暗いトンネルは、われわれブラジルの日本人にとって陰惨で、不安な、そして重苦しい圧迫ではあったが、われわれはその代償として、現実と対決できるだけの自信と勇気とを得た。戦時・戦後の空白時代というけれども、実は空白どころか、コロニアの最も充実した成長期であり、人間形成期であったのではないか。戦争のトンネルをぬけて、再び青天が訪れたとき、ブラジルの日系人はもうかつての「在留民」でもなく、「ブラジルの本邦人」でもなかった。われわれはコロニアとしての成長をとげていた。(5)

「戦争という暗いトンネル」とは、真珠湾攻撃後、日本・ブラジル両国が断絶し、在外公館や本国企業の撤退、さらにはブラジルでの敵性国民扱いなどを経験しなければならなかった「戦時」(当時の在伯日本人はブラジル官憲の監視下に置かれたばかりか、日本人相互の監視体制のもとで愛国組織による養蚕農家や薄荷栽培農家への焼き討ちなどが多発した)、および戦勝派と敗戦派との内紛で混迷をきわめた「戦後」をひっくるめた約十年を指している。総力戦体制下に遂行された「大東亜戦争」「太平洋戦争」、戦争末期の度重なる空襲、敗戦後の米軍占領を経験した内地とはまったく性格を異にする同じ十年間を生きることになったブラジルの日本人・日系人は、この期間をたんなる「空白」とは考えない。この十年間はそれまでの「在留民」意識から「コロニア」意識への脱皮を可能にした揺籃期としてとらえようというのである。旧「植民地・占領地」の日本人のように引揚げの途につくのではなく、かといって全面的にブラジル社会への同化に救いを見出すというのでもないブラジルにおける自分たちのアイデンティティを追い求めた答えが、「コロニア」という新しい存在様式なのだった。「コロニア」は日本列島の日本人とはもはや同じ歴史を有しない。戦前の日本人社会で支配的であった皇国史観と、そうした支配的な民族イデオロギーに対して違和感をもつ人々の日本観とをぶつけあいながら、最終的には「コロニア」としての和解へと達したいという移民社会内部のポリティクスがこの概念の成立と成熟に向けて働いていた。(6) 戦前から戦後への日本社会の歩みを遠目に眺めながら、自分たちの生きてきたブラジルでの経験にこそアイデンティティのよりどころを見出そうというのである。アメリカ大陸やオセアニアで大英帝国の周縁部にある「外地人」としてではなく、アメリカ人、オーストラリア人、ニュージーランド人としてのアイデンティティを獲得することになった英語使用者の現代史をあたかも圧縮するかのように、ブラジルの日本人・日系人は「もうひとつの歴史」への帰属を高らかに宣言してみせた。

こうして新しいアイデンティティの確立が急がれるただなかへ、一九五〇年代には新しい戦後移民の一群が押し寄せたのである。戦後移民は日本の敗戦を疑おうにも疑いようのない引揚げ経験・被占領経験を背後に背負ってはいたが、かといってそうした日本内地での戦後に明るい希望を見出せず、もうひとつの日本人社会への転住を決断した人々であった。彼ら彼女らは、戦前から戦後にかけての内地・外地での経験を「コロニア」の歴史に接ぎ木するような形で人生の再出発をめざした。

このような戦後移民のなかから「コロニア作家」となったひとりにリカルド宇江木（一九二七―

二〇〇六年）がいる。

満洲からの引揚者であった宇江木のブラジル移住は、外務省主導の官製移民が幕を下ろした後の一九七四年である。後発の移住者であったが、みずからが生きてきた戦中・戦後経験の「コロニア史」への接合を試みたという意味では、代表的な「戦後派コロニア作家」のひとりであったと考えられる。ワープロやインターネットの普及後、ブラジルの日本語文学は活版印刷に依存しない新しい形態を積極的にとりいれるようになっているが、宇江木の場合も主要作品のほとんどがインターネット上に公開されている。(7)

代表作『花の碑』は、一九三七年に親子で移住した十七歳の少女の戦中から戦後にかけての成長を、その性遍歴を縦糸にして描いた歴史巨篇だが、ここで宇江木は、戦前から戦後へと生き延びた天皇制に対する違和感を描きこむにあたって、「コロニア社会」に迷いこんだ日本人アナーキストを幾人か登場させている。

戦前の海外移住の背景に徴兵忌避という因子が混じっていたことは石川達三が『蒼氓』（「第一部」一九三五年）で大きくとりあげたことによっても知られるが、こうした傾向は自由民権運動の衰退や国民皆兵制度の導入と、アメリカ西海岸への移民の増大とが連動した一八八〇年代にまで遡ることができる。(8)『花の碑』の主人公は、東京で新聞記者をしていた叔父や女性解放論者であったその妻に預けられて育ったこともあって、きわめて進歩的な文学少女なのだが、かといって日中戦争期の日本を覆いつくしていた皇国史観に対する免疫力まではもたない。しかし、その少女が移民船のなかで知り合った初恋の男性は「ブラジルに来たくて来たんじゃなくて、日本に居たくなくて来た」（第十五章）と洩らす反戦論者だった。またブラジルの耕地を渡り歩いた末、戦後のサンパウロでジャーナリズムに関わることになった彼女は、戦勝派に属する男性たちのあいだに勇ましく飛びこんでいくが、そのかたわらで心を寄せた「琉球人」は米軍占領下の沖縄から密航に密航を重ねてブラジルまで流れ着いた一種の「亡命者」で、「一億総玉砕しなかった反動から、一億総白痴化してしまった〔…〕日本人であることが恥ずかしくなって、ブラジルに来た」（第百三十六章）と言う。

　戦前のブラジルでは「刑事に監視されている自由主義者、社会派文学青年、徴兵回避を目的とする者、そういうインテリたちが新移住者のなかに相当数まじっていた筈[9]」だが、宇江木は戦後移民のなかにも広義の「亡命者」が一定数含まれていた現実を強調する。ひとりの素朴な少女を主人公に据え、皇国史観と神州不滅の幻想にとりつかれた日本人を周囲に配したのは、あたかもそうした存在を引き立てるためだと言わんばかりなのである。そしてこうした男たちとの接触を経て、主人公はとうとう「いままで天皇という存在を、どういうふうに処理すればいいのかがわからなかったのぉ。いまそれがわかったぁ。あいつは塩をまぶせば溶ける存在だったんだってぇ」（第百七十四章）と小躍りするように叫んでみせる。こと「不敬文学」に関してきわめて不寛容な日本国内ではなく、「コロニア文学」の場においてこそ書かれえた一種の「亡命文学」、それが『花の碑』である。

3

天皇制国家に対する強烈な違和感は、リカルド宇江木の文学の原点である。みずからの満州経験をふまえたものらしい『白い炎』には、ソ連軍占領下の満洲でソ連兵の性欲処理への奉仕を強いられた日本人女性と、それに目を瞑った日本人社会が独特の黒いユーモアを交えながら描かれている。ソ連兵であろうが、その命令になすすべもなく従うしかなかった日本人社会の面々であろうが、性欲から自由ではありえない人間の形而下的な世界にまっこうから向きあった、このような小説を、敢えてブラジルに移住した後に書きあげた宇江木の選択は、戦後日本における引揚者＝被害者ナラティヴの窮屈な一面性に対する「コロニア文学」ならではの異議申し立てとしても読むことができる。また『白い炎』の主人公の後日譚として読める『マルタの庭』では、満洲からの引揚げの後にブラジル転住を決めた作者の分身と思しき主人公が、中年のドイツ人女性と意気投合する。

ドイツ人マルタは、ソ連軍による解放直前のドイツでソ連兵からレイプを受けて妊娠する。ナチの下級将校でユダヤ人虐殺の実行犯でもあった父を持ち、ユダヤ人による追及を恐れた彼女は、父とともにブラジルに逃亡。しかもドイツからの脱出にあたって意識的にユダヤ人の移住組織に潜入し、ユダヤ系の男性と偽装結婚したために、その男からことあるごとに過去を追及される日々を送ることとなった。満洲からの引揚げでソ連兵の暴行を何度も目のあたりにしてきた主人公は、そんなマルタの心を癒すかのようにその打ち明け話の選ばれた聴き役に徹するのである。日本とドイツという、ともに敗戦国の汚辱の歴史を抱えこんだ男女の心の交流という主題は、ブラジルという場の中立性を前面に押しだした語り口を伴って、たくみに加工されている。

後発の植民地帝国であったという意味で日本と数多くの共通点を有するドイツは、第一次世界大戦での敗北の結果、カメルーンやタンガニーカ（現在のタンザニアの大陸部分）、南西アフリカ（現在のナミビア)、ミクロネシア群島などの「植民地」を失うことになったが、古くは十字軍の時代まで遡る東方植民の末裔をなお国外に抱えていた。ヒトラーの東方侵出はまさにそうした「民族ドイツ人《フォルクスドイチェ》」の回収と保護を目標のひとつに掲げていた。そして第二次世界大戦終結後あいついだ東欧諸国の再建に伴って、これら「民族ドイツ人《フォルクスドイチェ》」を含む大量の東欧ドイツ人が、東西に分断されたドイツのいずれかへの強制移住措置の対象となった。それは縮小した国土がとうてい受けとめられる数ではなく、ドイツは日本と同様に新たな海外移住を募る必要に迫られたのである。一九世紀の建国以来ドイツ人移民の受け入れに前向きであったブラジルは、この時期のドイツ人難民の受け入れにも積極的であり、ブラジル南部のドイツ系コミュニティもこれには協力的だった。そして、このころブラジルに移り住んだドイツ人のなかにはナチの残党や戦犯も含まれていた。『マルタの庭』は、そういったブラジル南部地域の時代状況を下敷きにした二重の「亡命・移民文学」なのである。

ブラジルという土地は、移民草創期からドイツ系移民やイタリア系移民との接触を日本人に促した(とりわけサンパウロ州の農場ではイタリア人が農場の支配人・管理人である場合が多かった)。しかもドイツ系やイタリア系の住民と日本人・日系人は、第二次世界大戦下で枢軸国民(もしくは枢軸国系ブラジル人)としてともに政治警察の監視下に置かれ、傷を舐めあう隣人関係を生きたのだった。[10]

いわゆる「外地」が日本人と非日本人との出会いを用意する場所であったことは、「外地」全般に共通する大きな特徴であった。たとえば上海の白系ロシア人、あるいはユダヤ人の存在は、同地に取材した横光利一や堀田善衞の作品のなかで大きな存在感を示している。[11] 異国の「棄郷者」もしくは「祖国喪失者」との出会いを通じて、「外地の日本人」はみずからもまた「棄郷者」もしくは

「祖国喪失者」であるかもしれないという思いにとりつかれる。『マルタの庭』は、そうした「外地の日本語文学」の系譜の上にも位置づけられるのである。

4

そもそも敗戦前の「日本語文学」は、東京への一極集中ではなく拠点を分散させる形で「発展」をとげつつあった。台北や「京城」や大連や「新京」や哈爾濱《ハルビン》の文壇は、それぞれの地域性に根ざした複数形で表現すべき「外地の日本語文学」の実験場だったのである。

一九三〇年代後半、後に『華麗島文学志』としてまとめられることになる「外地文学」の比較文学的考察に着手した島田謹二は、本島人＝台湾人の文学には目もくれず、もっぱら在台内地人の文学を英語圏やフランス語圏、あるいはスペイン語圏・ポルトガル語圏の「外地文学」との対比のなかでとらえる方法を模索しつづけた。その「被統治者としての本島人の文学を彼らの存在と共に抹殺」する態度[12]は措くとして、「東京（中央）文壇」とは異なる文学運動の拠点として台湾をみようとした構想には一定の評価を与える必要があるだろう。ブラジルの日本語文学について考えるようになってから、ますますそう思う。

この地に生れた従来の作品は、来渡せる少数の才能者の逸作を除くと、ひたすら外地生活の慰安乃至「趣味」として短歌俳句を弄ぶただの amateur《アマツール》 達の手慰みか、然らずんば才能乏しき青年等がいつも事大的に流行にうかされて、そのときそのときの東京（中央）文壇の傾向を模倣する新詩小説を模造したに外ならないのである。かえりみるに東京文壇の模倣追従は、日本内地の各地方よりもここはかえって烈しいかもしれぬ。（「台湾の文学的過現未」、初出一九四一年五月）[13]

ここでの島田は台湾における内地人文学の低迷に幻滅の色を隠せないでいる。同じような危惧や自戒は、他の「外地」同様ブラジルの「コロニア文学」の担い手たちのあいだでもしばしば表明されてきた。しかし「外地」の日本語文学拠点は潜在的に独自性を志向しており、島田はその点を何よりも重視していたのである。

はたして「大東亜戦争」期の「外地文学」はどこまで「東京（中央）文壇」に対してみずからを対置できたか。これからの「外地の日本語文学」をめぐる研究の一翼を担うべきは、「非内地人の日本語文学」の評価と並んで「外地在住内地人の日本語文学」の評価と位置づけの作業だろう。そして「コロニア文学」の評価にあたって、まさに問われるのもその独自性なのである。

島田は比較文学者ならではは見識をもって「台湾の文学的未来」を次のように語っていた。

広く世界の文学史を見よ。Paris《パリ》やLondon《ロンドン》や東京にのみ文学の美花は咲くのではない。或はProvence《プロヴンス》に、或はIreland《アイルランド》に、或はAlgérie《アルジェリー》に、或はNicaragua《ニカラガア》に、特異な花卉は生い立った。〔…〕

故に台湾の文学はむしろパリやロンドンの都市文学の模擬ではなく、おのれと同じ立場にある他の外地文学を究め、その功罪を明らかにし、もしそこに学ぶべき点を見出しえば、それらをこそ参考して、独自な文学——少くとも日本文学史上例類なき、しかも有意義なる現代文学の一様式——を創成するがよいと信ずる。(14)

ここで島田が念頭においているのは、フレデリック・ミストラル（一九〇四年、ノーベル文学賞受賞）のプロヴァンスや、W・B・イェイツ（一九二三年、ノーベル文学賞受賞）のアイルランド、まだアルベール・カミュ（一九五七年、ノーベル文学賞受賞）が名声を馳せるまでにはいたっていなかったものの、少しずつフランス語作家や詩人が頭角をあらわしつつあったアルジェリア、ルベン・ダリーオのニカラグアであっただろう。そこにはスペイン語を公用語とする独立国であった中米のニカラグアがあれば、一九三八年に独立を承認されたばかりのアイルランドもあった。またプロヴァンスはパリを中心としたフランスの周縁であり、植民地アルジェリアが独立に向けた本格的な戦いを開始するのは第二次世界大戦が終わってからだ。その意味で各地域の「外地」性はまちまちだったが、作家・詩人たちが現・旧宗主国の内部から生みだされる文学とのあいだになんらかの距離をとり、「外地」ならではの言語環境を強く意識した作風を誇っていたことは明らかだ。これら多様な「外地文学」を参照しつつ、台湾という日本語文学の新拠点を構想した島田の「脱中央」的な思考からは多くを学ぶことができる。

「大東亜共栄圏」という迷妄に踊らされた二〇世紀前半の「外地の日本語文学」が、今日の眼からみてやや発育不全に終わったようにみえるとして、そこにきざしたさまざまな徴候に目を向けることは、いまからでも遅くはない、大いに有意義なことだろう。またこれからも北海道・沖縄、あるいは南米の地から「外地」ならではの日本語文学が芽吹く可能性から目を背けることはできない。「外地の日本語文学」は、「外地の非日本語文学」の発展を阻害しないかぎりにおいて、いまもなお可能態としてそれぞれの土壌に眠っているからである。

注

（1）黒川創編『〈外地〉の日本語文学選』全三巻（新宿書房、一九九六年）がこうした用語法に先鞭をつけたと言える。

（2）西成彦・崎山政毅編『異郷の死――知里幸恵、そのまわり』人文書院、二〇〇七年、所収の拙論「バイリンガルな白昼夢」では、『アイヌ神謡集』で知られる知里幸恵のアイヌ語表現者としての萌芽的な可能性（実を結ぶにはいたらなかったが）について触れた。

（3）本書二六四ページ。

（4）翁久允『移植樹』移植樹社、一九二三年、一六ページ。

（5）細川周平『遠きにありてつくるもの』（みすず書房、二〇〇八年）からの再引用。同書、一二ページ。

（6）前掲書のなかで細川は、「コロニア」という語彙の発生について「ブラジル永住を決意した認識派（負け組）の知識人が、日本人意識の強い信念派（勝ち組）に対立する自己規定を打ち出そうとして使い始めたと想像している」と書いている（一〇ページ）。

（7）『花の碑』ほか主要作品四篇を収録（http://www.100nen.com.br/ja/ueki/）。

（8）ユウジ・イチオカ『一世――黎明期アメリカ移民の物語り』富田虎男、篠田左多江、粂井輝子訳、刀水書房、一九九二年、一五―一八ページを参照。

（9）安良田済《あらたすむ》『ブラジル日系コロニア文芸』下巻、サンパウロ人文科学研究所、二〇〇八年、一四ページ。こうしたインテリたちが「移住地文学」の担い手としてあまりめざましい仕事をなすことなく消えていったことに安良田氏は首を傾げている。

（10）一例として第二次世界大戦期のブラジルでの日本人とイタリア系二世の友情を描いた増田恆河「第二の乾杯」（『ブラジル日系文学』第六号、ブラジル日系文学会、二〇〇〇年）をあげておく。現在、ブラジルでは当時の治安警察（DOPS）資料が公開されているが、それによるとドイツ系・イタリア系住民の監視対象は国粋主義者と共産主義者（後者には多くのユダヤ系が含まれる）双方の政治行動にまたがっていたが、日系住民の場合はもっぱらブラジルの同化政策に適合しない国粋主義者（天皇崇拝者）のほうに目がいき、いわゆる「アカ」が問題視されることはなかった。

（11）たとえば堀田善衞の小説『広場の孤独』（一九五一年）に登場するティルピッツ男爵は「ナチに追われた亡命者」で、「国家であれ何であれ、何か大規模なものが地すべりを起こして陥没する、その現場にいつでも存在しているような男」だから、「たとえ〔故国オーストリーに〕入国するとしても〔…〕国籍のない、外国籍の人として入ることになるのであろう。親戚や知り合いがアメリカとアルゼンチンにいると、上海にいた頃語ったことがあった」とある（『堀田善衞全集』第一巻、筑摩書房、一九九三年、三三〇ページ）。

（12）橋本恭子「島田謹二『華麗島文学志』の研究対象について」、『ポストコロニアリズム――日本と台湾〔改訂版〕』東京大学比較文学比較文化研究室、二〇〇三年、一八七ページ。橋本氏は、本島人の存在や文学を「抹殺」した島田に対してないものねだりをするのではなく、むしろ「近代日本文学史への批判」をその研究姿勢のなかに読みとるべきだと言う。「外地」の文学拠点が「東京（中央）文壇」に対してなしうることと言えば、何よりもまず既存の「文学史」への「批判」でなければならないだろう。

（13）島田謹二『華麗島文学志』明治書院、一九九五年、四六七ページ。

（14）同前、四七一ページ。

＊　初出は『植民地文化研究』第八号（二〇〇九年）。土屋勝彦編『越境する文学』（水声社、二〇〇九年）に再録。

後記

本書は、この二十年近くのあいだ、「外地の日本語文学」について書いてきたこと、話してきたことを再編集して一冊に編んだものである。

第Ⅰ部・第Ⅱ部は、文字媒体や口頭発表を重ねつつ、少しずつ変更を加えてきた論考であり、そうした経緯を踏まえて、「ですます調」とした。

第Ⅲ部は、二〇一三年の九月十九日からスタートさせたフェイスブック〈複数の胸騒ぎ：Uneasinesses in Plural〉での連載から、広義の「台湾文学」に関連するものだけを集めた。本を頂くばかりでなかなか丁寧な礼状は書けずにいる日頃の不義理がこれで多少なりとも解消されれば嬉しい。

第Ⅳ部・第Ⅴ部には、この間、論文集や雑誌類に書いてきた文章を集めたが、執筆時点ではまだ刊行されていなかった橋本恭子さんの『『華麗島文学志』とその時代』（三元社、二〇一二年）や細川周平さんの『日系ブラジル移民文学Ⅰ・Ⅱ』（みすず書房、二〇一二―一三年）、さらには朴裕河さんの『引揚げ文学論序説』（人文書院、二〇一六年）あたりをしっかりと踏まえて、大幅に改稿することも考えたが、最終的には、初出に最小限の修正を加えるだけで済ませることにした。

日本の敗戦から五十年を経た時期から盛り上がってきたポストコロニアル研究は、この日本に一定の定着を見はしたが、急速に民主化を進める韓国や台湾の文化、社会、アカデミズムの活況をみるにつけ、日本だけが置いてきぼりを食うのではないかという危機感を覚えないでもない。本書でも大きく取り上げたリービ英雄さんや温又柔さんのような「境界的な日本語作家」の名声の高まりを、日本の文化や社会、そしてアカデミズムのなかにしっかりと位置づける努力を私たちは怠ってはならないと思っている。

また一九四五年以降の「脱植民地化」のプロセスのなかで何が起こったかを、全地球的なスケールで見定め、旧日本植民地地域のポストコロニアル文学を、他のそれらと比較するという心がけは、きわめて重要だと思う。

最後になるが、本書は科学研究費・基盤研究（C）「比較植民地文学研究の基盤整備」（二〇一二―一四年度、研究代表者：西成彦、研究課題番号：二四五二〇四一二）、および現在進行中の科学研究費・基盤研究（C）「比較植民地文学研究の新展開――「語圏」概念の有効性の検証」（二〇一五―一七年度、研究代表者：西成彦、研究課題／領域番号：一五K〇二四六二）の成果の一部である。

日本で言う、いわゆる「外地」とは、「日本語圏」と他の「語圏」とが重合・競合した地域に他ならない。そして、日本の敗戦がもたらした「脱植民地化」は、こうした「重合や競合」を抹消し、緩和したかに思えたが、それはあらたな人間・文化の移動を経て、あらたなせめぎあいを語圏間に産み出している。本書に集めた成果は、「日本語圏」にまつわるものだが、「英語圏」「フランス語圏」「スペイン語圏」等々の「拮抗」に関しては、コンセプトを再点検したうえで、別途、論集を編もうと思っている。

本書は、『バイリンガルな夢と憂鬱』(人文書院、二〇一四年)が今後の研究の発展に向けた「一里塚」であったとすれば、「二里塚」である。

本書の出版を快く引き受けてくださったみすず書房、何より編集者の遠藤敏之さんには感謝している。遠藤さんとは『世界文学のなかの『舞姫』』(二〇〇九年)の編集を担当していただいて以来のお付き合いである。今から思えば、同書は本書が出来上がるプロセスのなかから生まれた「先駆形」であったと言えるのかもしれない。本書に収めた「外地巡礼」を書くなかで構想が生まれ、一気に書き下ろし、みすず書房の「理想の教室シリーズ」の一冊に加えていただいた。仕事はこうしてつながっていくものだなと、つくづく思う。

二〇一七年十一月三十日

京都市　西成彦

著者略歴

（にし・まさひこ）

1955年岡山県生まれ．兵庫県出身．東京大学大学院人文科学研究科比較文学比較文化博士課程中退．1984年より，熊本大学文学部講師から助教授，1997年より，立命館大学文学部教授を経て2003年より同大学院先端総合学術研究科教授．日本比較文学会会長．専攻はポーランド文学，比較文学．著書『マゾヒズムと警察』（筑摩書房1988）『ラフカディオ・ハーンの耳』（岩波書店1993／岩波同時代ライブラリー1998）『イディッシュ——移動文学論Ｉ』（作品社1995）『森のゲリラ　宮沢賢治』（岩波書店1997／平凡社ライブラリー2004）『クレオール事始』（紀伊國屋書店1999）『耳の悦楽——ラフカディオ・ハーンと女たち』（紀伊國屋書店2004）『エクストラテリトリアル——移動文学論Ⅱ』（作品社2008）『世界文学のなかの『舞姫』』（みすず書房2009）『ターミナルライフ　終末期の風景』（作品社2011）『胸さわぎの鷗外』（人文書院2013）『バイリンガルな夢と憂鬱』（人文書院2014），訳書ゴンブローヴィッチ『トランス＝アトランティック』（国書刊行会2004）ショレム・アレイヘム『牛乳屋テヴィエ』（岩波文庫2012）シンガー『不浄の血』（共訳，河出書房新社2013）『世界イディッシュ短篇選』（編訳，岩波文庫2018）ほか．

西 成彦

外地巡礼

「越境的」日本語文学論

2018年1月18日　第1刷発行

発行所 株式会社 みすず書房
〒113-0033 東京都文京区本郷2丁目20-7
電話 03-3814-0131(営業) 03-3815-9181(編集)
www.msz.co.jp

本文組版 キャップス
本文印刷・製本所 中央精版印刷
扉・表紙・カバー印刷所 リヒトプランニング

ISBN 978-4-622-08632-1
[がいちじゅんれい]